言視舎 評伝選

比嘉加津夫
Higa Katsuo

島尾敏雄

Shimao Toshio

JN156064

言視舎

島尾敏雄（1917 ～ 1986）
1971 年夏　妻ミホ、長女マヤと。写真撮影・提供＝島尾伸三

島尾敏雄＊目次

序　章　作家になるということ　13

第一章　幼少の目覚め　26

第二章　『こをろ』と矢山哲治　48

島尾敏雄

序　章　作家になるということ

作家になること

島尾敏雄について書こうとすると、何故か、江藤淳が浮かんできた。正式には何故か江藤淳の言葉がちらついてきた。しかしぼくは、この言葉はずっと、小林秀雄の言葉だとおもっていたふしがある。いや、江藤淳だとおもいなおした。胸内にふかくくいこんでくる言葉であった。江藤淳は、この言葉を論考『小林秀雄』の冒頭においたのだった。

人は詩人や小説家になることができる。だが、いったい、批評家になるということはなにを意味するであろうか。あるいは、人はなにを代償として批評家になるのであろうか。すくなくとも私にとっては、小林秀雄を論じようとするとき、最初に想起されるのはこの問題である。

ぼくはこのたび島尾敏雄について書こうとしたとき「作家になるということはどういうことであるのか」というところから考えなければならないとおもっていた。「何を代償にして作家になるのか」という命題からぬけだしえなかった。

しかし、この言葉はききおぼえがあり、その出所についてずっと考えていたのである。それで江藤淳に行きついたのであった。やっとその箇所にたどりつくと、彼はそこで批評家について問うていたのであり、小説家についてではなかったということがわかった。ということは、ぼくはそこに場所をえることができるということになる。

江藤淳は、批評家は詩とか小説とかを書く道に向かわず、何故詩とか小説とかを批評する方向に向かったのかということを、自らに問いかけるようにして小林秀雄に向かって問いかけていったのであった。

人はサラリーマンや経営者、大学の先生、公務員等になることができる。だが、小説家になるということはなぜなのか。ここに、島尾敏雄という作家を念頭におけば、おおくのことがわかってくるような気がするとおもった。

島尾敏雄というと、一般の読者には自らの浮気で妻を心因性反応という心の病を引き起こさせ、その日々の葛藤を『死の棘』という小説に書いた作家というものであろう。

島尾敏雄は、父親の後継者としての経営者にも、父親が紹介した大学の先生にも「なれる」であろう道をすててなぜ小説を書きつづけてきたのか。小説を書くのをやめようともおもったし、また何度もそのような状況においこまれもした。しかし、できなかった。彼は小説を書きつづけていった。

何故なのか。そのような問いをもって、ぼくは島尾敏雄に向かいたい。サラリーマンや経営者など一般の人たちとはどこか違った、作家という人種のもつあの独特な顔を見ることができるはずである。

さらにもうひとつ。江藤淳はつづけて書いた。

人は批評家となるために生きない。が、生きるために——和解することのできぬ秩序のなかに自分の席を主張するために、批評家とならねばならぬことがある。このことはきわめて徐々にしか意識されない。そこにいたるまでにはいく度かの逡巡があり、自分についての幻影があり、ほとんど生理的な焦燥のくりかえしがある。この混沌——未分化の状態のなかに、すでに人を批評家にするものの萌芽があるにちがいない。たとえば小林秀雄の感受性は、この混沌のなかでどのように震えていたか。

江藤にとって、ここでテーマにしているのは「批評家になるということ」の意味にせまることであるはずである。そしてそのテーマを小林秀雄というすぐれた批評家にぶっつけたのであった。実は「生きるために、和解」したりするとか、ある「秩序のなか」で「自分の席を主張するために、批評家とならねばならぬことがある」とか、あるいは「いく度かの逡巡」、「自分についての幻影」、「生理的な焦燥」を感じ、「混沌」を感受し、震えているというのは江藤自身なのである。

恰好の素材として小林秀雄を鏡のように目の前において、「たとえば小林秀雄の感受性は、この混沌のなかでどのように震えていたか」と問いかけた。

しかし、ぼくはその問いはそのまま島尾敏雄にむけて発してもいいとおもった。人は作家になるために生まれてきたのではない。それでいながら、人が作家になろうとするのは何故なのか。その背景には、その席しか心的に落ちつく場所はほかにないと意識されたからであるはずである。そして何よりも自らの存在を問うという考えが基層にある。人はだれでも自らの存在を問うが、作家はそれを作品のなかでたえず問うのである。これはまた、混沌の沼を徘徊するということを意味する。無意識にその過程を行きつ戻りつするのである。

島尾トシのこと

島尾敏雄は一九一七（大正六）年四月十八日、横浜市戸部町で父四郎（二十七歳）、母トシ（十九歳）の長男として生まれた。時あたかも第一次世界大戦がはじまり、ロシア革命が起きた年であった。

いわば世界はめまぐるしく動き出していたが、日本はというか横浜は表面的にはまだ静かな町であったといえる。そのとき父島尾四郎は輸出絹織物商の小野商店で働いて十五年になっていて、そろそろ独立するかということで、その準備をしていた。そして一九一六（大正五）年三月二十七日に同郷の福島県相馬からトシを迎えて結婚、翌年敏雄が生まれた。

母トシは、しかし積極的に島尾四郎との結婚を望んでいたわけではない。むしろある心の状態から逃れるために結婚したのであった。というのは彼女には好きな許婚《いいなずけ》がいたのだ。その人は、従兄であり、五歳年上の好人物で知識人であった。

ところが、男の実家が経済的に追い込まれて傾きだしたこともあって彼女の祖父や兄（トシには四人の兄がいるが、どの兄なのかは明らかにされていない）が婚約を解消してしまったのだ。

まわりからはトシは貧乏を嫌って心変わりがしたと陰口をたたかれ、一日もはやく家をとびだしたくなっていた。そのようなとき、四郎との結婚話がでてきたのである。トシは早く郷里を離れたいおもいでいたため、その結婚話はとんとん拍子ですすんだ。

これらの話を島尾敏雄は「お母さんのロマンス」として母から何度も聞かされたりしていたのである。そして作家になってから母の書いたノートを目にした。トシは「思ひ出のまゝに」と書かれた二冊のノートと女学校時代に書いた「雑記帳」と計三冊のノートを残していた。

「私はとても人には話せぬ淋しい心で結婚したのですが……あの人の方からは貧乏を嫌った女、虚栄の権化とさんざんに恨まれて、父からは母と二人である時はぶたれ口をきく事もなく毎日を過し、兄からははづかしめられて、母一人の味方にて過したんです」

母トシはこう書きつけていた。これだけを読むと、貧乏を嫌って許婚を解消したのはトシのほうで、そのことで相手方からは虚栄の権化と恨まれ、父からはぶたれ、兄からははずかしめられ、結局は母だけが味方になってくれたというふうにしか読めない。しかしノートを見るとそうではないことがわかる。従兄とトシがいかに意識しあっていたかがよくつたわってくるのだ。

「結婚してから毎日々々夢を見ましたのよ。夢は昔のあの姿です。実になつかしい昔の若い若い姿です。私も又若い時の姿でね。決して今の頭のはげたあの人でなく、昔のあの人で、妻もなく子もないあの頃のあの人なんです。と言ふのはあの頃は一番精神的打撃を受けたので、一生涯取れつこないのですよ」（昭和八年十月六日）と、子どもたちに語りかけるように書かれている。これは亡くなる一年前に書かれたもの。のちに島尾はこの許婚の人はその後、小学校の校長、福浦村の助役、小高町教育委員会の委員長などをつとめ、福島県下の十一ヵ所に句碑が建つ俳人、豊田君仙子であったことを知る。しかもトシは亡くなるまでずっと文通をしていたという。トシはさらにノートに次のように書く。

母は許嫁の人に破れてより今の主人に嫁して別に変わりなく過ごした様でも常に昔を思い心の底より取り去り難いものの為に苦しんだ。そのために主人や子供に対して心境の変わりは無いとしても、あまりよいことでもないでせう。唯、私は一寸変り者とでも言い度い位、この事のあつた為に自分の今までの生活上に非常に力になり、かつなぐさめになつた事なのです。それはよく聞いて下さいよ。私はその人に対して、文通をしたり、逢ふてくどくどしい事などは余り好みません。いつも思い出すことは、昔の若い時のこと、妻もない夫もなく二人だけの許嫁の時代の出来事を夢に見て心に描き、実に雲の上のものとして楽しむのです。（中略）自分の心から思うのですが、私の様に理想的な愛はないと思います。（中略）彼の人からは貧乏を嫌つた女として虚栄の女として見られ、父からはいじめられ、兄からははずかしめられて、若い少女の身としては重荷に幾夜か泣いた事であつた。私の少女時代は実に無口で、何を心に思つても決してかるがるしく口にせぬ娘であつた。

（島尾トシのノート）

トシは夫四郎の浮気に悩まされ、生活に失望し、実家に戻ったりして、ついに病に臥せてしまった。それを肌で感じている島尾は母が残したノートを見て、あたかも写し鏡のように自分を、そして妻のミホを見ているような気がしたのだった。そのことについては、島尾自身が書いている。

このノートは母の三十一歳から三十七歳の死に至る七年間にわたる記入による、過去の呼び寄せと、死の予感のおののきのメモである。父は母の死後なお四十年近くの歳月を生きて七十九歳で死んだ。私はノートを読みながら、母の姿が私の妻に、そして母の筆で描かれている父が私自身に重なってくるなやましい思いを払いのけることができなかった。これはいつの世にも変わらぬ夫婦のかかわりの悲哀であると思わないわけにはいかないが、どうしても若くして手術死した母への不愍の思いに傾くのがおさえられなかった。（『忘却の底から』）

人の性《さが》。あるいは因縁。島尾はおそらくおおいなるあわれみを母に感じている。そして、母を見る眼で妻のミホを見ている。この世で、これほどまでに自分を愛してくれた人へ対しての不愍《びん》の目で見ている。おそらく、作家はこのようにして生れていった。代償というと、これがおおきな代償であった。

島尾は母の血を濃くついでいたのだとおもわれる。顎がしゃくれているというのは島尾をいいあらわす言葉でもあるが、それは母方の血であった。トシの女学生時代の容貌は同級生によると「アゴ、シャクレテイル」だったという。

また、トシは女学校時代は「敏子」としていたため、子供ができたとき敏雄という名を第一におもいついたのではなかっただろうか。それにトシは商人がいやであったらしい。「子供の私は母から度々商人への嫌悪を聞かされ、長男の私にさえ父の仕事を継がせたくないなどと言っていた。そんなぐあいだから父との間には知らず知らずに溝ができて行ったのかも知れない」と島尾は書いた。

島尾は当然、長男として四郎が一代で築きあげた店を継ぐべき立場にあったが、それを放棄した。家は弟の義郎にゆずった。島尾の無意識の層には母トシの言葉が強く根を張っていたのかもしれない。

また、影響という言葉をつかっていいのかどうかわからないが、島尾はおそらく母トシの影響を強く受けた。自己表現というか、メモをとり記録していくというこまかい情感を持ちつづけた。おそらくトシも物書きを意識し、その方向にむかっていたら、表現が日常化し、堂々と島尾敏雄の前を歩いていたはずである。

島尾はそのようなこともおそらく考えたりしたとおもう。妻のミホに対しても同様である。また、あるいはミホに母の像を重ねたりもしていた。ふたりが島尾の意識の中枢で重なったとしても不思議ではない。ふたりにはあまりにも似たところがあった。

島尾に「母を語る」(一九六四年四月二十六日『朝日新聞』西部版)という短いエッセイがある。

現在の私の生活に、母がどれだけかかわりあっているか、と考えたとき、私は大きな寂しさにつつまれる。母の短い生涯の思いとことばとおこないをすべて私が背負いこんでいるはずなのに、なぜこんなに希薄になってみえるのか。私はきょうだいのなかでいちばん母親似といわれ、そして一番かわいがられた。(中略)
久しぶりに母の残した二冊のノートをとりだしてみて、私はそこにまだ若いひとりの人の妻の告白的な追憶と反省と確かめ、そして夢判断の手記をあらためて読みとった。それは素朴な表現だけにいっそういいようなくみずみずしく、私の心とからだにある充実を与えた。やはり母は私のすみずみに住んでいた。それは安堵であるとともに、その母のおもかげ、ふるまいが、なぜか私の妻のそれと重なってきて、区別のつかなくなっていることに私に気づかせた。

（「母を語る」）

島尾の無意識は、母トシにどこか似ているということでミホにひかれていったのであろう。しかも「そこが自分の死ぬ場所」とさだめた「島の果て」の小さな島での出会いは、ある因縁にもおもえてくる。これは島尾にとって最後のロマンスと意識された。

島尾敏雄と小説

島尾家は一九二五（大正十四）年の関東大震災の煽りをうけて神奈川県横浜市から兵庫県西灘村に居を移す。そのため島尾も横浜尋常小学校から西灘第二尋常小学校に転校を余儀なくされた。そのころからすでに片仮名ゴム活字版や小型謄写版、蒟蒻《こんにやく》版《ばん》などの小型印刷機を買ってもらって、『小兵士』という小冊子をひとりで定期的に出していたという。これが神戸商業学校に行くまで続けられ、五十五号まで出したというからおどろきである。そのマメさがつたわってくる。そしてこれはもう、あきらかに母の影響によるものと推察するほかはない。心を記録していく姿勢は、トシがノートにしたためた記録と重なっていく。内容はどうであっても、日々のできごと、日々のおもいを書きつづけるということは、自らの過去の思い出を記録していくトシの影響と言っていいであろう。

島尾は一九六七年四月、「どうして小説を私は書くか」というエッセイを書いた。そのなかで彼は自らに問うた。「なぜ小説を書くのか、たぶん私はその答えを出すことに失敗する。しかし今その問いを自分に向けてみなくてはなるまい」と。

しかし、その問いをなげかけたのは、彼自身が言うように、小説で書くべきものの多くを書きつくしたからということでも、文学に抱いていた夢が覚めてしまって、関心がまるごとなくなったからということでもなかった。

島尾は、この時期ただ漠然と、もう小説は書かなくてもいいとおもいはじめていたのはたしかである。あまりにも、小説以上に重要な生活上の問題がのしかかっていたからであった。そのために、つまり妻との生活を一からやりなおすために妻の故郷であり、妻の心がもっとも安らぐであろうとおもわれる奄美に居を移したのであった。

そのことについてはまた、あとで触れることになるが、ここでは「なぜ小説を」なのかという一点に目を向けたい。そこで島尾は回想する。

なぜ小説を書くのか、たぶん私はその答えを出すことに失敗する。しかし今その問いを自分に向けてみなくてはなるまい。なぜなら今私は小説を、書かないなら書かないでいい、と思いはじめているから。それは私が小説で書くべきものを書いてしまったからなどということがあり得ないのは言うまでもない。もともと小説をまずこころざしたのではなく、そこに流れこんできたのは、自分が世間に適応しないと思っていたことと無関係ではない気がする。小説は不適応者に恰好の形式だと言おうとしているのではなく、私の場合はそうだったとしか言えないが、結果として小説で私は世間（というよりむしろ自分）と戦ってきた。自分が果して小説を書いてきたのかどうか疑わしくなり、この先もたよりない気持ちにおちいることは避けられないが。私は小説の形式についてなにも心得ずに出発した。出版印刷という行為が、幼い私のこころをとらえて放さず、一つの秘儀のようにそれに従いたいと思ったのだった。

（「どうして小説を私は書くか」）

「世間に適応しないと思った」というのは重要である。幼いころから島尾は、あることを契機に、自分はつまずいてばかりいるとか、先の見通しもつかないまま、ただ時間だけが通り過ぎて行くとか、異種をはぐくんだとかいう感覚を抱いてしまったのである。そのような自分に適合する生き方の方向を見定めようとしたのであった。

その意識はそのまま「一つの秘儀のようにそれに従いたいと思ったのだった」という言葉にむすびついた。小説を書くということは「秘儀」にも似たある種の秘め事であり、ある人にとっては謎でさえある。

このようなおもいはどのような経験、どのような幼少期の体験に根ざしてやってきたのだろうか。

島尾は「文学的な世界の基礎的な構築をはじめた」行為として、書物を自分で選んで買うということであったことを上げている。そしてその本は「千一夜物語とか世界歴史ものがたり」とかのシリーズのなかの一冊であった。

だが本を買って、少年島尾に悩みがおとずれる。シリーズのなかの一冊を買うという半端な行為に対してである。かんじんな内容のものは他の本のなかにこそあって、自分が手にしたものは半端なものではないかという悩みがそれだ。その気持ちを島尾は「暗黒の世界の出口と宏大で権威的なかがやかしい未知の知識の入口の境のところで、その門を出入りするよそのひとたちをぼんやり眺めているふうであった」と述懐している。

まるでカフカの「掟の門」を想起させる場面だ。この感情は欠如感で覆われているといってもいい。〈隣の芝生は青い〉風なものにつながっていく意識ではない。もしそうであるなら、降って湧いた欠如感を満たすため、親にねだってシリーズの全部を手に入れれば良いのである。欠如は意欲に変位し充足の道にむかっていく。そしてそれはおそらく他人の欠如を高い所から見くだす質《たち》の悪い病気を生む。

あるいは、シリーズの全部を集めることはそれ自体、「知」の冒険を楽しむ方法のひとつかも知れない。だが、少年島尾の意識は、そのどちらにもむかっていないのだ。島尾は充足の道にも、知を拡大する道にも向かっていかない。恣意的な行為は、島尾にとって無関係とさえいっていいほどの態度をつらぬいている。

島尾は別のところで「私は書物はくりかえし読むものと思っていたし、もしそれに耐えないものなら、それは書物と呼ぶに値しないと思った。書物を読むのなら、くりかえし読もうと思うものを選ぶべきだ」とさえ言っている。

そのときの島尾少年もおそらく自分の選んだものを、あたかも不安の原基（種子）のようにかかえ、ますます現実からは疎隔の方向に、あるいは欠如意識を拡大させる方向にむきをかえていたのである。

千一夜物語という〈夢〉的発想を基礎においた物語や歴史ものを最初に選んだということも、その後の島尾文学に結びついていく重要な意味があるとおもわれるが、それ以上に島尾の欠如意識の感受は重要だと言うべきだろう。

次に島尾は、その後の島尾文学の世界につながるものとして、あるいは「想像に強い刺激を与えてくれたもの」としてマンガに接したときのことを語っている。

想像の刺激として記憶に残っているものは、変身、幼女願望、闘争、没落、隠遁、旅行、漂泊などのイメージであり「心的形象の根がその時夢中になっていたマンガの中にあるような気がする」と結びつけていた。

たしかに、それらのひとつひとつは島尾の文学世界と緊密に関係し合っているといっていい。それぞれが島尾の主題となっていて、織物でいえば縦糸と横糸のような関係構造をもっているのだ。視点をおとせば欠如意識の先端から自然に顔を出し、伸びていくたぐいのものだ。

千一夜物語や歴史ものやマンガの世界に行くというのは一種の欠如意識が露出しているのだとおもわれる。この世界は自らの欠如、限界の穴を埋めてくれるとおもった。

第一章　幼少の目覚め

幼時期の体験

　島尾は幼少のころのことを「幼時体験」「幼い頃」「写真の中のマサコちゃん」「幼き日の思い出」「つるべ」「刀傷」「昔ばなしの世界」「私の埴谷体験」「般若の幻」というエッセイのなかで書いている。

　これらのエッセイのなかから、島尾敏雄の像をさぐっていきたい。あるいは島尾敏雄の原像に合致する部分をひろい、拡大鏡をあて、その顔かたちをいくらかなりとも抽きだしていきたい。やはり恰好のものは「幼時体験」だとおもわれるので、そこから這入っていく。

　幼時体験というのは、成人したその人の顔そのものではないが、その顔を表象する原子を多く持っている。幼時に体験した大きな出来事は、成人したその人の顔の特徴に強く結ばれている。幼児期というものは、おそらく社会制や環境に忠実に沿って自己表現していく精神形成期のことだ。日常の時間に思考の全体をのせ、その点に努力していく体験期のことだろう。だが、人はたまたまその流れから大きく崩れるときがある。ずれが大きくなれば、ひとつの不幸、悲劇の糸口が開かれることになり、ずれが小さいか、もしくはほとんどない場合、この人は生き方の合理を無意識に手に入れたことになる。

島尾はどうだったろうか。まずはそこから這入っていかなければならない。

ブリキの金魚は、浴槽の木と白い肌、石鹸などのとけ合ったやわらかなにおいの中でその金物の素性をあおられ、金気くさい異和のにおいを強くのぼらせていたが、私はなぜそのとき恥ずかしいと感じたのだったか。（中略）

また別のとき、電車が何回もあともどりするのはどうしてなのか、とあせりの気持で見ていたのだった。しばらくすると前に進んで同じプラットフォームにもどって行き、そのあとでしつっこくまたあともどりをはじめることをくりかえしていた。（中略）そして或る日、突然私が盲目になってしまう。（中略）

目が見えなくなると、自分の顔がのっぺらぼうで面白みのないことがかえってはっきりと見えて来て、母はたぶんそのために私をうとんじているのだと考えていた。（中略）

そして海のそばのあのほこらがあらわれてくる。（中略）私のそばに誰か居たようだ。もしかしたら私は立っていたのではなくうば車の中に居たのかもしれない。いやうば車の中でもなく、子守に背負われねんねこをかぶっていたのではないか。子守はどうしてほこらの中にはいっては行かないのか。

（「幼時体験」）

これが幼時の島尾の体験の主要なものだ。おそらく人は幼いころの体験など真剣に対象としない。見過ごそうとおもえばそうもできる些細なことがらなのだ。しかし、人が見過ごしそうな箇所にこだわりをみせるのが島尾の特徴である。だから、島尾の像に迫ろうとすると、島尾がこだわったところにいちいち目を向けなければならない。

幼児体験であげられたひとつは、湯どののながしの上のブリキ金魚のことであり、二つ目はあともどりばかりしている電車のことであり、三つ目はにわかめくらになって自分をのっぺらぼうの存在（顔面）として見る体験であり、四つ目は海のそばの広場にあるほこらのことである。

島尾はすでに幼時のころから、手ひどいパンチをくらっているかのようだ。何からのパンチかというと、自分が現在立っている現実世界、つまり日常からである。日常に沿おうとしながら、反日常の懸崖に思考がひっぱりこまれていっているかのようなのだ。

ひとつの記憶は、ブリキの金魚が浴槽の木と白い肌、石鹸などのとけ合ったやわらかなにおいのなかにあって、その金物の素性をあおられ、金気くさい違和のにおいをのぼらせているのを見て、何かしら恥ずかしさを感じたというもの。

次の記憶は、自分が乗った電車が何回もあともどりを繰り返す。自分はすでに電車に身柄をあずけているのであり、その動きに従う以外ないのだが、なぜか不満が一層高まってくる。とうとう電車がとまったところで強制的におろされる。そこは高い山の上であり、ひどい倦怠を覚えたというもの。

その次は突然盲目になってしまう記憶である。目は見えないのだがそのため、かえって自分の顔がおもしろみのないものにおもえ、母が冷たくなっていくのもそのためだとおもう。そして自分の生涯もこれでおしまいだと考える。

もうひとつの記憶は、海のそばにほこらがあり、そこは終始海のほうから風が吹いている。ふたしかだが、そのとき自分は子守におんぶされているのだが、その子守がなぜほこらの中に這入っていかないのか、なぜ海のほうから吹く風に吹きさらされて立っているのかわからない。ほこらに這入って子守はもっと私にやさしくしてもいいのではないかというおもいをもったというもの。

これらの幼時体験は、ほんの瞬間、あるいは一時期、島尾をおそった妄執のごとき感覚世界だといえよう。ところがこの世界は、以後の島尾文学の基層の混沌を視覚と皮膚感覚が重層したかたちで表出されているといってもいいような気がする。異常といえば、これほど異常なものはない。意識が現実世界に沿わないのである。あるいは現実世界が幼い自分の思考や感覚を反現実的な方向にひっぱっていっている。大きな亀裂が現実と自分の中にはあるのだ。

「幼時体験」というエッセイは一九七一（昭和四十六）年島尾五十四歳のときに書かれたものであり、そのため「違和」とか「倦怠」とか、あるいは「私の生涯もこれでおしまい」とか「子守はもっと私にやさしくなってもいい」とかの言葉で心域が表現されている。そして、その島尾を現象させているえらばれた言葉で、島尾の幼時にさかのぼっているのである。

だがこれらの言葉をとっぱらってみても、幼時の島尾の心的状況は周囲から孤絶して、しかも終末のような底の深い絶望感をもって、ふきさらされていたという暗さを見ることができる。あるいは、自分の考えのおよばないところですべてが動いているという、現実からの疎隔を感じとることができる。

ブリキの金魚では、それ自体が「異」に見え、まるでそのものと自分がひとつであるかのような錯覚を持つ。きっと大人たちは〈金魚を笑うように〉私を笑っているに違いないという妄想にひろがっていく。あともどりばかりする電車では〈もしそのようなことが起きたら大変だ〉という無意識の意識が現実化してしまうという妄想であり、おそらくそのなかには電車という実際的なものに対する恐れが底のほうにはあるのだと見ていいだろう。

これは海のそばのほこらでも同じだ。〈夢〉的な空想が基底に流れている。子守はほこらのなかに這入って冷たい風をさけ、私にやさしくしてもいいのにという意識がはたらいている。電車はあともどりなどせず私が行きたいとおもっている方向にちゃんと行ってもらいたいという意識があるが、ことごとくそのようには動いてくれない。何かちぐはぐでおもっているとおりに現実が展開してくれないのである。

にわか盲目にしてもしかり。一時的に盲目になるということは、あきらかにこれまで見えていた現実〈事物〉が突然消えてしまうということであろう。自分が存在して関係している外部には見えないが、なぜか自分ののっぺらぼうの顔は見えてくるという妄想はそのまま終末感と重なっていき、日常の普通の親子関係の世界にはつながっていかない。

先祖の発見

このような多くの「異」の体験を幼時期にもった島尾は不幸であるといっていいだろう。ここで吉本隆明の言葉を借りたい。

個人の存在の根拠があやふやになり、外界とどんな関係にむすばれているかの自覚があいまいで不安定なものに感じられるようになると、いままで指示意識の〈多様性〉として存在したひとつの時代の言語の帯は、差別の根拠をなくして拡散してゆく。〈私〉の意識は現実のどんな事件にぶつかってもどんな状態にはまりこんでも、外界のある斜面に、つまり社会の構成のどこかにはっきり位置しているという存在感をもちえなくなる。(『言語にとって美とはなにか』)

これは「第Ⅲ部　現代表出史論　1新感覚の意味」の冒頭に記された文章である。書かれたのは表現の意味性の抽出というところにあるため、幼時体験そのものにそのまま重なるとはおもわないが、しかし「ひとつの時代の言語の帯」という表出性をとっぱらうと、普遍的な意味をもってひろがっていくようにおもわれる。もちろん、ここでは「時代の言語の帯」が主要な意味をもっていることは言うまでもない。しかし、幼児である島尾には自らの存在と外界との関係が不安定に感じられているのはたしかである。それは自らがあやふやで不安のなかにいるからということになる。

つまり、幼時期の島尾は自己の存在する基盤といったものを完全に喪失しているかのようではないか。このように立っている場所が喪失もしくは崩壊にさらされると、人はおのれ自身もそこで喪失もしくは崩壊の危機にさらされているといっていいのではないか。つまりおのれ自身の存在感をもちえなくなるということである。だから島尾が自己意識をもてばもつほど不幸は深まっていくといえばいえるのであろう。

現実にかかわろうとしながら、自分のかかわろうとしている現実がちぐはぐな様相を呈し、違和、恐れ、不安、終末という感覚の世界に追いやられていくということを書いている。

そのようなおもいは八歳ぐらいになると、より意識的になっていく。そのため、現実や日常に接する意識は、六歳ぐらいのときとはことなった位置を取って緊張していくといえる。

まず、七歳になると、島尾少年は文章を書いて雑誌などに投稿、それが掲載されたりした。あるいは自覚して本を読みはじめたこと、さらに小型謄写版を買ってもらって定期的に小冊子を出したこと、あるいはプロテスタント教会にかようようになったことが、成長の痕跡として出てきた。震災後のことでもあったため、貸家を捜すため母親と一緒に神戸の町を歩きまわったことも少年の意識には残った。

だが、注意していい点は、七歳からは自然に自らの存在を強く意識するようになった、つまり「現実」世界に沿うようになっていったことがあげられよう。

吉本隆明は島尾敏雄について次のように書いたことがある。島尾の不幸意識につながることについてである。

島尾さんには《不幸》を招きよせる特異な能力があるのではないか、とおもったりした。そこのところを解明することが、島尾さんの文学や人間を論ずるばあいのかなめであるような気がする。普通ならば、ひとまたぎで過ぎてしまう日常性の亀裂に、島尾さんは固執する。そうしているうちに亀裂は、病巣のように拡がり、日常性のすべてを覆ってしまう。そのとき、ひとびとは、たぶん、その状態を《幸福》とは呼ばずに《不幸》というふうに呼ぶのである。

（「島尾敏雄――遠近法」）

これは、すぐれて島尾の意識をいいあてている文章だ。島尾の像の原型が、ひとつのすぐれた眼の位置から直視されている。〈不幸〉を招きよせる島尾の特異なあり方を、あきらかにしていくのでなければならない。だがどこまで行けるのかわからない。それはともかくとして、たしかに島尾の眼（意識）は日常や自然の一点にそそがれる。ただそそぐだけではない。その日常や自然は、まぎれもない自分の立っている場所なのだが、そこは存在をおびやかす病巣であるというところまで眼をのばしていくのである。その眼の透視が〈不幸〉を招きよせるのである。

たとえば、十三歳から十八歳にいたる幼年とも成人ともつかない、いわばもっとも鋭敏に日常や自然を対象化し、自己の存在のありかを意識しはじめる年齢に、彼は自分の出生以前の世界に関心をもっていった。これは、きわめて自然な流れだといえる。

その自然な流れのなかで、だが島尾の眼は無限定に、深い歴史の闇にまで手をのばすのだ。彼が自分の先祖を追っていくと、そのずっと先にどうしてもアイヌに通じていくという像をひきだし、そこから自然や社会を見るもうひとつの眼をもつのである。

私の中学生時代は、地虫がさなぎになっていたそのあいだのような気がする。からの中にくぐまっているのだから自分がなにかがわからず、ほかの世界も知らなかった。からだも精神も不安定で自分がみにくくてやりきれぬ思いで、自分の生涯からその時期をけずりとってしまいたいと思ったこともあった。少年らしい若々しさもなく、おとがいやほほのあたりにうぶ毛とも思われぬぶざまなかたい毛が生えてきて、きっと先祖がアイヌだからそうなのだと思っていた。

（「いやな先生」）

島尾のひっかかりは自分の出生前の世界につながっている。〈死〉を意識し、〈死〉を恐れる精神も不幸だが、それをどうにか〈生〉につなげながらも〈死〉でもない〈生〉でもない出生前の深い闇にがんじがらめにされている意識も不幸だ。この世界はすでに個の範囲を越えている。根底のほうに、下層のほうに現在の自分を規定している謎（未知）があるのではないか、とでもいいたげに島尾は自己発生史以前の古代に眼をむけているのである。そこに行く眼は、自分の生涯の歴史のなかから削りとってしまいたい「中学時代」という現在の眼である。

そして〈削りとってしまいたい嫌な現在〉と相似になって現出するのは〈アイヌの像〉なのだ。アイヌとここで言われているのは、おそらくひとつの歪んだ貌だろう。都市的風貌とは違った、歪んだ疎隔の象徴といっていいその貌は、当時の時代が作った貌でもあった。決して、それじたい悪い貌ではない。これは沖縄の貌でもしかりであり、どこの地方の貌でもしかりである。だが時代はその貌を、時代にふさわしくない古代の貌として、ひたすら異の対象にすえてきた。沖縄もそうであった。

このような時代の思潮をもろにかぶって、少年島尾は、自分が社会とうまくいかないのは、あるいは顔かたちがことなって劣っているのは、出生前の未知の闇に深くつながっているからだというおもいに縛られるのである。もちろん、それは島尾風に言えば、地虫がさなぎになっている時期のことであり、社会的にも年齢的にも閉ざされた時期のおもいなのだ。

出生前の古層

さらに突っ込んでいけば、横浜に生まれ、横浜の学校を出て、大半を都市ですごしていながら、意識のなかにはたえず東北が這入りこんでくるということを少年島尾はくり返したはずである。こんなことも書いている。

いなかは私にとって世間の半分のかげ、剝がすことはできないが、そこでの私は本来の私ではない私があらわれてしまう場所のような気がしていた。どうしたっていなかは都会にかなうはずがないではないかなどと思っていたようだ。私はいなかの人々からいつもまぶしげに見上げられていたとひとり合点しながら、さてそれぞれの具体場面にぶつかると、通過駅さながらの無視しても差し支えない世界として見えていたいなかが、奥深く広い層で積みかさねられているることを感じないわけにはいかなかった。（「田舎の馬」）

島尾少年は二重の手痛いパンチをくらっていると言うべきであろう。それは都会で生きながら、自分のなかの田舎を絶えず意識するというパンチであり、田舎に行ったときは自分のなかの都会を意識するというパンチである。それは、どちらからもまともに取りあつかわれていない疎隔の意識につながっていくものだ。

だが、都会といってもそこは流亡するもの、漂流している者が集積して生活をいとなんでいる場所以外の何ものでもない。それと対照的な貌をしている田舎は「奥深く広い層で積みかさねられている」歴史の重さをそれじたいのなかにもっている場所であるという像を島尾は引きだす。この意識は、後の島尾文学の根に深く絡みついていくものとしてふくらんでいく。島尾文学の基底にユーモアと暗さが同居しているゆえんも、おそらくそこら辺と関係しているのだとおもう。あるいは島尾が画一の風貌と歴史の積みあげをこばんで、亡命ロシア人に接近したり、南島沖縄の歴史空間に接近したりする意識は、そこを基底にしている筈だとおもうのである。とくにそのころから、島尾は日本に亡命した異邦人に心をむけていった。彼らは流亡者でありながら背後に広い層の歴史を持ち、未知の憧憬を誘うものを持っていた。定住しないまま流浪しているのだが、背景には深い歴史と物語を背負っていた。島尾はさらに書いている。

私は小学生や中等学校生のころの自分のすがたをずいぶんに長いあいだ嫌悪と羞恥なしでは思いだすことができなかった。そこのところを抹消してしまいたいと本気で思いこんでいた時期もあった。自分の背丈だけのものが表わせなくて泣顔をしていたとしか思えない。そのこととすぐにはつながらないけれども、それらの日と重なって私の視野の中に幾人かの亜欧混血児たちがはいっていて、彼らの存在は私のむすぼれた状況を解放した。(中略)ぼんやりとながら自分の不適応性を彼らのそれとくらべてみて、そのそばに近づき得るきっかけのあることを感じとっていたようだ。

(中略)彼らが日本人たちから下目に見られていることは私を励まし、通過の瞥見は私の日々の記録すべき重要な事件であって、それを重ねることが私を興奮させた。その行為の積みかさねによって何が形づくられてきたろうか。私にはよくわからないとしても自分の生活の場所と同じ層のところで世界のどこか反対の場所の人たちが生活していることが私を励ましてくれたように思える。たぶん不適応を適応させる一つの方法が教えられたようだし、それは私の中のものがたりの分野にもつながっているようであった。またどうして色々に違った人種が区別されて生存するのかという素朴な疑問に無関心で居ることができない傾きを芽生えさせられた。
（「死をおそれて」）

しかし、この屈折の度合いの多い個人史の流れを〈不幸〉という言葉だけでくくっていいのだろうか。

日常への違和と死へのおそれ、それに出生前の古層への移行と亡命異邦人への自己撞着、いずれも〈不幸〉意識や〈不適応〉意識が根底になっているのはいなめない。だがそれだけではくくれないような気がする。

たしかに、変身、幼女願望、闘争、没落、隠遁、旅行、漂泊という意識への傾きは、この時期に顕著である。そしてそれは〈不幸〉意識を根にしていることは間違いない。それでもなお、島尾の眼は、自分と同じ層のところで生活している異邦人群や古層にむけられているのだ。つまり自己の世界の転換軸を自覚したといえるのである。〈不幸〉意識はすでに〈意識〉が強調されるとすでに〈不幸〉ではない。それでも〈不幸〉意識としてしか見ることのできない世界を島尾はもっている。あるいは、これはその後の島尾文学の中で大きな位置を占めるものでさえあった。

つまりこうだ。〈現在〉を抹消したいほど自分を羞恥の対象としてみていた島尾は、ひとつの志向軸をたてることで、その固縛から解放される気持ちを持ったのである。それは出生地東北の「奥深く広い層で積みかさねられている」歴史のつらなりを意識することによってであり、あるいは「自分の生活の場所と同じ層のところで世界のどこか反対の場所の人たちが生活している」

という亡命異邦人らの存在を意識したことからきたものであった。島尾はある時期に、日本の古層の広さと世界の広さを意識したのだ。この思考軸をさしはさむと社会や日常へ対して持った〈異和〉や〈不適応〉は溶解していくとおもわれたのである。島尾文学を島尾文学たらしめているのも、その辺にあるようにおもえる。

死ということ

変身でも幼女願望でも現実遺棄が根底にありそうだが、島尾の場合、そこにつながっていかないのが特徴といえばいえるだろうか。島尾の場合は、どんなに変身や幼女や漂泊を願望しても現実世界を逃げきっていくという方向にはむかっていかない。現実世界とそうでない世界（夢的世界なら夢的世界といってもいい）は相互の関係にあって円周を組んでいる。死の意識は、最終の問題としてその上にのっかってくる。死も現実遺棄ではなく、現実そのものなのである。そのとき島尾は死をどうおもっていたのだったか。

私を襲いはじめた恐怖は、人はどうしても死ななければならないことに気付いたことだ。それは父や母やそして弟妹たちが深い寝息をたてている真夜中に寝そびれて苦しんでいる私の方に動かしがたい真実の顔付をして攻めてくる。誰に助けを求めることもできず、生との線を越えてそちらに行けばそこには何もない（少なくとも生きていては確かめることができない）死が、底知れぬ深い暗さを擁して口をあけていることが、むしょうにおそろしいことに思えた。自分の脳の許容をはみ出してしまいそうな寂しいおののきにさいなまれ、肌がそうけ立ち、かくれることができない絶望が私をとりひしいだ。ボクハマダコドモダカラ、死ヌコトハカンガエナクテイイ、とむりにほかの考えに気持を移すことによって、どれだけ自分をなぐさめ得たことになったたか。

（「死をおそれて」）

死とは存在を消しさってしまう謂いだとすれば、この死への恐れの意識は我執、自己執着を深い根にしているからであろう。

いや、あるいは死も自己執着の延長として表現される場合もある。死は合理も矛盾もつつんでしまう深さを持っている。個の存在が最終的に行き着くところという深淵の暗い衣裳のように感じた。だからそれを身につけることは恐怖である。

島尾少年は、深夜、孤立したまま、一人その懸崖にふわっと立ってしまうおそれを身につけてしまった。誰に助けを求めることもできない。しかも隠れてしまうということもできない。それだけの確乎とした現実の場を持っていないのだ。そこで彼が考えたことは「ボクハマダコドモダカラ、死ヌコトハカンガエナクテイイ」と思考を一回転させて、現場に居座ることであった。

あるいは死を意識するようになったことのひとつに次のようなこともあった。会津の飯盛山で自決した白虎隊の中に、一人生き残りがいて、現在高齢でなお生きているということを本で読み、彼はそのことを真剣に考えるのである。

私は父母の故里が会津に近いせいか、その少年隊士の自決事件についてはかねてから強い衝撃を与えられないわけには行かなかったが、その中になおどんな偶然が重なったか生き返りが居たということは、いっそうその事件をおそろしいものに感じさせられた。自分がその状況になげこまれた場合のことを考えると、死へのおそれのため身の置きどころがなくなり、幼時の失眠の際の絶望にもどって行くのを感じた。そのようにたぶん私は死ぬのがこわいという咄嗟の思いの間歇的な継続の中で歳月を送ってきつつあった。その途中でそれとからみ合って不適応を認めてくれる状態が、文学には含まれていることに気付いたように思える。（同）

そのような幼い、しかも切実な感情のとりこに徐々になっていくことは不幸なことである。島尾は、不幸意識を文学世界にそのまま引っ張っていくが、その前に精神世界を開示する宗教のなかにも自分を持っていく。だが、そこも「世の終わりの日に人間を焼き殺すために地球に近づいてくる太陽の熱のはかり知れぬ度合いを想像する新たな感覚の恐怖が加わった」だけであり、救いなどなかった。「ボクハマダコドモダカラ、死ヌコトハカンガエナクテイイ」という意識が自然に逢着していく。宗教は意識の現在性が変位した現象といっていいとおもうが、島尾少年は自己の世界の変位としての宗教に這入っていく。自分の意識が宗教を型取るので、島尾は自己の精神世界にこそ這入っていったといってもいいのである。死とは逆立する方位にむきをかえたのである。

何を宗教のなかに引きずっていったか、といえば不適応の意識だということができよう。だがこの意識は、やっかいな意識である。不適応はどこまでいっても不適応にしか帰着しない。「不適応」が何かを媒介にして「適応」に転化したとすれば、その意識は現実を遺棄してしまっているか、ごまかしの行為をしているかのどっちかだから。

島尾は、これらの引用文からもうかがえるように、幼時の失眠の絶望と同じような感情をふくらませ、「不適応」としての自己を強く意識している。この意識は「宗教」と「文学」の世界に等距離をもってふくらんでいったのだった。

そのため宗教へ意識的に接近するその前後に、文学（表現）にも接近する。彼が片仮名のゴム活字や小さな謄写版を買ってもらって定期的に小冊子を発行したのもそのころであった。小冊子を出す契機は、当時読んだ『エジソン伝』で、エジソンが少年のころ新聞を発行していたということを知ったことと、接近した宗派が布教のためパンフレットを作っていてその刺激を受けたためであったという。そのころのことを島尾は書いている。

出版印刷という行為が、幼い私のこころをとらえて放さず、ひとつの秘儀のようにそれに従いたいと思ったのだった。そのころ私はひそかに印刷されている小学校新聞の発行所をつきとめ、さてその出版物を手に入れ、点検の陶酔にはいろうとするてまえで夢がさめることをくりかえした。その未遂の行為は、しかし私に或る暗示と意味を与えていたように思う。手刷りの印刷機械のイメージは幼い私にどれほど輝かしかったか。片仮名ゴム活字版や小型謄写版そして蒟蒻版などの小型印刷機が私の体験の中を通りぬけて行った。自分で編集し印刷した、何度か誌名を変えた定期刊行物に、私はやがて詩に似たものを書きつけている自分に気づくことになる。呼吸が短くてもすむその形が、まず取りつきやすかったのかもしれない。小説に要求される体力的な根気が手に入れられるとはとても思えなかった。なにかを書きあらわしたかったにちがいないが、そのなにかがするどい結晶のかたちでとらえられないことに、まず挫折していた。それは世間への不適応につながっている。

（「どうして小説を私は書くか」）

少年島尾が自覚的に表現の世界にむかう第一歩は、詩への接近からであった。あるいは「なにかを書きあらわしたい」という、精神のいらだちをその出発は内包していた。自覚的な表現の方法にむかったとまではいえないが、「死への怖れ」、「世間への不適応」がこのようなかたちで具体的になっていったのである。我執と挫折は背中あわせだが、島尾はともかくその台の上にたとうとしたのだといえる。

トシと敏雄

西灘第二尋常小学校に転校してからはじめた小冊子作りが島尾をとりこにした。おそらくそこには母トシの思わくがはたらいていた。子どもが夢中になりそうな道具を買い与え、子どもの手作業をおおいに称賛し、よろこびを共有したのではなかったか。

誌名を変えながらも定期的に個人誌を出し続けるということは、ある種の脱皮をしながらというか、変化を求めながら同じことを繰り返していたということである。そしてついに、小説のような長いものは体力的に無理だから、短くてすむ詩を書くようになった。それを島尾はまた、挫折としてとらえ、それは世間への不適応につながっている証左なのではないかとおもった。「どうして小説を私は書くか」というエッセイで、島尾はかなり重要なことを言っている。まるで江藤淳が小林秀雄に感じたような世界だ。

そしてそのイメージは母トシにも通じている。トシは過去との和解を心で求めていたもののそれがかなえられるはずはなかった。

「逡巡があり、自分についての幻影があり、ほとんど生理的な焦燥のくりかえしがあ」ったとは江藤が小林のなかにみたイメージだが、それは後年のトシの心情そのままであるといってもよかったのではないか。そして混沌。その感受が彼女に言葉をみちびきださせ、ノートを準備させた。またここで引用した島尾の小説へのおもいもほとんど同じである。つまりそれらのことを島尾の無意識がすでに感知していた。

一九六八（昭和四十三）年七月、豊田君仙子は句集『柚の花』を花桐社から刊行した。そこに島尾は文章を寄せている。


君仙子豊田秀雄の名は私の母の記憶の中に包まれています。私の母は、その多くのいとこたちの中から或るひとつの名前を、幼い自分の子どもたちにくりかえしかたってきかせたのです。それは昔話の中の英雄のように雄々しく賢くまたりりしくかたられていました。

（「君仙子先生の句集によせて」）


トシが豊田秀雄について語る口調は、おそらくミホが島尾隊長について語るときの口調に似ていたのではなかろうか。島尾もまたミホにとっては昔話にでも登場するような英雄であり、雄々しくて賢くて、またりりしく映っていたのであった。

現実の君仙子先生にお会いしたのは、たしか彼が金房村尋常高等小学校長のときでした。私はもう、写真の中の彼の年配になっていました。すでに文通の上で、私が手なぐさみに編集していたがり版小冊子の俳句の選評をおねがいしていたのでしたが、イメージの中の彼と現実の彼がふたつながら私の感受の中に住みはじめたのです。（同）

小学生のころ出していた小冊子作りはふるさとの知識人であり、俳人であり、母トシの従兄であり、おもいでの人の手にもわたっていたのである。その小冊子をツールとしてトシは君仙子とのあわい関係の糸をつないでいたのであった。

私の母はすでに亡く、私は父母の故土を遠くはなれた南海の島に居を移して十年以上がすぎました。君仙子先生とももう久しくお会いしておりません。折々送っていただいた柚子の実に、私は自分の現在の環境のことなったにおいをいっそうかきたてられたことを知りました。（同）

島尾は君仙子が母にとって特別な人であることを知っていながら、ここではそのことを隠しているようにおもえる。母のノートについても明らかにしたのは自らの全集の月報に連載した「忘却の底から」においてであり、そのころから十四年ほど過ぎて後のことであった。

島尾敏雄の出自

もう少し、島尾敏雄の出自にこだわってみたい。自らの出自にこだわるのは、また作家の宿命みたいなものでもある。自らの環境に固縛されてしか彼は生きられない。いわば生きている足場から作家は逃げることはできないのである。

存在を問う。あるいは自らを問う、そのことから作家は逃げることはできないのだと言いかえてもいい。子供が「何故？」を連発するのは不可解なものを知ろうとする初期行動であろう。こうして子供は社会になじんでいく。こうして成長していく。その場合の疑問は多くが外側の世界に向けられていた。その何故？が集中して自らにむけられるときがある。思春期といわれるころである。

作家が何故？を発しつづけるのはおそらく作家がその思春期の環界のより内側に意識をとどめているからにちがいないとおもう。

一九六四（昭和三十九）年七月、島尾は「消された先祖」という短いエッセイを書いた。


私は自分がまったく空想に乏しいにんげんであることがくやしくて仕方がないが、なぜそうなのか。私は私の父に私の曾祖父のことを度々たずねてみたが、私の父は自分の祖父についてなにひとつ息子の私に教えることができなかった。私の父は彼の父のその父について、一度としてどんな好奇心もおこすことがなかったのだろうか。私は私の父の気持ちを理解することができないけれど、とにかくいくら先祖をたぐろうと思っても祖父の先にはたぐり進むことのできないことに変わりはない。中学生であった私はそれでも曽祖父の名前をようやくにして掘りだすことに成功したのだが、それもそこで行きどまってしまい、その先にはたどり進めなかったとは！　よくよく私は私の先祖を知ることから遠ざけられているみたいだ。（「消された先祖」）

島尾は母が亡くなり、納骨のため父母の郷里に行ったとき、曾祖父、祖父、父母のことを親戚筋にたずねたりした。出自をたしかめたいという誘惑にかられていたのである。母はともかく、父は一向にその方面には関心を向けなかったし、関心をもたなかった。おそらく気持ちがその方向に向かわせないほど、毎日がいっぱいいっぱいで、忙しかったのである。自分の現在が目の前をすべて覆うていた。それで、物語のような過去にじっくりと目をむける、あるいは考える時間や余裕を奪っていたのであろう。しかし、島尾はそうではなかった。ますますふかく、過去の物語のつらなりに関心をよせていた。つづけて島尾は書く。

今の私は先祖が祖父のところからいきなり始まっていることに興味を覚えはじめた。人類学者ではないが千年間に、十六万人の血に、まさか祖父はめくらめきを感じたわけでもあるまいだろうに、先祖たちを彼のところであざやかに消してしまった。だから孫の私は、千年にかぎっても、自分のからだには十六万人を経てきた血、などと考えているより仕方がないではないか。おそらく十六万人の中にはあらゆる人種の血がまざっているのだろうけれど、祖父の住んでいたところからおして考えてみても、何といってもトウホク地方のアイヌのそれがやっぱりいちばん多いのだろうと思っている。（同）

島尾の出自のもとは曾祖父までしかさかのぼれないが、またそのことは大変意味のあることだが、しかし彼の物語は千年前にさかのぼっている。すでに混沌としていて、真っ暗といってしまってもいい闇だが、歴史的に類推してアイヌの血をひいているという方向にむかうのである。

アイヌの血が、あるいは自分のなかにながれている。これはもしかしたら自分は日本民族という主系からはずれた傍系であると意識していく契機になった。沖縄、南島もまた傍系である。だが、もともと主系（原住民）であったものが、取り残されるか、追いやられるかして傍系になった末裔だという考えもあったであろう。ともかく、島尾は自分らの祖先は殲滅の対象になった人々だったという考えをもった。

そのような意識から傍系という方向に傾いていく。あるいは、それらの血と自分の血と無関係ではなくつながっているはずだと考えていく。自然であり、不思議はない。大和王朝か、それに追随する権力集団に滅ぼされた、あるいは傍系としてしりぞけられた末裔であるかもしれないという意識が島尾に残った。

第二章

『こをろ』と矢山哲治

傍系ということ

島尾敏雄が、傍系をはっきりと意識するようになったのは大学に進むときであった。
最初、島尾は一九三五（昭和十）年に兵庫県立第一神戸商業学校を卒業すると、翌年長崎高等商業学校に入学、一九三九（昭和十四）年同校を卒業、翌一九四〇（昭和十五）年、福岡にあった九州帝国大学法文学部経済科に入学した。

経済科にすすんだのは好んでのことではなかった。商業科関係を歩んできたから、これが順当の選択だとされたのである。異を感じつづけていた島尾は翌一九四一（昭和十六）年同大学の法文学部文科に再入学して東洋史を専攻する。二十四歳になっていた。商業・経済畑のものが文科系にくることは傍系とみなされたのである。しかし、島尾はその道でやりなおしたかった。商科は父のおもわくに乗ることであったし、母はまったくそのことを望んでいなかったのだから。

島尾は当時をふりかえり「そういう経歴で大学に進学してきた者は、そのころ『傍系出身者』と呼ばれていたが、どういうわけか私が在学したころの九大法文学部には、傍系の者がたくさんはいっていた」と書いている。

あるいは「自分の故郷はここだ」という定まった居場所がみつけられないまま流浪を繰り返している故郷喪失者だとおもったこともあった。横浜に生まれ、神戸に移り、福島の祖母の住む小高を行ったり来たりし、長崎、福岡、東京、奄美、茅ヶ崎、鹿児島と転居を繰り返してきた。島尾敏雄という個人史に照らし合わせてみるとこれは特異とみなしていいだろう。根がさだまらないと自ら意識することは必ずや個人に何かをもたらすはずである。それが作家島尾敏雄としての土壌のなかで芽を大きくし強固なものにしたのであろう。居場所が固定、定着しているものは作家としての素養が低いと言っているのではない。またそのようなことはおもってもいない。

島尾敏雄が作家としての島尾敏雄に育っていく土壌が、そこにあるとおもっているにすぎない。もし、輪廻転生が死後に出現するものではなく、この世で、自らの一生のうちに繰り返されるものなのだと解釈すれば、島尾の生は輪廻転生そのものである。

一章でも引用したが再び吉本隆明の『島尾敏雄』から引用したい。

島尾さんには《不幸》を招きよせる特異な能力があるのではないか、とおもったりした。そこのところを解明することが、島尾さんの文学や人間を論ずるばあいのかなめであるような気がする。普通ならば、ひとまたぎで過ぎてしまう日常性の亀裂に、島尾さんは固執する。そうしているうちに亀裂は、病巣のように拡がり、日常性のすべてを覆ってしまう。そのとき、ひとびとは、たぶん、その状態を《幸福》とは呼ばずに《不幸》というふうに呼ぶのである。

（「島尾敏雄——遠近法」）

島尾には不幸を寄せつける特異な能力があるとして、それは普通の人なら無視してしまうであろう日常性の亀裂に固執する特異な性格がもとになっているのだと言っているのだとおもう。傍系出身者、故郷喪失者という意識も、「普通ならば、ひとまたぎで過ぎてしまう日常性の亀裂」にすぎないかも知れない。だが、島尾にとって、それはある種の「意味」としてもちあがってきたのであった。

いつのころであったか。同じころ体操の教師も、私を同じような目つきで見た。それはいわば肌合いの合わぬ異種のものを見るときのそれだ。もしかしたら東北出身の自分は、関西の耕され洗練された、人間関係のなめらかな流れにきしりを投ずる異物の要素を持っているのではないかと考えないでもなかった。（「いやな先生」）

あるいは、かつて島尾は「田舎の馬」というエッセイで、田舎のことについて「私にとって半分のかげ」であり、それは剝がすことのできない、本来の自分が現出してくる場所であると書いたことがあった。

それは通過駅さながらに、無視しても一向にかまわないのだが、しかしそこにひろがる風景のひとつひとつに奥深い層でくくられた歴史があり、自分はそれらとかかわっているのだという意識があった。

たとえば、こういうことではないか。田舎はある意味で島尾の意識空間で重要な意味をもっている。出自と言いかえてもいいが故郷喪失者という意識の根に「影」のようによりそってくる田舎が彼のイメージ世界をひろげてくれた。「通過駅さながらの無視しても差し支えない世界」が彼には無視することも、ひとまたぎで過ごしてしまうこともできなかった。

おそらくこれが、吉本隆明が言うところの「島尾さんの文学や人間を論ずるばあいのかなめ」なのだろう。田舎は、都会にかなうはずもない小さなかたちをしているものの、しかし奥深い広い層で積みかさねられている。そこに島尾は自分自身と重ね、自分自身の半分の影と認識した。そのころから、おそらく島尾は血統ということも視野にいれたのかも知れない。日本ははたして単一民族という歴史をになっているのか。裾野はもっと広く深いのではなかろうか。自分らの先祖はアイヌであろう。その血が自分には流れていると意識した。

彼が亡命ロシア人に魅かれるのも、南島沖縄の歴史に魅かれるのも、おそらく根はそこにあった。また、「死をおそれて」というエッセイでは「私の視野の中に幾人かの亜欧混血児たちがはいっていて、彼らの存在は私のむすぼれた状況を解放した」と書いた。

さらに続けて「彼らが日本人たちから下目に見られていることは、私を励まし、通過の瞥見は私の日々の記録すべき重要な事件であって、それを重ねることが私を興奮させた」とも書いた。

何が島尾の関心をひいたのか。それは、自分が生活している場所と同じ層を築いて、ここことは違う別のところで同じような生活している人々がいるということが伝わってきたからである。

たえず自らを傍系出身者、故郷喪失者、現実不適応者として違和の眼をのみこんでいたところにある種、解放の眼がさしこまれたのであった。島尾敏雄はこのような意識に支えられて、文学の世界に着地した。

文学的活動

作家、島尾敏雄の輪郭は、ほぼ長崎高商時代につくられたのではないか。島尾の青春期に属する時期である。

そのころから、島尾ははっきりと文学の世界に目覚め、文学こそが自らの欠乏感を埋めてくれるものだという意識をもちはじめた。文学を生涯、こころにはりつけ、世間と渡り合っていくと位置づけ、自覚的にその世界に挑んでいった。『第三次峠』や『十四世紀』や『こおろ』などの同人誌を創刊し、そこを活動の場にして表現世界をひろげ、自己の内面に向かい、自分自身の資質を発顕していった。

あるいはこう言うべきか。彼は学生時代に自らの資質を見定め、あるいは好みの領域を見定めていった。その背後に、ぽつんとあいて塞ぎようもない傍系意識や故郷喪失者という考えがせりあがってきた。

一方、日本の古層の広さと歴史の重さは、閉ざされた自身の内部で大きな力になったはずであった。

人はこのようなかたちで前へ前へと向かって歩いてさえいけば、おそらく〈不幸〉意識はむこうのほうから逃げていく。だが、島尾は文学の世界へむかうがゆえに、眼を自己以外の世界にあずけっぱなしにすることはできなかった。眼は常に中心に自分を置いて世界を見なければならない。不適応としかおもえなかった自分自身が適応できる場所を得、そこに眼を据えたのである。つまり日本の古層の厚み、歴史の重さをもつところの田舎を意識したのである。そこに視点をおいた。なぜか。それが島尾の資質に合致したためだといえよう。

島尾は青春期に、おもいきって虚構の世界を構築するとか、ドラマの展開で筋をのばすとかいった方法にはむかわなかった。彼がむかった方向は、あるいは彼が接近した文学世界は、夢の体験であったり、紀行文じみた小説の世界であったり、日常を記録するようなものであった。

これはあまりにも青春期にしては音の低い、動きのない世界に近似していた。

深い水の涸れた井戸に同胞や仲間がさかさまになって次々に落下し、その望みを絶たれた衝動と死のむくろを折り重ねたところに、自分も孤独に落ちて行く夢の体験は、私の白昼の体験よりなおあざやかな手ざわりがあったけれども、それを詩のかたちにとじこめる力が私には無いことに気づいたとき、詩は私を離れて高い所にすさってしまった。(中略)しかし詩に逃げられたあとすぐ小説がつかまえられるわけがない。それでも私の中の磁針がある方向を示し、私は詩を拒み、自分自身の旅行を記録しはじめた。小説を書くつもりで紀行文じみたものになった。私はただ通りすぎて行くものの通過するのを持つほかはない。(「どうして小説を私は書くか」)

ただ待つ。時期が来れば自然に磁針が動き、方向を示す。いつから島尾はその姿勢を取り入れたのだろうか。これがそのままあてはまるとはおもわないが、それに近い姿勢は、おそらく幼少のころから島尾は資質として身につけていた。

まわりの日常や社会が勝手に動いているからだ。その社会や日常の動きに合わすことは島尾にはできない。いつも手痛いパンチをくらっているという意識があった。〈待つ〉姿勢は、かつて死の恐怖から逃れるため、「ボクハマダコドモダカラ、死ヌコトハカンガエナクテイイ」といって、深夜ガマンしつづけて磁針の動きを待った姿勢の延長線上にあるといっていいだろう。

いずれにせよ、島尾がその時期に到達した文学的地点は、自分では管理できる筈のない世界、しかもそれを検証したり分類したりすることのできない世界であり、そしてそれは道筋など見出せない広く大きなものの全体であった。こういったものをまるごと書きあらわすより、記録しつづける様式を求めていたのであろう。

そのため、直截に心をうたう詩の様式から距離をとり、同時に儀式くさいからくりや式順がいっぱいつまっていて緻密な道筋を必要とする虚構小説の様式からも距離をとった。

その距離をとってぼんやり立った（といっても意志的でなかったわけはない）位置からつかまえたのは、つかまえようのない夢の方法であった。といってもその方法が、はっきりその時期につかまえられたというわけではないだろう。夢の方法に似た、その都度その都度の心の変化で全体が構成される表現の流れに沿っていくといったほうが正確かもしれない。だが、その方法は夢の方法にわずか一歩の距離しか残していなかった。だから、待てばすぐ手にはいるようなものであったといってもいい。

全体の道筋にむかうのではなく、その時その時に発生する出来事をあたかも記録するかのような緻密さで日々の時間を追っていく記述方法を身につけた島尾は、やはり特異な存在であった。おそらく、十歳当時から書く行為を身につけて、たんねんに自分自身を記録しつづけてきたこと、現実世界への違和の意識が島尾の内面を大きなものにふくらませていったこと、そこらに理由はあるようにおもわれる。

これまで、島尾の〈不幸〉意識や、現実との違和の意識をひきだそうとしてきた。まだ確乎とした歩みはしていないかも知れない。だが、島尾が「夢」小説にむかうとっかかりに立ったということは、これまで述べてきた死への怖れ、疎隔感、異物という意識が伸びて島尾の全身に浸透していったという過程はしめし得たとおもう。

「十四世紀」事件

それに関連してつけくわえていいのは長崎への移住だろう。島尾がなぜ長崎をえらんだのか、あるいは長崎の風土は彼に何をもたらしたのかを考えるのも意味あることだとおもう。長崎の中でも、彼は港にのぞんだ異国情緒豊かな南山手町の異人風の建物に居を定めた。

そこにはヨーロッパ系のにんげんよりむしろ日本人たちを見かける方が多かったのに、風雨にさらされた鎧戸の窓とびらが観音びらきになっている部屋の中に、十字架やマリアの画像などのかざられた、いろどりの多い祭壇をかいま見たりすると、それはやはり異国のひとに向かうほどの断絶が横たわっていると思われがちであった。貧しそうなくらしむきまで、どこかの国からの亡命者じみて見え、天主教を奉じているそれらの日本人たちの日常生活は想像もできぬほど遠い場所のことのように思えた。生まれ変わりでもしなければ、と思ったのは自分の過去の経験だけのところを歩くのでなければ、いつわりを抱えたまま、目さきをつくろうことになるなどと、こだわるかたむきを持っていたからだ。生まれながらの異郷に、目立つことなく住むことができればという、矛盾に根ざした願望が、私を覆っていたように思う。また、そのころの私は、天主教徒という存在に過去と秘儀をしか見ることができなかった。
とにかく、その中に住めることになった私は、心が満たされ、ときめきをとどめ得ず、落着いて観察もできぬほどであった。
(『私の文学遍歴』)

島尾が長崎高商に這入った翌年、日本は満州事変に突入した。長崎の町にヨーロッパ系の人が少なくなっていったのもあるいはその辺に原因しているのかも知れない。あるいは、その異郷風景は遠い歴史の残存であったのかも知れない。だが、町のたたずまいはやはり異郷の生活空間そのものだった。「生まれながらの異郷に目立つことなく住むことができれば」という意識は、島尾の中に日本人の狭くて窮屈な思考に対する違和の意識がことのほか強く残っていたからであろう。

満州事変に這入った一九三七(昭和十二)年に一つの事件がおきる。それは発行したばかりの同人誌『十四世紀』が発禁処分に会い「権力的な審き」をうけるという事件であった。「この事件は学校側にも通告され、処分としては校長の訓戒の程度にとどめられたが、在学中には小説や詩などを書かない条件を示されてそれに従うことを承知した」のであった。

事件の原因は、中村健次の書いた詩「目的なきリレー」が反戦的においがするというためであった(だが、年譜では島尾の作品「おキイの貞操とマコ」と川上一雄の「造花」が出版法第十九条に触れたため発売禁上になったとされている)。いずれにせよ、反戦ということが訓戒の対象になるという時代だったのである。

中村の「目的なきリレー」がどのような詩であったのか、今はそれを知る由もないが、題名から想像してもおもいうかべることはできる。この事件ひとつとっても「狭い日本」が、島尾の意識に明瞭に焼きつけられたと推察することは容易である。

島尾の異郷志向は一層ふかまっていったはずだ。にもかかわらず、規制のみ強調し、許容度が狭いこの国の有り様に島尾は正面から立ちむかっていくということはしない。対立関係をきわだたせて自己を展開する方法を島尾はとらない。資質としてそのような行為は最初から島尾にはないのである。

幅のない日本の原像に違和を感じ、ますます自分自身のおもいを拡大させていく方法を一貫して島尾はとるのだ。日本の古層の広さに意識を集中させることによって、現在的（実際的）ことがらから距離をとった島尾は、そこでもどんどん実際的なものから逃れる方途を志向していたはずである。それでも島尾は次のように書く。

この事件はそのままくすぼってしまったのだが、私は強い衝動を受けた。警察でとりしらべられたことに、ではなく、私にかぎって言えば、そのとき特高刑事と校長の意見に何ひとつ抗弁しないで、「十四世紀」を中止し、そのあと在学中にはものを書かないことに同意してしまったことに対してだ。自分のその態度に私は失望した。（同）

島尾は失望した。それはもっとも内面的な問題に属している。失望はどこまでのばしていってもあるいは深めていっても怒りに転じることはない。失望は自分の無力かげんに対してむけられた失望だからだ。しかし、島尾は在学中小説を書かなかったわけではない。

一方、中村健次は日本軍の南京攻略をたたえるため催された提燈行列に参加することを拒否したり、小林多喜二の日記を読みふけったり、体験を思想に転化させるような動きをしていった。そこは島尾との違いの差であろう。この事件はおそらく二人の青春に大きな打撃を与えただろう。国家が指向している指標の中で個人が生きぬいていくには個を殺す以外ない。というより、その指標に個の動きを合わす以外ない。それがかえって「死」を意味することになるのだという意識は捨てることだ。島尾はおそらく、日常や現在から手痛いパンチを何度もくらっていて、しかも自己の終末に思考を集める習性を身につけていたため、何の抵抗もなくそれに殉ずることができたとおもわれる。いや、殉ずるというより、自己をその方向で統御することができたと言うべきか。

文学を捨てる

徳間書店発行の島尾敏雄初期作品集『幼年記』の付録に中村健次の一文がある。彼はここで事件の後のことについて次のように書いている。

この事件のあと私達はすっかり疲れ果てたと思う。ある夜、下宿で何も話すこともなく坐っていた彼にジャンケンで殴り合ってみないかと、何回か殴り合っているうち二人の滑稽な姿に気がついて笑い出し、二人で街に出掛ける途中、今度は彼のほうからとっ組み合いしないかと挑まれて諏訪神社の下の芝生で大きな身体の彼に組みつき犬ころのように転げ廻った記憶があるが今は懐かしい思い出である。

（「長崎時代の島尾敏雄氏と〝十四世紀〟のことなど」）

まだ、二十歳になったかどうかという若い彼らの殴り合い、取っ組み合いという肉体的感情のはけ口はある悲哀感がただよう。在学中は一切文学活動はしないこと、その禁止命令が守れないなら禁固刑か罰金刑に処せられるという出版法十九条をつきつけられていたのであった。

彼らは何日も長崎警察署に呼び出され、尋問され、調書を取られた。島尾は強い衝撃を受けたが、その衝撃は「何ひとつ抗弁しないで、『十四世紀』を中止し、そのあと在学中にはものを書かないことに同意してしまったことに対して」であった。

ある意味で「文学を捨てる」ことをそれは意味した。このどうしようもない空虚感と、無抵抗に生きなければならない時代で文学にむかっているという歯ぎしりのようなおもいにさいなまれていたのである。

『十四世紀』の編集後記では「古きを懐かしみ、昔に戻らうと云うのではない。文芸復興の若々しい情熱で立上らうと云うのだ」としたためながらも、創刊号は発禁処分にされ潰えてしまった。古きを懐かしみと書いたのは同人誌の名称が二十世紀ではなく、それより古い十四世紀としたためである。彼らの意識には十四世紀にイタリアではじまり、やがて西欧各地にひろがっていった文芸復興の機運をたかめるところにあったのは間違いない。だが、そのこころざしは潰えてしまったのだった。

一九三九（昭和十四）年、島尾は長崎高商を卒業したものの同校の「海外貿易科（一年過程）」にのこり、夏にはフィリピン派遣学生旅行団員としてルソン、香港、台湾に旅行した。その年、矢山哲治が中心となって設立した『こをろ』に加わり、創刊号に「呂宋紀行」を発表する。

みんなはお互いに感情が円滑になったらしいのに、私の方は顔をみられるのでさえ筋肉が不恰好に痙攣するようなのだ。みんなが円滑になればなる程、ひねくれてむすばれて行く。これは私に周期的に襲って来る顔面神経の期間とでもいうべきで、その時は全く他人と真正面に向かって会話することが非常につかれる。変に言葉が変わってしまったり、笑うのでさえゆがんで肩が斜めになって気取った笑い顔になったり、そしてそれがまざまざと自分に還って来るのは、散髪して貰っていて職人さんに言葉をかけられ、それに愛想笑いをするのはいいが、前にあるあけすけの鏡に我と我が笑顔が、笑わない時とこんなに違うものかと、醜く崩れてしまう。私の人間の性質が、笑って出来た顔の筋という筋に露骨に現れて、話しかけた方で気の毒になって顔をそらすようなことになる。私はいつもその顔の崩れが眼先にちらついているからうっかり笑うことさえ出来ぬ。呂宋への旅行の間中も、丁度こんないやな状態のひどい時期と重なり合っていたらしい。こういう時は私は益々人と離れそっとわきの方を歩く。私の呂宋団体旅行はわきの方ばかりを歩いていた。

（「呂宋紀行」）

「呂宋紀行」は長崎高商を卒業した年の十月、福岡で結成された同人誌『こをろ』に連載された。島尾二十二歳のときである。

この旅行は七、八月にかけて毎日新聞社が主催したフィリピン派遣学生旅行団にまじって行ったものだった。島尾は閉ざされた日本から逃れるように外の世界に関心をよせて旅立ちを考えたのだろうが、外に出ていけばいくほどますます個の内部に執着し、内閉していってしまう。その様がよく描かれている。

時間の流れるままに身をまかせ、しかもその時間のなかに固有の時間をきわだたせようとして内閉していく心の動きが、独特の文体で描かれている。自らの内景と外景を交差させながら、それを見る眼の動きに文章というレンズの眼をしぼっていく方法を島尾はすでに掌中にしている。

文体は感受の移り変わりを意味するとすれば、島尾の記述は単なる記述ではなく、感受のなかに埋めこまれて形成された独特な記述だ。そこにいたるまでには、それぞれの時間に対応した意識の変容が大きな要諦となっていることはいなめない。

いきなり『死の棘』に飛躍するが、『こをろ』との関係で少し横道にそれてみたい。

『死の棘』の女

松原一枝に『文士の私生活』（新潮新書）という本がある。彼女は『こをろ』の同人であった。他に同人の中心的存在であった矢山哲治のことを書いた『お前よ 美しくあれと 声がする』という本もある。田村俊子賞を受賞した本だ。

『文士の私生活』は、島尾敏雄の小説『死の棘』にでてくる愛人の素顔がしめされるなど、坪内祐三をして「『死の棘』をめぐる秘話は文学史的にも貴重」（『週刊ポスト』での書評）と言わしめた本である。

この本に目をとおして、島尾が一九四六（昭和二十一）年十二月二十六日にしたためた「日記」のことをおもった。そこにはミホが「あんたが好きなようにどんな事をしてもいいよ、藤十郎をやってもいいよ、そうすればそういうあなたを理解するようにする」と言っていたのである。これがどういうことか、この本を読んで少しはわかってきた気になった。ミホはなぜ、そのようなことをいったのであろうか。

ここで『死の棘』で登場する愛人はKというイニシアルで書かれている。松原一枝はKが自分のところに訪ねて来たときのことを次のように書いた。


……Kさんが訊ねてきた。私と顔を合わせるとすぐ、感情をおさえたような低い声で、

「ね、島尾さんの小説、お読みになった？」

「いいえ、まだ。どこに出ているの？」

「ひどい小説なの。小説は創作ともいうから、事実そのままでなくても、フィクションでもいいけれど、あんまりです」

小説を読んでいない私に彼女は次ぎのように説明をした。

「私がモデルと分かる女は、数人の男と関係している。男、つまり島尾さんとの関係を仲間うちに吹聴し、男は女にこれまで煙草一箱しかプレゼントしたことがない、と笑い者にした、とも書いてあるのです」

心の動揺を見せたことのなかったKさんが、島尾さんについて、はじめて語ったのだが、それは彼への愛情ではなく、怒りだった。

（『文士の私生活』）


数人の男との関係云々、煙草一箱のプレゼント云々のことが書かれているのは、一九六〇（昭和三十五）年『群像』九月号に発表された『死の棘』の二章である。おそらく、この小説が発表

されたころふたりの関係は一九五五（昭和三十）年には完全に断たれていたとおもう。すでに長い時間が流れているのに、彼女は島尾の小説を読んでいたことになる。それとも、島尾がひそかに掲載誌を送ったのだろうか。あるいは、島尾への関心があって買い求めたか、島尾以外の誰かから送られたのかも知れない。しかし「ひどい小説」と言われるようなものではない。

たしかに、そこにミホの発言として、言われているようなことが書かれてはいる。とは言っても二章は女の人の優しさ、想いの深さも同時に書かれている重要な部分なのである。

あるいは、気にいらない表現は随所にあるであろうが、彼女自身が小説はフィクションであるとわきまえているのだし、また「あの小説読んだ？」と友達にわざわざ言いに来ていることからすると、ミホが言ったように「島尾さんとの関係を仲間うちに吹聴し」ているととられても弁解のしようがない。

ちなみに『死の棘』では次のように書かれていた。トシオとミホの会話である。

「自分のしたことを隠そうとは思わない」
「そんなこと当たりまえ。かくそうたって、みんなに知れわたっている。だいいち、その女自身あなたとのことを吹聴して歩いていることを知らなかったでしょう」
「知らなかった」
「いい気なものね。あなたはかたわだとも言われているのよ。おくりものにたばこ一箱しか持ってこないってあなたの仲間の誰彼に言って笑いものにしているのよ」
「……」

「でもあたしはうらやましい。たばこ一箱だっていいわ。あたしはあなたに何かプレゼントをしてもらったことがあるかしら」

（「死の棘」）

感情がたかぶり、荒ぶる女となってしまった妻の一方的な責めを受けている場面である。松原一枝はKに同情していることは理解できる。しかし、この女はげんに松原（友人）に「島尾さんとの関係を仲間うちに吹聴し、男は女にこれまで煙草一箱しかプレゼントしたことがない、と笑い者にした」と吹聴しているのである。ぼくには「死の棘」で島尾はその吹聴してまわる女を美化して書いているとおもわないわけにはいかない。また、松原は次のようにも書いた。

私はKさんのことを書くので、はじめて「死の棘」を読んだのである。「死の棘」ではKさんらしい「女」は、姿を見せずに、電報、手紙などで脅迫する。そのたびに妻は発作を起こすのである。

「死の棘」は構成上、ひどい加害者がいて、被害者がいることで成功している。小説として成功しているのであるから、いうことはないのだが、Kさんが「死の棘」の「女」と一致しないのが、感情的にすっきりしない。

（『文士の私生活』）

おそらく、彼女は『こをろ』時代から島尾と付き合っているはずなのだが、島尾をこころよくおもってはいない。

あるいは、矢山哲治、中村地平、阿川弘之、真鍋呉夫について語るときは、ある種の親しみが感じられるが、島尾の場合には冷たさがついてまわるのだ。おそらく彼らが福岡出身であること、彼女のいわゆる男友達の範疇に島尾はいなく、彼らがいたからであろう。

島尾敏雄の謎

さらに松原一枝は、真鍋呉夫から聞いた話だとして次のようなことも書いた。


真鍋さんは島尾さんと互いに福岡時代の若い頃、よく一緒に旅をしたという。島尾さんは大変な日記魔である。どんなに忙しくても、几帳面に毎日、日記を書く。

あるところで長滞在していた。島尾さんは日記を無雑作に机の上において外出する。いかにも見てもよい、読んでくれ、といわんばかりなので、掃除にきた部屋係の女は悪いと思いながら読んでしまう。部屋係の女に好意をもっているようなことが書いてある。これを読んだ彼女は、当然、島尾さんに対する態度がかわる。

「島尾は女に好かれたいと思って書いたのではなく、日記を読んだ女の変化、それを観察する。島尾はあの頃から、もっとも作家的だった」

自ら仕掛けて相手の変化を観察し、自分の作品の糧にする。培う。

「藤十郎の恋ですよ」と真鍋さんは言った。（同）

菊池寛の『藤十郎の恋』のあらすじも書かれているが、ここで真鍋がいいたかったことは、妻に対しても島尾はわざと日記を見せて、妻の反応をたしかめたのに違いないということであったとおもう。さらに彼女は次のように書いた。

島尾さんの「死の棘」は、妻が夫の日記をみて、夫の浮気を知ったことで神経を病み、発作を起こして入退院をくり返す。夫の不実を責める地獄のような日常を、体験的に書いた作品である。夫はただ、ひたすら自分の罪を認めて頭をたれ、発作で荒れる妻を救済しようとする。

現在発表されている作品「死の棘」は、なんと多くの栄誉ある賞を受賞していることか。参考までに揚げてみると、「読売文学賞」「日本文学大賞」「芸術選奨」。そして映画化（小栗康平監督、カンヌ国際映画祭審査員特別賞）。　（同）

彼女はここで多くの文章をカットしたのではなかろうか、と思われるほどにもKさんとの関係で島尾に特別な感情を持っているように見受けられる。たしかに、そう言われると、例えば『島尾敏雄日記』の中の昭和二十六年一月七日に添えられている異色な文章はそのことを指していたのであろうかとおもいあたることがあった。こんな文章なのだ。

僕達の身の廻りを何彼と面倒見てくれる宿の女性の名は梅子と言った。何か気の引かれる女、美人と迄は行かないけど顔立の整った、やさしみのある遠慮深い中にも人和つこい、見るからに心をひかれる女である。僕はこの女が好きになった。恋したと言うでもないが、恋せずと云うでもない。若し妻以外に愛することを神がゆるしたなら僕はこの女をこよなきものとして末永く愛するかも知れない。

（『島尾敏雄日記』一九五一年一月七日）

文章はさらに続くが、これは異様な空間で波打っている文章だ。ぼくは当初、小説風に走り書きしたのであろう程度におもっていただけであったが、ミホの「藤十郎をやってもいいよ、そうすればそういうあなたを理解するようにする」と言ったことと、菊池寛の『藤十郎の恋』のことと、真鍋の発言と、そしてこの日記がひとつに結ばれていった。

それからもうひとつ。太宰治の小説「風の便り」だ。この作品も宿に泊まった太宰らしい主人公が宿の女に言い寄る場面がある。島尾は太宰について次のように書いたことがあった。

太宰治は少年期の密室のなかでの潔癖な読書から、いくらかは文壇消息にも好奇心をそそれはじめたようなときに、中村地平とともに私の前面に現れてきた小説家だ。彼らは殻をぬいだえび、のように私の眼にうつり、それが甚だ痛々しくあざやかな魅力があった。太宰治は、とりわけ受難者のごとく、よろけて目前を歩いているとみえた。ひとつの偶然が私の気持を一層彼に近付けることになっていた。（中略）

わがままな蝶々のように、彼は、若者の好みそうな花々の蜜のタイトルをつまんで行った。私たちがそこにたどりつくと、すでにそこに彼の足あとがあった。というより、行こうとする花の方をのぞむと、収穫をくわえてとび立とうとする彼のうしろすがたが見えた。そのように錯覚された。

すでに戦争の季節がはじまっていた。かげりが深くなるにつれ、彼のどんな断片的な文章をも私はさがして、怖れと期待の複雑な気持を交えながら、よんだ。

（「一つの反応」）

太宰の「風の便り」という小説は、旅先で文学のインスピレーションを得るため旅館の女中に色目をつかい、坂田藤十郎のいつわりの恋をするという、なかなか読ませる小説である。おそらく、島尾もミホも、太宰の「風の便り」を読んでいたのだとおもう。

謎が多いことは決して悪いことではない。文学の本質は、そこに宿るのだから。黒澤明の『羅生門』のような角度で、つまりひとりの視点のみからではなく、広角の視点から謎の木をみていくのもいいのではなかろうか。

だが、松原一枝は「Kさんが私の家へ来なくなった頃と前後して、島尾さん一家も昭和三十年十月、奄美大島名瀬市（現・奄美市）に移住している」と書いているが、これは事実関係の面からあやしい。

これからすると、Kさんは一九五五（昭和三十）年十月ごろから自分の家に来なくなったといっていることになる。ところが、「死の棘」（『死の棘』の二章）が雑誌『群像』に発表されたのは、前述したように一九六〇（昭和三十五）年の九月号である。ということは、Kさんは一九六〇（昭和三十五）年九月ごろ松原家を訪ね、自ら抱えている憤懣を打ち明けたはずなのだ。一九五五（昭和三十）年十月ごろであろうはずはないのである。

松原には田村俊子賞を受賞した小説『お前よ　美しくあれと　声がする』がある。少し、補足としてそれを見てみたい。

矢山哲治の死

「お前よ　美しくあれと　声がする」。これは一九四一（昭和十六）年十二月に出された矢山哲治の第三詩集『柩』の中の「柩」という詩に、プロローグとして置かれた詩行である。島尾敏雄が文学に携わったあかしとして『幼年記』を出したように、矢山は最後の詩集として『柩』を出した。

前途洋々ではなく、前途には死しかないことをそのころの若者たちはほとんどみんな、胸うちに深くつつみこんでいた。特に矢山の場合、戦死か病死かというおもいもあったかもしれない。彼はそのころ結核という病を持ち、彼の尊敬する立原道造同様に早い時期に死が訪れるであろうことを意識していた。

島尾が日記魔だと言えるとすれば、矢山は手紙魔と言えそうである。おびただしい葉書、手紙が友人らに送られた。彼はおそらく他者と、強く関係を求め続けたかったのである。内心、寂しい人であったことは手紙をみていて感じられる。

一九四一（昭和十六）年五月十四日、矢山は『こをろ』友達（同人）の鳥井平一にあてて葉書を書いた。その中で「M・K嬢は私を忘れたらよいとおもう。小説に書くなりなんなりして、私の亡霊を殺すことだ、私とこの亡霊を結ばぬことだ。私達のみんなが陥る病気。私は、それから脱れたい」と書いた。

ここで言われている「私」とは、矢山のことなのか、あるいは「私小説」のたぐいの自己自身なのか、これだけの文章では分らないが、もし矢山のことであればM・K嬢つまり松原一枝は強く矢山に憧れていたことを示し、また『お前よ　美しくあれと　声がする』という小説を書くことで、矢山の言ったことを現実化したことになる。

矢山哲治は一九四三（昭和十八）年一月二十九日午前六時三十分、電車に轢かれて急死した。松原が矢山におもいを寄せていたことは矢山の死に対する考えで明瞭にあらわれる。小説のなかで松原は、矢山の死を目撃したという人の証言、つまり「水泳のダイビングの恰好で、車輪へ向かって身を投げた」ということを振り返っている。しかし彼女はそれを否定して次のように書いた。

矢山の目撃者がいた、というのも真偽がたしかではないが、矢山が車輪に吸いこまれるその一瞬は、下の途から土手を見上げた目撃者には、矢山が身を投げたように、見えたかもしれない。

しかし、私が矢山の死を自殺とせず、事故死とする理由は、これまであげた死のときの状況判断からではないのである。

矢山は自ら生命を絶つ、というような敗北者ではない。これがいかなる有力な自殺説にも怯まない理由である。

（『お前よ　美しくあれと　声がする』）

矢山がいったように、彼女には矢山という英雄的亡霊を殺すことはできなかった。こういう場面で小説の中のM子が「私」という表記になるわけだが、矢山は人生最後の場で自らを敗北者として枠はめをするような人ではなかったという根強いおもい込みが彼女にはあった。島尾敏雄にも反駁した。

島尾敏雄は「矢山哲治の死」（『私の文学遍歴』）の文中で、矢山が神経衰弱がひどかったこと、手紙、書籍の整理をしていたことをかき、矢山の自殺を暗示している。

しかし矢山はかつていくども、身辺整理をしている。（同）

また、松原は次のようにつづけた。


矢山は死んだ朝もおそらく、考えることは沢山あった。天草へいくこと、結婚のこと、就職のこと、東京へ出ていくこと。矢山はきめた、と思うのはその一瞬であり、時がたてば、どれにも迷っている。

一番、重大な迷いは病気以来、詩、文学について自信、信頼を喪ったことである。（同）

そのときの矢山は、「天草へいくこと」、「結婚のこと」、「就職のこと」、「東京へ出ていくこと」、「詩、文学について自信、信頼を喪ったこと」、それに「病気のこと」などに迷い、苦悩を背負ってしまっていた。しかも、精神は衰弱し、尋常をはずれた行為もしていたのも事実である。

矢山哲治と島尾敏雄

そのころ、矢山は『こをろ』からも距離をとっていたのであった。文学どころではない、病い、生活、戦争といった自身をとりまく情況の苦悩を全部背負っていたのであろう。前記したことがらと、自分のすすむべき道を決めきれないいらだちが彼を不安に駆り立てていたのは事実である。

しかし、彼の死はやはり気になる。
島尾敏雄は、「矢山哲治の死」という追悼文を次の文章ではじめた。「矢山は一月二十九日に急逝した。二十六歳であった。此一文書く時はいくらか余裕あっての結果だ。矢山は死んでしまったが自分はこうして生き残っている」と。
二十六歳としているのは、当時は数え年で年齢を数えていたからである。満では二十四歳であった。この文章は矢山の死後、数ヶ月すぎたころ書かれているため「いくらか余裕あって」とされているものの、島尾の心は決して落ち着いていたわけではなかった。
また島尾は矢山の死を知らされたその日、一月二十九日に自宅を訪ねたときのことも日記にしたためている。

妹さんと矢山の家に行く。柩を見て涙湧き止めがたし。むせび泣く。事情よく分らぬ。おっ母さんの断片的なくり言で、天草行やめになっていたこと、親せきの所におっ母さんと行く事になっていたこと、二、三日来機嫌よくなったこと、鈴木に逢いたい、吉岡修一郎氏、鈴木教授に逢った、朝住吉神社にラジオ体操に行っていた、洋服を着て一度家を出、靴をはきに戻って又出た、死骸になって帰ってきた、朝の六時半頃だ(死んだのは)。

(「島尾敏雄昭和十八年日記」)

日記にもとづいて島尾はより詳細に次のように書いた。島尾文学は日記との関係が強いのでそれも引用してみる。

二十九日。この日早朝矢山は急逝した。夕方妹さん見え、兄が亡くなりました。柩見て涙湧き止め難し。御母堂のなげきの断片から、天草行止めになっていたこと、親戚の所におっ母さんと行くことになっていたこと、鈴木真に逢いたい、最近吉岡修一郎氏、鈴木教授に逢っていたこと、朝住吉神社にラジオ体操に行っていた、その日の朝洋服を着て一旦出てから靴をはきに戻ったりした、死骸になって帰って来た、この街に残っているのは島尾だけ、今度応召したら戦死します。彼の日常生活していた別宅の玄関の間にはその日の朝出かけて行く迄寝ていたとこが敷っ放しになっていた。書物は読まないことにして押入れの中に入れていたが、眼のつく所に伊東静雄の詩集、新しいスケッチブック、冨士本と真鍋からの最近のはがきが目についた。他一切焼却したらしい。東京の吉岡に電報打ち、高宮の真鍋宅留守、馬場頭の川上留守、大濠端を独り歩いて又矢山宅に行った。お通夜するつもりであったが、空気に堪へ難い、十二時近く辞す。あれこれ分らぬことで微熱状態になったが疲れて眠った。翌三十日。起きると死んだ矢山からひょっこり手紙が舞込みはせぬかと、来はせぬ。千々和にはがき。福田宅に知らせる。玉井留守。猪城留守。凪きつし。寒さ俄かに厳し。近来矢山黒い鳥になって博多の街々を飛び歩いている気持ちしきりであった。自分の側から言えば嫉妬、無縁の情は消えかかっていた。

（「矢山哲治の死」）

島尾は母親から、その日の矢山の行動を知らされ、またノイローゼぎみであった病いも退いたようであったことなども聞かされ、自殺だとおもった。ともかく友人は島尾ひとりしかいなかったため、動顛しながらも友人知人への連絡に奔走した。そのへんのことが、よく伝わってくる。島尾から連絡を受けた真鍋呉夫は、そのときのことを『矢山哲治全集』の解説で次のように書いている。

当時まだ九大の文学部に残っていたおかげで、ほとんど一人で矢山の死に直面しなければならなかった島尾敏雄は、それから半年後に発行された『こをろ』十三号に、なにか赤裸《あかはだか》にされた自我の悲鳴が聞こえてくるような感じの追悼記「矢山哲治の死」を発表している。

（中略）

島尾のこの種の散文の中でも屈指のもので、にわかにかけがえのない僚友を失った動顛のうちに書きつがれ、矢山との間に生じたナーバスな対立や葛藤にも率直に触れているだけに、いわばむりやりに引き裂かれたシャム双生児のような、なりふりをかまわぬ悲哀につらぬかれている。

（「光の薪——矢山哲治の詩と真実」）

矢山は、見ようによっては、島尾の片割れというふうにも見えた。だが島尾には九州男児のような荒っぽさはない。全体がソフトなのである。この真鍋の文章も矢山、島尾を知る人のたしかな眼を感じさせると言わなければならない。

矢山は鳥井平一に送った葉書に「M・K（注＝松原一枝）嬢は私を忘れたらよいとおもう」と書いたその次に「私とシマオの間に、はばのひろい河がある。お互いにこの岸を意識しているのが、ことに自分にはいぎたなく感じるのらしい。深い淵ならまだしも、低い流れだが。私が、離ればよいのだとおもう」と書いた。

この「はばのひろい河」とは、文学観によるものなのだろうが、あるいは東北と九州の出自のはばからきているものではないだろうか。あるいは、父親がいて母親がいない島尾、母親がいて父親がいない矢山という家族構成の生活環境からきたはばなのだろうか。彼らはしかし、対立しながらもお互いを評価し尊敬もしあっていた。

矢山の死だが、天草に行けなかったことにその理由の多くがあるようにおもえてならない。なぜ、あれほど天草行きに彼は執心したのか、行けなかったのはなぜなのか、そのへんが鍵になるような気がする。

『矢山哲治全集』の編集・監修をつとめた近藤洋太が『矢山哲治』（小沢書店）という著書を出している。

この本で、これまで同人のあいだでさえ知られていなかったことがしっかりと書かれている。例えば中学のころ矢山は玄洋社に寄宿していたということも。

修猷館で活動していたことはよく知られていたが自由民権思想から時代的拘束力を受けて、国権思想に転換していった玄洋社に、矢山が寄宿していたというのである。それを受け、近藤は関係者から取材をしていった。

あるいは、矢山の詩集『柩』におさめられた「環水荘」の詩の中で「国民的老詩人」と書かれている人は北原白秋であったとも書いた。

詩は「小学校よりの友、キンペイ君に」と献辞がつけられているが、そのキンペイとは小学生のころからの友達で『こをろ』の同人でもある加野錦平である。環水荘とは、彼の伯父が所有する別荘であり、そこで遊んだときのことを詩にしたものであった。

その伯父がことのほか文学への造詣がふかく、与謝野鉄幹や与謝野晶子夫妻、木下杢太郎、吉井勇、高浜虚子らを招いたという別荘が幼い矢山らの遊び場のひとつになっていたのである。

矢山の詩は、国民的老詩人と幾度となくそこで会い、時には自分らの悪漢ゴッコをあたたかく、鋭い目で見られたり、ガバンの上の絵を取りあげられ、眺められたりしていたということを詩にしている。

近藤は、これは一九二八（昭和三）年三月、四十三歳の時の白秋が妻子を伴って二十年ぶりに帰郷したときのことであろうとしたためた。

また、福岡市はこの本の書かれる当時、人口百万人を超す政令指定都市になっていたが、矢山が生まれた二年後の一九二〇（大正九）年のころは人口九万五千人で、長崎、鹿児島に次ぐ九州三番めの都市であったとか。

ちなみにそのころの長崎市の人口は十七万六千人、鹿児島市の人口は十万三千人だったらしい。一九八九（昭和六十四）年当時は両市とも五十万都市になっている。ちなみに二〇一五（平成二十七）年現在の人口を調べると、福岡市が約百五十三万人、鹿児島市は約六十万六千人、長崎市は約四十四万人である。

あるいは、本書の特徴は近藤が一貫して、矢山の死を単なる事故死とは見ていないところにある。これなどは島尾敏雄の見方と通じるものがあるが、彼はさらに一歩踏み込んで北村透谷の死と重ねていく。時代の力業と個人の力業がぶつかって、時代に蹂躙された死と見るのである。近藤は次のように書いた。

否応なく北村透谷の死を想起させずにはおかない。透谷の死は、わが国の近代のはじまりの混沌とした状態における運命的・象徴的な死であった。いずれも個人の力業によってはいかんともしがたい近代の魔に蹂躙されたあげくの横死であったという印象を私は強くもつ。私はそこに透谷と矢山の死の意味の同質性を感じるものであり、従来の「四季」派傍流のマイナー・ポエットという評価に承服できない所以である。

（『矢山哲治』）

そして近藤は、戦後という高みから、あるいは戦後という安全地帯から矢山を追うのではなく、矢山の生きた時代に即して、その地点に眼を置いて矢山を描いていくという姿勢を貫いた。

自由なようで、かえって拘束

矢山哲治といえば、やはり彼の不可思議な死にどうしても眼が行く。だがだれも、真実の椅子に坐らせてくれない。何だかそれが矢山の意志でもあったかのようにだ。また、軽々に「自殺」だと断定しにくい状況のスポットにうまくはまっている。

矢山哲治の死。その直接の動機は、尋常を超えた立原道造への憧憬が根っこにあったのではないかとおもえてならない。立原が矢山に送った手紙に、次のようなものがあった。

九州のこと、なつかしくなり、ことしのをはりごろから来年のはじめにかけ、長崎あたりにくらす夢をかんがへはじめました。

（昭和十三年八月二十八日）

冬、一、二月あたりには　長崎に行つて住もう　と　おもふ。心のままの漂泊や放浪が、僕の青春の形式といふためには　僕はあまりに病ひや弱さに近い、かへつて　僕の心も身体もつくりなほすための旅といひたい。旅のなかで『心身改善』がなされねばならないといふこと自体たいへんにイロニイである。

（同年九月六日）

この立原の長崎への執着、しかも「心身改善」の旅という意志に矢山の目はむかっていった。矢山は、立原になろうとしたのであり、あるいは立原が遂に成し遂げることができなかった「長崎生活」をどうしてもやり遂げたかったのではないか。

それができなかったことで、矢山の失意はさらに加速していったと考える。一月か二月に長崎に行くことを夢見ていた立原、その二、三ヶ月後には帰らぬ人となった立原、矢山も一、二月には長崎に行くことをかたくなにおもっていた。

ところがそれがかなわなかった。矢山は焦慮した。世のなかは自分を遮ってばかりいる、何ひとつおもうように事が運んだためしがない。「立原道造の友、矢山哲治は失態ばかりして、人生を生きている」そのような声にさいなまれたのではないか。

矢山の心境について、近藤洋太は次のように書いた。

昭和十七年十月、兵役を免除され、翌十八年一月に死去するまでの四ヶ月間、矢山は何を考え、どんな生活を送っていただろうか。川上一雄に宛てたハガキ（昭和十七年十月二十二日付け）

には、「からだは、帰宅してからたいへんよい調子なのですが、気持は、地方人であることは、かへつて動揺するもののやうです。自分だけの心では、就職のことなどあまり患はされたくないが、周囲があります。就職していなかつたことは自由なようで、かへつて拘束でもあります。とにかく生き難いことを感じます」と書かれている。「こをろ」の仲間や、同年代の青年たちが、つぎつぎと応召してゆくなかで、自分ひとりが兵役を免除されて帰ってきた。矢山は、それを負い目と感じざるを得ない人間であった。

（近藤洋太『矢山哲治』）

兵役にもとられず、就職もできず、家でぶらぶらしていることは、都会ではいざ知らず地方では生きがたいほどの責め苦なのだという心境はよくわかる。世間から放り出されたような虚脱感を矢山は感じていたが、あるいは自由な時間がいっぱいあって何でもおもうようにできるとおもわれがちだが、これは生き地獄であり、その心境を「自由なようで、かへつて拘束」という柔らかい言葉を使って表現したのではなかったか。

その意味からも長崎に早く逃げたかった、あるいはそこで「心身改善」をはたしたかったのだが、これもかなわなかったのである。「生き難い」というおもいが大きな渦をつくっていくのは時間の問題であった。

そしてその渦は錐となって矢山の胸内を深く突き刺していった。精神力のつよい、負けず嫌いでリーダー的な時代の青年は、その時代から見放されたくないというおもいを人一倍持っていたのではないかと考えるのである。

時代による窒息死

矢山の死について『こをろ』の同人、小山俊一は次のように書いている。

……事故だったか自殺だったか今に不明で、当時「こをろ」の中にも二説があったが、しかし彼らが受けた印象は全く同質のものであった。自殺か事故かのちがいが完全に無意味であるような、ある深く運命的のもの、象徴的なものとしてその死は受けとられた。この印象の同一と、現在もそれが鮮度を失わないことを、現存するかつての「友達」についてたしかめることができる。それは、いってみれば、ひあがってきた水たまりであえいでいた鮒の白い腹を返した死、呼吸困難のはての窒息死、という印象であって、そういう感受の性質は同時にその時期の「こをろ」のメンバーを一様にとらえていた感情のありようを説明している。

（「戦争とある文学グループの歴史」昭和三十四年十二月）

自殺であれ、事故死であれ、矢山は呼吸困難のはてに窒息死したのだと小山は言っている。それは時代状況とてらしあわせて、詩人の死を見ている独特な判断だとおもう。当時の若者の視野には遅かれ早かれ前途には死しかないという前提が認識として入ってきていた。なかでも矢山には、病死ということも視野に入っていた。

近藤洋太はかたくなに事故死説をとる松原一枝の『お前よ　美しくあれと　声がする』の現場描写には疑問を呈する。

松原は、「矢山は……上り電車に轢かれた。その踏み切りは土手の上にある。」と書いたが、「福岡に住んでいる人であれば、誰でも知っていることだが……高宮―西鉄平尾間には、松原が書いているような土手の上の踏切はない」と疑問をぶつけた。また、松原は次のように書いていた。

レールが急カーブしており、高宮方面の見通しがきかない。上り電車を見てからでは遅い。つばめのように身を翻さないかぎり。

矢山は電車の進行してくるのに気がつかず、兵隊の行列を横断した如く、踏切を渡った。

その瞬間、車輪に吸い込まれた。

（『お前よ　美しくあれと　声がする』）

これについてもレールは「急カーブなどしていない」こと、また「『つばめのように身を翻さないかぎり』と松原は書いているが、この世にそのような踏切が存在するものだろうか。ヘアピンカーブの道路ならば、あるいはこのような表現が適切かも知れないが、電車の軌道にそんな急カーブがついていたら、誰も踏切など渡れなくなる」と事故現場の説明が不正確であるとした。また、松原が矢山の自殺説を認めない大きな理由としてあげている「矢山は自ら生命を断つというような敗北者ではない」というのに対して、個人の力業と国家の力業の決定的なる差があることを強調した。つまり「そのような人間とても、国家は易々と扼殺」できるのだということをしたためたのであった。

そして近藤は次のように結論づけた。

除隊後の矢山は、兵隊として失格であったことを負い目として感じ、就職することによって再起しようとしたが思うにまかせず、精神的に不安定な状態にあった。外界に対する反応が極端に鈍くなっていただろうことは充分に想像できる。したがって、その死が事故によるものであったことは充分に考えられるし、同じ程度に自殺であったことも考えられる。もし自殺であったとすればそれは覚悟の上の自殺という性格のものではなく、きわめて衝動的なものであっただろう。矢山の死は、私たちが考えがちな事故死か自殺かといった二者択一的に明瞭なものではなく、そのいずれでもあるといえるような不分明な性格の死ではないか。それは時代に鋭敏であった青年の追いつめられたあげくの死であったのではないか。

（『矢山哲治』）

これなどは小山俊一が言った「ひあがってきた水たまりであえいでいた鮒の白い腹を返した死、呼吸困難のはての窒息死」という表現に添った見方である。「鮒の白い腹」は例えにしてはふさわしくないものの、おそらく、そうだったのではないかとおもわれる。

ここに自らがかかえてしまった個の悩みがあった。矢山を矢山たらしめている詩の神ミューズの同居もあった。それらが重なり合って窒息死に誘導したのではなかったか。それは計画的なものではなく、矢山らしく致し方のない自殺だったとあるいは言っていいかも知れない。

第三章　戦時と文学

学生時代

戦争前の暗い時代に島尾はどのような考えをもち、どう生きていたのだろうか。

長崎高商を卒業した島尾は、絹織物商を営んでいる父の意志もあって商業関係の大学に進学することになる。そして一九四〇（昭和十五）年、二十三歳で九大法文学部経済科に入学した。

その時期は、日本がアメリカと戦争をはじめた時期に重なっている。だが歴史の流れ（というより国の指標）とは逆に、島尾個人は「できるなら日本の島を出て行って蒙古から中央アジアのあたりにもぐりこみたい」という考えを積み重ねていた。そしてつづけて次のようなことを書いていた。


私としては世の中に出て、立って行くどんな方法も自分は見つけることができないと思いこんでいたからだ。電車通りを歩いていると、ふらふらよろけて仕方がなかった。小学校を卒業してからずっと、そのころの所謂傍系の学校ばかり通って来たことだけが原因でもなかろうが、基礎の学問が全く身についていないようであった。

（「重松教授の不肖の弟子たち」）

島尾は経済学を専攻するが、資質がそこの世界に合わず、翌年には父を説得して受験をやり直し、東洋史のほうに行く。自分以外のまわりに仕向けられて、状況に合致するような歩みを強いられてきたのだが、そこに違和を感じ不安をかかえ、考えこんでいくようになったのである。彼は姿勢をただし、自分のむかうべき方向を見定めようとする。そこで注目されてしかるべきことがおきる。つまり、日本史の流れに自己発現の場を定めないで東洋史に目を転じたとき、広大なひろがりをかんじた。あるいは幅のせまい日本の思考わくではたどれない層の広い生活史の全容がぼんやりと見えてきたような気がした。

そこで自己をやり直すため、時間の流れを逆流させて、歴史の全体を支えている東洋のひろがりと、その深い闇に眼をすえる。時代から背を斜めにそって自己の方位を定めようとした。だが、そこでも手痛い拒否に出合う。壁が大きくのしかかってきたのだ。

……学生のまばらになった時間外の静かな大学構内を教授個人の研究室へたったひとり訪れた私に先生はわざわざ時間を割いて、西域史研究の古典をテキストにしながら、既に展開されている研究の茫漠とした広さと、同時に又尚未知の暗黒の領域が如何に深いかを懇切に示された。その探険にでかけて行く為には、その探険者に、英語やドイツ語やフランス語、シナ語、ロシア語の自在な駆使の要件が当然のこととして要求された。而もその研究をより精緻にするためには、その土地の言葉であるトルコの諸語やアラビア語、ペルシア語を手中にしなければならない。私はそこで又何度目かの絶望をした。先生の引越し手伝いに行ったときに見た莫大な蔵書に私は目がくらくらした。又漢籍史料の雑然としたよせ集めのおそるべき堆積の中から、多量のエネルギーと無駄とを放散しながら、鋭敏な探偵者のように、かくされた歴史の真実を、掘りあて、あかるみに出し、表現し肉付けて行く、すさまじさは、両先生の講義のはしばし、研究室での軽口や演習の研究指導で、次第に私の眼前に立ちはだかり出した。多くの権威が、限りなく行手に立ちふさがっているのだ。（同）

おそらく、未来に何の希望もなく、学校を出れば軍隊生活が待っている日々の中で、島尾は歴史学をもって自分の思考基盤をひろげようとおもったはずであった。ところが、語学の問題と厖大な漢籍史料の読み込みというめまいをもよおすようなことがらが眼前にたちはだかってきた。それでも考えこんでしまうのは、この師はもろもろの外国語を自在に駆使できることが要件であるとわざわざ時間をさいて学生にむかって言ったのだろうか。ひねくれた考えをすれば最初からあきらめを強要しているようなものではないか。

東洋史への傾斜は、現実的で実際的な〈現在〉とのかかわりが違和のよろいをまとって強靫であるため、島尾にとって切実だったとおもう。だが師が示唆したことがらの総合に島尾は道をふさがれたおもいをした。ようするに師の言葉やおこないを真剣に型どおりに受けとったのである。英語、ドイツ語、フランス語、シナ語、ロシア語、トルコの諸語に精緻をきわめるという言語世界は学生を途方に追いこむのに十分である。何かをするには、それに応じた要諦はつきものではあるだろうが。

だが〈自在な駆使〉というかたちでこられると、人間はすべてうちのめされなければならない。島尾も素直に立ちどまってしまった。

東洋史の奥深い闇を遠視して、もっと個人的な領域に限定した方位に目をむけた。そのころ、島尾はひんぱんに旅行を繰りかえしている。おそらく、自己の指標に忠実になる方法のひとつにその行為は重なっていたはずである。そこで完全に学問の道にすすむ意欲がそがれた。小説家になるということは、何者かからの挫折がつねにつきまとうと言えばいいか。

そのような、希望が未来につなげられない灰色の時期に、さらに見逃すことのできない大きな事件が島尾を襲ってくる。襲ってくるというのにふさわしい出来事であり、ひとつの時代の転換期を象徴する事件であった。

例の『贋学生』の小説に書かれた事件である。社会とのかかわりは、社会の現象としてたちあらわれる人々との関係でもあるが、その事件の鍵をにぎった青年とのかかわりは、島尾の青春を灰色に染めあげていく役割をになった。

事件の筋についてはすぐれた最初の長編小説『贋学生』にゆずる以外ない。しかし、島尾はこの体験で自己の中のなにかが崩れたはずである。日本のむかっている戦争とか、生活の基盤である社会とかいうのは、いわば外側の世界として距離をとれる関係にあったが、この青年（贋学生）は島尾の家族のなかや島尾の内部にまでずかずかと這入り込んできたため距離がとりにくかった。それじたいが生きる社会という顔をしていたのである。

青年は実際は、小学校を出たきりの旅廻り芸人であったのだが、医学部の学生といつわって島尾らに近づき、しかも幾つも使いわける声を持ち、それを生かして電話を使い、島尾をはじめ、家族や友人らをだましていったのである。

最初に彼がしたのは、架空の妹をこしらえて、しかもその妹を当時売り出し中の映画女優にしたててその名前をかぶせ、島尾と付き合わそうとしたのであった。島尾はのちに語っているが、その女は戦後スクリーンで活躍する月丘夢路であった。ということは、あながち贋学生は嘘だけ言っていたわけではなかった。

このことについては柘植光彦が中心となって発行していた文学研究誌『現点』二号「特集　島尾敏雄」でのインタビューでも語られている。

柘植　「贋学生」っていうのは、方法的に違いますね。
与那覇　推理小説仕立てといいますか。
島尾　これもフィクションはほとんどないんです。
与那覇　砂丘ルナという女の人がでてきますね。名前としてだけですが。
島尾　あれは、月丘夢路だったんです。もちろんご本人は知らないよね。ただ「贋学生」に仕立て上げられて、ぼくは振り廻されたんです。

（「小説のなかの女たち」）

ともかく、贋学生木乃伊之吉は宝塚女優、砂丘ルナを自分の妹だとして登場させ、島尾の関心をひきたかっただけなのではないか。そして次は医師のイトコをこしらえて、それと島尾の妹を婚約させせようと策をねり、島尾の家族の中に這入り込んでいったのである。しかも彼の巧妙な仕かけになすすべもなく、どんどん仕かけられた話にはまり込んで、従来の生活のリズムが狂わされていった。

彼の手段は電話であった。それ以来、島尾は電話嫌いになったという。


全くへんな話なのだ。一体彼は何のためにこんな手間のかかるでっちあげに没頭したのだろう。破局は当然予想された筈だ。彼はどういうふうに破局を乗り越えるつもりだったろう。破局が近づくにつれ、彼は、積み重なり腐敗しはじめた嘘の堆積を脱け出したかった。否彼は大嘘つきのまま救われたいと思った。

どういうふうに？

しかし彼のために破局は最も悪い形でやって来たのだった。彼の素性が思わぬことで外部からばれて、彼はぼくの前から遁走した。

（「電話恐怖症」）


他人とこんなかかわりかたをするのは不幸である。それは、あっちもこっちも不幸だ。当時、日本は戦争にむかって全開進行しており、あたかも時代の反照として、この事件は規模や様相を異にしながら島尾の生活土台を襲ったと見ていいかとおもう。破局にむかって男は全身で駈けていっている。この燃焼はおそらく島尾にはなかった異様な神経の別世界であった。

事件は、個人の生活のリズムと思考のリズムを狂わせたが、そこで島尾がいっていることは、そのまま日常の当時の混乱の元凶になった思考とも重なっているようにおもえる。日本の国家の頂点は、手間のかかるでっちあげに没頭し、破局にむかってひたすら走っていた。というふうに、あるいは彼らは大嘘つきのまま救われたいとおもった。が、破局は最も悪い形でやってきたというふうに。

その意味でこの事件はより状況的であった。灰色の時代を象徴している。人々の目はいずれも国の指を差す方向にむかっていた。わるく言えば、手玉にとられていたのである。そして人々は徐々にそこを頼るしかなすすべがなかったとも言えよう。といってもそれがすべてなのではない。要は島尾やその家族のなかに、このような人の這入り込む〈あたたかさ〉があったということなのだろう。

島尾は以来、電話が嫌いになり、父に「大学にもはいっていて、電話がこわい、などと言うやつがどこの世界にある？　ばかも休み休みに言いなさい。何だお前、ふるえているのか」といわれるまでになる。

ふるえている島尾の像は、「不幸」をそのまま凝縮させているかのようだ。その島尾が数年後には海軍中尉になってひとつの隊を指揮するのである。そのような人を（といえば語弊があるが）ふるえさせたこの事件は、見かたによっては戦争と同等の力をもっていた。

電話恐怖症になった島尾は、電話から数歩引き下がって他との交渉を手紙や、直接本人に会うというかたちですすめる。ところが「顔をみつめ合っての話でも、嘘だ、ぼくはだまされている」という意識を長いあいだ持った。

冷静になって、この事件が戦争と違う点をひきだしていけば、まず、戦争は個人の精神面とか個人史とかにかかわりなく襲ってくるが、この種の事件は、その人の精神面や個人史に釣り合ったかたちでおきてくるということであろう。事件も個人の顔に似せて形象され、ふくれあがっていくのだ。電話の前でふるえている島尾は不幸だが、またそれはこれまで見てきた島尾の原像につり合ったひとつの顔だった。

島尾の特異な体験として語られるもののひとつに戦争体験がある。あるいは島尾敏雄という作家を誕生させた重要な位置にその戦争体験は横たわっている。他の作家らの戦争体験とも違ったほのぼの感さえあるから、それはまた特異なのであった。ここでも島尾は文学の土壌を豊饒にしていくのだ。

奄美・加計呂麻へ

九大在学中の徴兵検査で、第三乙種で合格した島尾は、第二補充兵役に這入り、一九四三（昭和十八）年九月繰上げ卒業して呉海兵団の営門をくぐった。それから満州遼東半島の旅順で魚雷艇学生として訓練生活を送ることになる。これが、いわば軍隊のきびしい規律のなかに自己を投入した最初の体験であった。そして翌年、奄美加計呂麻島の呑之浦基地に配属され、第十八震洋隊の指揮官という任命を受けて本格的な軍隊生活に這入っていった。

人には、適応、不適応という生まれつきの資質みたいなものがあって、どのような時代もそれを消し去ることはできないとおもわれるが、戦争という時代の「現在」は、人間の資質をすべて等質化するかたちで個人個人にせまっていった。たしかに、どの時代の「現在」もそれぞれ個人個人が自由に意志したとおりのものを担わせるというのではないと断言できるだろう。それが戦時中となると、個人の資質などなく、それぞれトータルにされ、最大限に国（軍＝組織）の施策に殉じるよう改造されていく。

それぞれの人々は、単位として数えられ、その単位に欠落部分が生じたら、不適応者として廃棄され、他を補充していく。だから島尾が指揮官であったことや特攻隊という任務にあったことは、たまたまそうなっただけで島尾とは別の人間であっても一向にかまわなかったということになる。ただ、その分岐したところから相応の物語が形成されることになる。

島尾は奄美の呑之浦に渡った。奄美と島尾との関わりはこのように特異な形でやってきたのだった。そのとき、奄美は彼にどのように映ったのだろうか。まず、これから見てみよう。

若くて未熟な私の眼に、奄美大島は一個の遊仙窟であった。そこは本土では考えることのできぬ珍しい風習の土地柄であり、大げさに言えば常夏の国であった。ぎらぎら照りつける太陽や根や幹のからみ合った樹木が私を圧倒した。言葉は一つも理解することができず、私は一人の異邦人であり、恐ろしい毒蛇が棲息していた。人々は陽焼けした顔で哀愁極まりない歌をうたい、白い昼と青い夜を送っていた。私はさながら仏教や儒教の倫理感に影響されぬ太古を現世紀に垣間見たと思った。

（「奄美大島に惹かれて」）

島尾は奄美を、遊仙窟であり、本土では考えることのできない、珍しい風習を持つ土地であり、毒蛇が棲息する地であり、仏教や儒教の倫理感とは縁のない太古であると感じた。島尾はおそらく、このような島に分け入り、自分自身が言葉も通じない異邦人になってしまった純粋な驚きを感じとったのであった。

いわば、彼は日本の一角でありながら日本のこわごわした精神世界で強圧的文化や風習とは違った、まったく別の異様な文化、風習に出合ったのである。ここが死に地であろうが、なぜか自分を解放してくれる遊仙窟におもえた。

島尾の意識が、曖昧なかたちでではあるが懸命に模索し執着していた「太古」が目の前に、具体的にあらわれてきたのである。青年初期に暮した長崎も、異郷として島尾に意識されたが、南島奄美のそれは、長崎とはまた違ったものであった。長崎には、それとなく身につけた天主教的な、あるいは近代の空気をおもうぞんぶん吸い込みつつ、つつましい倫理感の膜も流れていたが、奄美の場合は近代とは無関係な顔をした太古そのものであった。

山、大樹、石垣には毒蛇が這い、しかも白い昼と青い夜をもち、人々はうらがなしい歌をうたい、言葉も通じず、珍しい風習を持つ世界。だが、まぎれもなくこの地も、長崎同様、日本の一角なのであった。

島尾は「できるなら日本の島を出て行って蒙古から中央アジアのあたり」に行きたいという考えをもって西域史研究に傾倒していったが、しかし語学の要件などもあってそれをあきらめた経緯がある。そして時代は、彼をその方向へは行かさず、国のため敵軍に突進して軍神になる道にひっぱっていったのである。

だがおそらく、日本でありながらすでに太古の世界といってもいい異郷の地に立ったとき、自分自身の死に場所としてふさわしいとおもったのではないだろうか。それは十分予想できる。にもかかわらず、死はやはり恐怖であった。

前に、吉本隆明の文章を引用して、島尾の〈不幸〉を招きよせる特異な能力について触れた。おそらくその能力は「現在」への異常なほどの執着が逆に重苦な対象となって覆いかぶさってくるというものであった。

島尾は、狭い日本から抜け出て、広くて深い古代への願望をふくらませていくが、今度は逆に古代が島尾の意識を固縛してしまったのである。人は、こういった意識をひとまたぎして通りすぎて行くものなのだ。だが島尾は固執していく。死もそうであった。死も必然として眼前にせまっていて、そのことに目を閉ざさなければならなかったのだが、島尾は執着し続けたのであった。だから不幸は一層ふくらんでいく。

私たちはまだ見たことのない敵艦の形態、方向、速力、射角などのことばかりに気持ちはとらわれ「それ」がいよいよ目前に出現してきたときにふるえずに、その巨大な目的のほうにすいよせられて行って（予測できない食い違いのためにほとばしり流れるわれわれの味方のいたましい血と肉！）舵をしっかりにぎりしめて、そのまま敵艦にぶつかって行くことができるかという未知のおそろしさの壁に立ちふさがれていたのだ。私たちの艦隊運動は、しだいに、夏の陽のかがやきから、月の光を隈なく浴びて広がった底知れず青い夜の世界におしやられた。

（「久慈紀行」）

島尾は、南島の夜を「青い」というかたちで表現するが、これは決して透明とか清澄という意味で言っているのではないだろう。南島の古代のような世界が持っている底知れない深さ、あるいは恐怖を内側に隠し持っているひとつの観念の謂であると言っていいとおもわれる。透明、清澄というより、形あるものを溶かしてしまうような魔力をひめた世界の色だろう。

いわば島尾は、太古の島で精一杯生きたいという意識と死への恐れという二重の意識を持っていたはずだ。当時の社会（国家）は個人に死をせまっていて、精一杯生きたいという意識を片側においやっていた。であるがゆえに、この南島の未知の深さは彼に底のない恐怖を、憧憬と同じ程度に与えたのではなかっただろうか。

厳しい軍隊生活

少しもどって、旅順での魚雷艇学生のころのことに触れたい。そこでの生活はすべての面で集団行動を強いられた。そのため、島尾は個人の領域を犯されていく感じを持ち、しかもそれに強い違和を感じていった。「朝から晩まで、ひとりになることができない生活は、どうしても私にはつらいものと感じ」られたと言っている。

島尾は、集団生活に恐れのようなものさえ感じ、最初、海軍予備学生を志願する。集団生活の比較的薄い軍隊生活を送りたいとおもったからである。そして彼は、飛行科学生を希望した。集団の意志におびやかされたりしないで、一人ぐらいで組んで静かに死んで行く戦闘機のイメージを描いていた。だが、意志とは裏はらに飛行科は拒否され、一般兵科に採用され、その年の十月旅順に行くのである。おそらく、人はいても飛行機が決定的に足りなかったのだ。

一連の旅順小説でも展開されているが、そこでひとつの事件が起きた。例のキャラメル事件がそれである。

夕食後、就寝前の二時間ほどは自習にあてられていたが、予備学生訓練所の学生達は酒保でもらったキャラメルを頬ばって勉強していた。それが教官に知れ、教官室に全員呼び出されるのである。島尾は「当直室前はキャラメルをなめながら自習をした学生でいっぱいになり、いつものように一歩間隔で整列させられ、ひとつかふたつずつなぐられて終わりだ」と、これからの動きを像として追いながら当直将校室に行ったが、そこに来たのは島尾ひとりだけであった。当直将校は島尾を四つか五つ頬をなぐった。

それだけではない。そこを出て分隊に戻ると、そこでもまた、分隊監事から分隊全員の前でなぐられた。このちぐはぐな展開は何か。上官の命令は絶対であり、その命令に従って動くと逆に痛い目にあってしまうちぐはぐな動き。

この体験をもとに島尾はのちに「接触」という小説を書いた。また、それを演出家の飯沢匡は「夜の笑い」の二部に戯曲化して舞台にのせると、劇は第十三回紀伊國屋演劇賞・団体賞、第十三回東京労演賞、第二十回毎日芸術賞を受賞（いずれも一九七八年）したばかりか、フィレンツェ国際演劇祭招待作品（一九八〇年）にも選ばれた。この演劇を鹿児島で鑑賞したとき、現代演劇の水準の高さを感じたものである。

劇の特徴を言うと、集団のなかでは、行きちがいばかりが多く、しかも一方的にこちら側が痛手をこうむる結果になってしまうことをえがいている。おそらく、このワンテンポのずれを島尾は、自己の出生の歪みというところまでひっぱって考えていたのではないだろうか。個人の判断でいったん動きだすと、手ひどい仕打ちが大きく口を開けて待っている。

その現実と自己の疎隔を彼は学生生活のなかで、ますます強固に持ったはずである。

このような疎隔の意識は、近代化を急ぐ日本の意識の中枢からかけ離れ、それ自体、疎隔のみぎわに位置している奄美という島に来て、心が洗われたのではないだろうか。二人ぐらいで静かに死んでいく特攻隊の希望ははたされなかったが、この島でかぎりなく自己を展開して、ひとりで死んでいくという決意は急激にたかまっていったとおもう。つまり「立派に死んでやる」というふうに。

これは、当時の状況が個人にせまった最大の命令であった。島尾は死を決意して、島で生きることになるが、死を前にしてなお、個を個として屹立させるべく行為をしていく。これらの行為は集団の目からは忌み嫌われるものであったといっていい。

島の娘に恋をしたのがそうであり、ひそかに小説を書くという行為がそうである。これは、国家意志をまっとうするためにあたえられた、流罪地のごとき僻境で、あるいは集団性や規律を優先させる生活の僻地で、唯一個人をおもいきって前に出し展開させ得る唯一の表現方法であった。生きているあかしであった。

ミホとの出会い

そろそろ、島尾文学にとって重要な存在であるミホについてふれなければならない。島尾とミホとの出会いを見ようとすると、どうしてもミホの書いたエッセイに目を向けなければならない。

奄美群島加計呂麻島の呑之浦と呼ばれる細長い入江に、震洋特別攻撃隊島尾部隊が駐屯してきた時、今まで軍隊とは怖いものと思っていた島の人々にとってその特攻隊は大変勝手が違ってみえました。奄美群島一帯は要塞地帯となっていましたから、あらゆる面で拘束が多く、要塞司令官はカトリック教徒を集めて、敵国の邪宗を信ずる奴は銃殺だ、十字架に架けるなどと抜刀して威すだけでなく、さまざまな迫害も加えましたので、島の人たちは軍人のむごさを思い知っていて、特攻隊が来たと聞いた時には、どんな理不尽な言掛りで自分たちを困惑させるかも知れぬと怯えました。ところがその特攻隊の指揮官島尾隊長は、部下たちに対しても大変丁重で、士官たちには脇野さんとか田畑さんというように言葉使いも民間人と同じような口調で話していました。

（『海辺の生と死』）

軍隊に対するイメージは島の人たちにとっては怖い存在であった。すべてが命令一辺倒であり、住民無視の態度が見え見えであった。ところが、最後にやってきた「震洋特別攻撃隊」という怖い名称を持つ部隊の島尾隊長は礼儀正しく、また言葉使いもやさしい若者であった。

駐屯地は呑之浦《のみのうら》という、深い入江の奥まったところにある戸数十数戸の小さな集落内である。峠をひとつ越えた隣部落は押角《おしかく》といい、戸数も百戸ほどあり、ここには役場、郵便局、分校などがあった。

大平ミホと島尾が知り合ったのは、全集の年譜（青山毅作製）によると一九四五（昭和二十）年二月、押角で催された特攻隊慰問のための大演芸会の場においてであったとされている。ミホの書いたエッセイによると、会ったのは前年の十二月、島尾が学校にたずねてきて、校長に「私は呑之浦に基地のある何とか隊（はっきり聞きとれなかった）の島何とか（これもしかとは聞こえなかった）少尉と言う者ですが、隊員に勉強させたいので五年と六年の国語、算数の教科書を貸してはいただけないでしょうか」と言ってきた。戸棚から本をとって手渡したのはミホ。低い声で言うので校長もミホも相手が「島尾です」というのを「島」だけしか聞き取れなかったため「島田」とおもい違いした。

しかし、翌年の元旦、中尉になっていた島尾が再び学校に来た。そのときはミホの感情は動いた。島尾もそうであったかもしれない。そのときのことをミホは次のように書いている。

職員室では職員たちが式の準備で忙しげに動き廻っていました。私は机の上に緋寒桜の花枝を広げて大ぶりの壺に活けていたのですが、その時職員室の入口から濃緑色の軍服に身を包み、日本刀を腰にさげた若い軍人が入ってきました。鴨居につかえそうな程も背が高く、がっしりした体軀に大きな目がひときわ目立っていました。一瞬私は写真で見かける西郷隆盛のような偉丈夫だと思いました。

私はその人のそばに近づいて行って「明けましておめでとうございます」と挨拶をしました。しかし彼は黙って立っているだけで返礼をするどころか、その大きな目で私を睨みつけ、不礼な、と言わんばかりの顔付をしていました。私も目を大きく見開いて見返しましたが、威厳に満ちたその姿に圧倒されてしまいそうでした。それは全くそれまでに経験したことのないはじめての奇妙な感情でした。

二人の睨み合いはほんの瞬時に過ぎなかったのに、私にはひどく長い時の流れだったように感じられたのも又不思議なことでした。

おおきな目の軍人のうしろから物腰のやわらかな年配の海軍士官がつづいて入って来ましたが、この人は真っすぐ校長席の方へ歩いて行き、如何にも世馴れた態度で、自分たちは島尾部隊の者だが式のはじまる前に両陛下の御真影を礼拝させて戴きたいと申し入れていました。校長はうべないの言葉を述べるとすぐに、二人を式場の方へ案内して行きました。職員室に入って来てから出て行くまでの間、微動だにしなかった大きなからだの軍人は、ひと言も言葉は発せず、顔の筋肉ひとつ動かさず、まばたきもしなかったのではないかと思える程に、じっとその大きな目で私を見ていたのでした。

御真影の礼拝を終えるとすぐにその軍人の一行は隊列を整えて校門を出、呑之浦峠への赫土道を登って帰って行きました。

（島尾ミホ「出会い」）


その時、ミホの目には颯爽とした偉丈夫な隊長に見えた。だが、教科書を借りに来ていた時の島尾とはどうしても重ならなかった。


実は私が最初島田少尉と聞きちがえた士官も特攻隊長の島尾中尉その人だったのですが、あの時の未熟な初々しさを漂わせていた若い士官のイメージと、その後の如何にも指揮官らしい落ち着きを見せていた重厚な島尾隊長の印象とは一向に重ならず、私にはそれが同一人だったとはどうしても思うことが出来ませんでした。それにしても一人の人間から受ける印象が時と場合によってこんなにもちがうものなのかと不思議に思えてなりませんが、これが即ち私の、夫との最初の出会いだったのです。

（同）


ミホの場合、そのこととも重なって、人というものは「受ける印象が時と場合によってこんなにもちがうものなのか」という疑問を、以後ずっと背負うことになった。

さらにミホの家を兵隊が行き交うようになり、あるいはその父が蔵書を持っていることを知り、島尾もよくミホの家にかようようになった。ふたりの結びつきは速度をはやめた。おそらくそのむすびつきが、島尾に最後の、生きている証しとしての小説「はまべのうた」を書かせたのである。

島のなかのふたり

島尾敏雄は、その頃のことを次のように書いた。

軍隊生活の中で……「はまべのうた」を書いた。二十年の春のころでそのとき震洋隊と呼ばれた特攻隊の中で、出撃命令を待ちうける日々にとじこめられていた。はじめ海軍罫紙二十五枚に鉛筆で書きつけたが、この童話を献じたミホが、何度も書き直した末、藁半紙二枚に小さな字でつめこみ、やっと書き収めることができた。

（『幼年記』解説）

「これは昭和二十年の春に加計呂麻島でつくりました。祝桂子ちゃんとその先生のために」とあとがきが付された「はまべのうた」が書かれた。小説は次のようにはじまる。

みんなみのある小さな島かげにウジレハマとニジヌラと呼ぶ二つの部落がありました。二つともあんまり大きくないさびしい部落でしたが、ウジレハマの方には役場だの分校だの郵便局などがあって、いくらかにぎやかなのに引かえて、ニジヌラには十軒ばかりのどれもこれも至って貧しい民家があるばかりでありました。

（「はまべのうた」）

ここで言われている「小さな島かげ」というのは加計呂麻島であり、「ウジレハマ」とされているのが押角、「ニジヌラ」とされているのが呑之浦である。島の方言での呼び名をもじっているとおもわれる。

島尾は敗戦の日も迫ってきた六月初旬、手紙にそえてこの小説を父親と真鍋呉夫に送った。

作品は、南の島の小さな集落が、戦争という事態に巻きこまれていき、渦中の子どもたち、先生、村人、隊長らの心の動きを描いた短篇。島尾の意識のなかでは、内容はメルヘン風ではあるが、決して宮沢賢治の作りだしたような世界ではないものをつくりたいという考えがあった。自分の体験した事実にもとづく作品という考えである。「はまべのうた」は、こういう経緯をへて今、ひろく読むことができるのである。

人口の多い押角と人口の少ない呑之浦が舞台だが、呑之浦に駐屯地ができ、多くの兵隊がやってくるとにぎやかさが逆転する。しかし集落の人にも兵舎や震洋艇の格納庫など基地建設を知られないようにする必要が軍にはあった。そのため、両部落を結ぶ従来の道は封鎖され、遠回りの道を急遽村の人はつくらなければならなくなった。距離が二、三倍も遠くなり険しくなったため、もっとも困ったのは毎日通学しなければならない子どもたちであった。

呑之浦の人々は、当初は兵隊を怖れたが、特に悪さする兵隊もいないし、彼らは島を守るためにやってきたのだとおもうようになり、やがて軍とも打ち解けて、歓迎会をするようになる。それを聞いた押角のほうでも何らかの歓迎会をしなければならないと考え、例の慰問のための大演芸会を学校で催すことになったのであった。そのような経緯がメルヘン風に描かれている。

おそらく、ぎしぎしした軍隊生活のなかで、一点の光芒をそこに見出して、自己開放の夢をのせて書いたのかも知れない。島尾は童心のごとき感情を込めて、この短篇を仕上げた。そして、まぎれもなく死の予感、すべては変わっていくのだという終末感をさしはさんでいった。

あるいは、どのような状況にあっても、現在自分が眼の前にしていることがらは、ことごとく意味をもって存在している、それを表現していくのが自分の務めなのだ——とでもいいたげな行為のようにさえ見える。人は、ギリギリの局面に立たされても、自分自身の呼吸をし続けるしかないものなのだという島尾の「記録する眼」の感性がきわだっているとは言えないか。

この短篇は、極端な情況のなかで、島尾が書きすすめ、ミホが清書するというかたちで表面化した第一作であった。このパターンは、戦後も長く続いていく。ミホもまた、そのことをひとつの使命と感じているかのごとくにも執心していった。この執心は何か。

ミホは島尾とひとつの身体、ひとつの考え、ひとつの行為で結びつく関係を貫きたかった。そしてこの愛を可能なかぎりたかいところまで押し上げて行きたかったのであろう。ミホのその後の生き方を見ても、まるで自分自身を島尾敏雄にささげる、あるいは島尾という観念対象と同一化していくというふうに歩んでいく。この意識は愛という名の「執着」であった。よって「この人が死ねば自分も死ぬ」と決めた心の状態を純粋に持ち続けていった。

いわば島尾文学の主要部分は、見かたによっては異常なふたりの執心ともいえる関係のなかから生まれたものであると言ってもよさそうである。

出会ったころ、島尾はミホをどのように感じていたのか、それも「はまべのうた」の姉妹編、あるいはその完全版ともいえる「島の果て」から見てみたい。

トエ（注＝ミホ）がいくつになるのか誰も知らなかったのです。たいへん若く見えました。小鳥のように円い頭をしてほかの娘たちよりいくらか大きなからだつきをしていました。娘らしく太っていました。それでも体重はむやみに軽かったのです。顔だちはと言えば、ほかの島娘たちとそう違っているようにも思われなかったのですが、ただ口もとに特徴がありました。ほほえむと、口もとは横に細長くきりりとしまりました。部落の人たちは大人でも子供でもトエは自分たちと人間が違うのだと考えている人が多かったのです。それは昔からトエの家の人たちはそういうふうに、思われてきたので、ほかには別に理由はなかったのですが、不思議なこととも思われずにトエは部落全体のおかげで毎日遊んでいてくらして行くことができましたが、二、三の年寄たちは、トエがこの部落の生れの者でないことを知って居りました。

（「島の果て」）

ミホはふっくらとした娘らしい娘であった。仕事もせず、遊んで暮らせるだけの余裕もその家にはあった。部落の人たちはみんなが自分らとは人間が違うとおもっていたのである。日本刀を腰にさげて、西郷隆盛にも似た兵隊に睨みつけられると、普通なら萎縮するであろうが、ミホは「出会い」で、「私も目を大きく見開いて見返しました」と書き、「威厳に満ちたその姿に圧倒されてしまいそうでした」と続けていた。あたかも張り合っているような印象さえあたえる。そのような気の強さも感じさせたのであろう。

それでは、この作品で部落の状況、ならびに島尾隊長のことも見てみよう。

その頃、隣部落のショハーテ（注＝呑之浦）に軍隊が駐屯してきました。そのためにトエのいる部落にも何となくあわただしい空気が流れ、世界の戦争がこのカゲロウ島（注＝加計呂麻島）近くまで覆いかぶさってくる不吉な予感に人々はおびえました。一体何人ぐらいの軍人がやってきてどんなことをするのだろう。部落にとってめいわくなことが起りはしないだろうか。頭目という人はどんなひとだろう。あれこれと部落びとは心配をしました。

だが、やがていろいろなことが分りました。ショハーテの軍人は百八十一人で、その頭目の若い中尉（注＝島尾）はまるでひるあんどんみたいな人であること、むしろ副頭目の隼人という少尉さん（注＝脇野）の方が、男ざかりであるし経験もつみ万事てきぱきとして人との対応も威厳があって軍人らしい。百八十人の部下は――いや、隼人少尉を除いて百七十九人の部下は、若い頭目に同情はしているけれども、副頭目のきびきびした命令にすっかり服従しているらしい、などということどもでありました。（中略）

朔中尉――と、そう頭目は呼ばれていたのですが、背は高いがやせていると部落では噂をされました。それに引きかえ隼人少尉はずんぐりしていて真赤な丈夫そうな顔付をしていると言われました。（同）

本人が自分を対象化して描いているので一面的であるし、卑下し過ぎるところがあるのはいたしかたないのかも知れない（そこで言われている「ショハーテ」は「島の果て」をもじっているとおもわれる）。

浜千鳥へのおもい

それでは、隊で士官だった脇野素粒は島尾をどう見ていたのか、彼の「島尾敏雄を語る」という当時の模様を描いたエッセイから見てみたい。

この基地にあって島尾隊長の存在は常に頼母しく光って見えた。それは隊内における隊員の信望を得ているだけでなく基地のあるA部落（注＝呑之浦）を始め南に山一つ越した処にあるB部落（注＝押角）更にそれに隣接した部落のすべての人達の信望と期待が島尾隊長に寄せられた感があった。それは決して華やかなものではなくむしろ島尾隊長自身にとっては迷惑すぎる信望であったのかも知れない。（「島尾敏雄を語る」饗庭孝男編『島尾敏雄研究』）

さらに彼は、薄暗い隊長室で自分の気持を処理しきれないように悩んでいる隊長の横顔も見ていた。自ら悩みをもちながらも部下や隣接する部落の人達の期待に添えるようにつとめているようにも見え、「余りに酷に過ぎると私は思うのであった」とまで書いている。おそらく「迷惑すぎる信望」は、押角の分校で二月に開かれた大演芸会からはじまった。島尾とミホの急接近もまた、そこからはじまった。以後、祝桂子ちゃんがキューピットのような存在になってふたりは頻繁に会うようになり「はまべのうた」が書かれた。あるいは熱烈な恋文がかわされた。ミホはミホで島尾隊長を讃える歌をつくって生徒らに歌わせている。

あれみよ島尾隊長は
人情ふかくて豪傑で
ぼくらのやさしいお兄さま
あなたのためならよろこんで
みんなの命をささげます

三番まであるこのような歌を子どもたちに教え、子どもたちに歌わせていた。ふたりの恋文は三十通ほどにも達するが、まずはその一部を見てみたい。ミホが島尾に送った文。

人もハブもモーレ（注＝幽霊）もケンムン（注＝木の精）も夜道も何んでもありません。今はもうほかの事は何も見えず、何も聞えず、何も思ひません。隊長さまだけが見え、隊長さまの御事だけが心の裡にあるのみでございます。そしてひたすらに隊長さまの御出撃のお供をさせて戴く日を待つのみでございます。

大君の　醜《しこ》の御楯と　征き給ふ　加那ゆるしませ　死出の御供
征きませば　加那が形見の　短剣で　吾が生命《いのち》綱《づな》　絶たんとぞ念ふ
国神の　丈夫がいのちの　短剣と　真夜をさめゐて　われ触れ惜しむ

島尾は島尾で、心のなかはミホへのおもいがいっぱいで、次のような詩をしたためたりした。

詩というよりは、感情のおもむくままに詩的にはしりがきをし、推敲もせずに、いつわりのない気持ちをなげだしたというようなものだった。

山の上を通つたら
海も静か山も静か
満天に星が一ぱい
うそのやう
これが戦のさなか大いなる日のしまかげ
ぼくはただひとり峠道を歩いて
大空の星に向つて
力のかぎり一つのよびなをよんだ
MI・ho
涙がわいた
杖を振り廻して峠を下りて来た
Miho・miho・miho
いろいろのうつそみのかなしみは
考へません
ただ任務と Miho
ただ二つ

Miho のかなしみを
沢山知つております
ぼくは弱虫ですが
任務と Miho があるから
強い

ここで一言つけ加えると、戦地で最初に書かれた、また最後の小説として書かれたのが「はまべのうた」であったのは特筆してもいい。そして、人はいかにして小説家になるか——という問いへの答えの重要な局面をその行為はしめしていると言っていいだろう。ミホの島尾隊長を讃える歌もそうである。小説家がふたり、かげのような小さな島の戦地で出会ったのも印象的である。つまり、内から湧いてくるイメージを自分のなかで「像」として定着させたかったのである。

慈父、大平文一郎

二人の関係のなかで、ぼくらはもう一人、忘れてはならない人物を見なければならない。島の有力者でもあり、島尾があるいは村人が「慈父」と呼びかける、ミホの養父、大平文一郎だ。大平文一郎は奄美では富裕な経済人であった。しかし一代で財や地位を築いたのではなかったであろう。確たる根拠もなく明言したが、それは彼自身がやろうとした事業の多くが失敗しているように見えるからである。

戦後農地法の改正などで、そうとうな面積を有する農地を国に取られてしまった。戦前は私有地であった裏山の木を地元の方に必要なら切り取ってもいいと自由に分け与えたという話も聞いたことがある。一代で築いたものではないはずだというのは次のことからだ。

彼は若い頃、新島襄がキリスト教の教えと語学をひろめるために設立した同志社大学で学び、そこを卒業すると奄美に帰り、名瀬にあった島庁に勤めた。地方では安定していた生活を送っていたが、そこでの生活を断念したのは、母親に加計呂麻島に戻るように言われたからであった。かつて捕鯨船、鰹船二隻を所有していたと聞く。

ところが真珠業に手を出し、外国向けに輸出し経済人としても活躍するものの、そこに至るまでは失敗の連続であった。うまくいったかとおもうと、日本は戦時体制に入っていて湾の使用もおもうようにならなかった。彼が当初、島尾の部隊に信をおかなかったのはそのへんとも重なっていたのだろうとおもわれる。

また、彼は加計呂麻に戻ってきてしばらくは行政的な仕事にもたずさわったという。そこから島の人々に慕われみんなからウンジュ（注＝慈父）と尊称で呼ばれた。ミホが養父について書いたエッセイがある。

父は子供の頃ひとつの夢を持っていました。それはアメリカのロックフェラーやカーネギーのようなお金持になって、日本国中に養老院と孤児院をこしらえたいということでした。その夢を果たしたいと、十二歳の時から二十五歳になるまで鹿児島や京都の学校で学問や外国語の勉強をしたあと、生涯にわたっていろいろな事業を試みました。

父の若い頃までは近くの海に鯨などがやってきましたし魚もたくさんおりましたので、ノールウェー人の砲手を雇って捕鯨会社をこしらえたり、漁業会社を起こしたり、シベリヤ鉄道に枕木を輸出することを考えてロシア人やシナ人を連れてきたり、樟脳工場を建てたり、真珠の養殖を始めたりしました。

さまざまに試みた事業は当初のうちこそ順調に進みますものの、会計の方が全く無頓着で人まかせでしたから、いつのまにかみんな末すぼまりになって、結局あとまで残ったのは、真珠の養殖だけでした。

父は奄美大島の海にいる大きなマベ貝を使って黒真珠をつくりたいと考え、三重県や長崎県へ行って研究を進めるかたわら、赤道を越えた南洋の島々にまで出向いて、大きな黒蝶貝や白蝶貝のこともしらべてきました。そして三重県から二人の真珠養殖技師を雇いなどして、長年にわたって研究を続けた結果、直径一センチほどの大きな半円の黒真珠をほぼ自分の思う域に近づけることができましたが、真円の方はどうしてもうまくいきませんでした。

ある時は養殖場への人々の出入りがとても多くて賑やかに活気づくかと思うと、また世話人のケサキチおじがたった一人で養殖場の建物に寝泊りするだけのこともあったり、いろいろ紆余曲折を経ながらも父の真円真珠への執念は続いておりました。

（島尾ミホ『海辺の生と死』）

ところが、この事業も雇っていた親方の横流しとか不正なことなどもあって長くは続かなかった。ちなみに、鹿児島県水産技術開発センターの資料集のなかの「まべ真珠養殖」で瀬戸口勇は次のように書いている。

一九二六（昭元）年 奄美大島・鎮西村（現在の瀬戸内町）の大平文一郎は、三重県の浜田八十八と共同して富士真珠株式会社を設立し、半径真珠の養殖事業を行って外国まで輸出したが、一九三一（昭六）年には中止している。（瀬戸口勇「まべ真珠養殖」）

島尾敏雄も、のちに「ソテツ島の慈父」を書くが、これは途中で中断してしまった。だが、大平文一郎は島尾のなかでも印象深い存在としてずっと残った。その印象については次のように書いている。

無条件降伏という思わぬ結末で戦争が終わり、解員のために呑之浦の基地を去らねばならなくなった時、私は彼（注＝大平文一郎）にその娘と結婚したい意志を告げ承諾を乞うたのであった。彼は実に快く受け入れてくれた。彼の妻は一年ほど前に死亡し娘とふたりだけの生活をしていたのだから、娘がよそに嫁いでしまえば彼は島に取り残されてたったひとりの生活を送らなければならないことはあきらかであったのに。……彼は娘が私と結婚することについては、彼女の選択を全く疑わずに支えた。ジュー（父）のことが心残りで結婚を思いとどまるようなら、切腹してでも叶えさせたいとまで言って励ましたのだった。その言葉には娘を信ずるすさまじいやさしさのようなものさえ私は感ずる。（「私の中の日本人」）

慈父大平文一郎はミホが島尾を熱烈に愛しているということを、おそらく十分に知っていた。だが、ミホが島に一人残されるジューのことをおもって結婚を断念するというのであれば、自分は腹を切って死んでみせると言っているのである。この極端な発言のなかには、ミホに対する牽制はもちろんだが、そのこと自体（養子が養父のもとを去って好きな人のところへ行くということ自体）に同調しないであろう親族のものや村落社会の感情に対して厳しくむかっていくという切ない意思表示がしめされている。

あるいは、もっと突込んでジューの心を代弁すると、「ミホは自分の将来のことだけを真剣に考えていけばそれでいい。戦争は終わったんだ。島は閉鎖的な考えにかたよりがちだが、私は一生これと闘ってきたのだ。これからは、もっと自由に、一人一人が物を考え、それを実行していかなければならない。人間の一生は取り返しのきかないものだから好きなようにすべきなんだ」とでもなろうか。

そしてジューはひとり島に残り、ひとりで死んでいく。大平文一郎の意識の重厚さは、島尾とミホのなかに時代の重さの象徴として残っているといっていいのではないか。

戦争は敗戦というかたちで終わるが、そのような時代情況を背景に島尾敏雄、ミホ、大平文一郎は、それぞれ暗いひとりだけの戦いの世界に這入っていくことになる。そのとき、島尾は二十八歳だった。彼は、慈父の力強い承諾を得、ミホとの約束も交わして、神戸に帰っていった。島尾にとって、戦後はこのようにしてやってきたのであった。

私にとって敗戦は圧倒的に特攻身分の解除としてうつったのであった。秩序の崩壊が自由の顔つきをして近づいて来た。その時点ではなお多くの危険を乗り越えなければならなかったとしても、これからは思いきり自分の力がためされると思い、身内にうずうずする躍動が感じられた。それまで死のわくの中だけで残余の生を如何に処理するかにつとめてきた私の前に、無期延期となった死が色あせ、かかえきれぬほどの生が投げ出されたわけだ。何かに強いられるのではなく、自分のやり方でやって行けそうだという感受の中で、不自然なほどの希望が湧いていた。世間の習慣に合わせることが摩擦を少なくする方法だと思いこむあきらめに似た考え方はむしろ世間への不適合の恐れにさえなっていたが、国の破れという現実がその習慣を破壊したかもしれぬと考えることで、むしろ希望が見えてきたのだ。

（「うしろ向きの戦後」）

戦争は島尾の多くをかえたはずであった。そして島尾は、戦争前のように本来の自分ひとりだけの「生」を展開していけるとおもった。死を秒読みしていたときと、情況は一八〇度転換したのである。また、国というものに従属し、命をささげるという壁もとっぱらわれて、自分自身をおもいきって展開できる別天地におどり出たと感じたのである。

第四章　日記が語る戦後

「終戦後日記」

島尾敏雄の「終戦後日記」が二〇〇九（平成二十一）年の八月号から二〇一〇（平成二十二）年の八月号まで『新潮』に連載された。連載を終えたとき、青山学院女子短期大学の鈴木直子准教授は「一九四九年八月十二日。夏が逃げていく。借金。」という奇妙なタイトルをつけて「終戦後日記」の解説を書いている。なぜ、このような奇妙なタイトルをつけたのだろう。

タイトルが奇妙であるだけに関心はますます膨れあがっていった。鈴木は、日記を読んで次のように簡略に全体をまとめている。「島尾敏雄が奄美群島加計呂麻島から神戸に復員し、ミホ夫人と家庭を築き、作家生命を賭けて東京へ移住するまでの、いわゆる『神戸時代』に関する貴重な記録」である――と。

『新潮』はそれにさきがけて二〇〇九年一月号に「新発見　島尾敏雄未発表遺稿集」として「こをろ」時代の「地行日記」などを掲載した（そのときの解説も鈴木直子が担当したが、タイトルは付されなかった）。

これらの膨大な日記類はミホの死後、未発表原稿として発見されたものであった。それらをダンボールの中から発見したときの新潮社の編集者はもちろん、電話をもらった鈴木も歓喜したに違いない。

二〇〇九年三月、島尾伸三ら家族と新潮社スタッフらに同行して奄美の島尾宅に行った鈴木は、その様子を次のように書いた。

「書籍や箱がぎっしり詰まった左手の書庫から、右手の和室に次々に運び出された無数のダンボール箱を、ひとつひとつ開封していく。そこに島尾敏雄とミホが生涯書き綴ってきた言葉の、ほとんど全てが詰まっていたといってよく、目の前に広げられた膨大な紙と文字の集積に、ただただ圧倒された」

彼女はおどろいた。感動もした。そのときの様子がよく伝わってくる。これまで、日記は多くが廃棄されてしまったと言われていたからである。ミホが健在であったころ、『新潮』の編集者はすでに日記について調べていた。そのときのことを当時の担当編集者、前田速夫は自らの著書に次のように書いていた。


平成九年（一九九七）七月、私は初めて奄美大島へ行った。作家の故島尾敏雄が少年時代からつけていたという約六十年分の日記の公開を、夫人の島尾ミホさんが快諾して下さったので、まずはその日記を探しだし、全文をコピーするためだった。とはいえ、短期間で集中的に大量のコピーを取るには、大型の業務用コピー機が必要で、ほうぼうに当たった結果、島では調達が困難と分って、鹿児島から船で機械を運び、それがミホさん宅に届くのに合わせて、私たち出版社側の人間が数名で押し掛ける運びとなった。

（『異界歴程』）

いかに大掛かりな作業であったかということが分かる。部屋中に本、日記、アルバムなどの詰めこまれたダンボール箱が天井に届くほど山積みされていて、まずその中から日記類を見つけ出し、年代順に整理しなければならなかった。まずその基礎作業が大変であった。結局、滞在期間との関係もあって、すべての日記を整理し、編集するというところまでいかず、途中で切り上げなければならなかった。成果は一九九九（平成十一）年一月号から連載され、後に単行本として出された『死の棘日記』になって実を結んでいく。それればかりではない、彼らの整理作業はその次の『島尾敏雄日記』に結びついていった。

鈴木直子らが、ダンボール箱をひとつひとつ開封して確認したものは、前田速夫らが整理したものであった。だからいくらか楽だっただろうが、しかしそれら後半のほとんどの紙は再生不可能とおもわれるほどにも破損されていた。

それでいながら、ダンボールのなかに大量の日記が保存されていたということは、島尾の、あるいはミホという作家の「執念」としかおもえないものがある。鈴木はさらに書いた。

再生不可能であるほどに破壊されていたが、破片の状態で箱のなかに保存されていた。それらの日々の記録と、その記録をめぐって夫婦のあいだに交わされたであろう気の遠くなるようなやりとりの、痕跡としての紙と文字の切れ端。それはまさにモノそのものとして、まぎれもなくそこに存在していたのである。

（「一九四九年八月十二日。夏が逃げていく。借金。」）

そして鈴木はまた、「半ばくずれ去りながらも忘却に抗するかの如くモノとして存在を主張していた」とも書いたのであった。「忘却に抗する」ように存在を主張しているのは、やはり島尾とミホの「執念」としか言いようがない。

「終戦後日記」については後でくわしく追跡していくが、ここではもうひとつ、鈴木の文章を引用しておきたい。ここには結婚式のしきたりなど、当時の古い日本様式に悩まされたふたりの悩みも書かれている。これらのことについて、鈴木直子は次のように書いた。

結婚という制度が個人ではなく、「家」と「家」とをむすぶ制度であるという現実の壁を前に悄然とするしかなかった。そもそも仲介者のない「恋愛結婚」などというものが、戦後民法が未だ影も形もない当時にあっては、いかにも異常な野合同然と受け取られかねないものだったことをうかがわせる。（同）

そのような苦難を引き寄せながら島で出会ったふたりは結婚までこぎつけたのであった。しかも奄美は日本国から引き離されていたのである。琉球の農民で女流歌人といわれた恩納ナベは次のような歌をうたった。

「恩納岳あがた　里が生まり島　杜うしぬきてぃ　くがたなさな」。これは意訳すると、恩納岳という山ひとつのため村がわかれているが愛しい人はむこう側の村にいる。一緒になれないなら山をなくしてあの村を引き寄せたいものです――という激愛の情をうたっている。ミホのおもいは、まさにそのようなものであった。

藤井少尉とは？

ともかくここは、終戦直後から始めなければならない。そのころ、島尾敏雄はどのように過ごしていたのか、彼が残した日記からたどってみよう。まず、戦時中に書かれた「加計呂麻島敗戦日記」の八月一日に出てくる藤井（茂）少尉が気になってくる。彼は何者であるのか。ミホが関心を寄せている人物のようにもみえる。いや、島尾自身が、ミホとの関係で意識している人物というふうにもみえる。

「オコラナイデクダサイ。藤井少尉ハナンデモアリマセン」

加計呂麻島でミホが島尾にあてて書いた文面の裏にはどうも「何かがある」とも、あるいは「誤解をまねきかねない人物」であるともおもえてくる。

それに、島尾の「夕べハオ芋ノフカシ、何ダカ分カラナイオ菓子、藤井ト二人デ食ベマシタ」という返事。

なぜ「ふたりで、たしかに食べましたよ」という確認のような手紙を書かなければならなかったのか。隊員はたくさんいるだろうに、なぜ藤井少尉とふたりだけで食べたのだろうか。気になる存在なのである。

島尾の書いた「はまべのうた」はミホが三部写本したが、うち一冊は真鍋呉夫に送られ、一冊は父親に送られたと書いたが、この日記を読むと、実は藤井茂にもあたえられていた。しかし彼はそれをなくしたようだ。

『島尾敏雄日記』によると島尾が奄美から本土に帰還したのは九月一日である。ということは、戦争が終わって十五日後のことである。

隊は九月六日に佐世保で解散するのだが、翌九月七日に島尾は藤井と共に博多に行き、三日後の九月十日に六甲の自宅についた。その日、藤井も神戸の島尾宅に泊まっていく。九月十三日島尾はミホに手紙を出す。おそらく無事に着いたという知らせの手紙だったのであろう。

藤井は京都の人らしい。一家は戦争で家を消失していて、鞍馬口の上善寺に避難しているが島尾はそこに見舞いに行き、二人で古本屋巡りをする。

「古本屋ノ帳場ニ坐ッテイタカスリノ紋平ヲキリットハイタ娘サンモヨカッタ」と日記にしたためた。いかにも島尾らしい文章である。文学は感性だ。この娘さんにも、京都の街並みにも、本がおもっていたより多いことにも島尾は満足した。心もおそらく浮き浮きした。思いきり文学にむかっていくと考えた島尾の当時の息づかいが聞こえてくるようだ。

ところが十月二十二日の『日記』はどう解釈すればいいのか。真鍋呉夫からきた手紙に対する文章である。そこには次のように書かれた。

　二十日眞鍋ヨリ手紙受取リ、寺野久子余トノ許嫁ノ復活ヲ望ンデヰルコトデ仲介ノ労ヲ取リ来ルニヨリ、余ハソノ意志ナキ事ヲ書キ送ル。

おそらく真鍋からの手紙は寺野久子が君との結婚の復活を望んでいるが、その仲介の労を自分が取るので近いうちに訪ねるよということだったのであろう。それにたいして島尾は、自分にはその意志はもはやないということを書いて送ったということであろう。

いかにも学生気分がぬけない、身近な友というほのぼの感がうかがえる。しかし「許嫁ノ復活」というのが今ひとつわかりづらいが、学生時代、つまり「こをろ」にかかわっていたころ、頻繁にピクニックなど男女間の付き合いを活発にしていたから考えられないこともない。だが、これもすでに島尾には遠い過去になっていたのであろう。

死を覚悟の離れ小島での戦争体験、島の情緒ゆたかな娘との出会いと交際、街なかとはまったく違った深い夜をもつ島での生活は、学生時代とは色合いが決定的に違っていたはずである。そこを島尾は一歩一歩、歩いてきたのであった。

神戸に帰ってからの島尾は、文学にむかう自分自身を再確認するのに時間をかけていたようだ。林房雄、太宰治、保田與重郎などは同世代作家ということもあり、ずっと気になっていて読んでいった。

林房雄の『青年』『転向に就いて』『西郷隆盛』、それに『ロドリゴ日本見聞録――スペイン人の見た四〇〇年前の日本』(ロドリゴ・デ・ビベーロ著)を読んだり、あるいは小説の材料にしようとしたのか、古本屋では『妖怪学』『昭和十九年度朝日年鑑』『明治初年ノ外交資料』、山岡荘八著『御盾』などを乱読した。


昭和ノ時代トハ一体ドンナ時代ダッタノダロウ。最モ身近ナ過去ノ自分ヲ見ツメテ見ヨウ。昔カラノアラユル同人雑誌(余ノ関係シタ)、私ノ小説、私ノ日記、一日中ソレヲ見テ暮シタ。(中略)夕方六甲道駅前デ保田與重郎「文明一新論」ヲ買ッタ。彼ハ現在何ヲ考ヘテヰルカ、昭和十八年後半、私ハ旺ニ彼ノ書ク物ヲ読ンデソレニ傾イタ。海軍ニハイル前「日本語録」「皇臣傳」、天誅組ニ関スル労作、芭蕉ニ関スル労作、ソノヤウナモノヲムサボルヤウニ読ンデ甚ダシク心ヒカレタ。旅順デハ「機織る少女」ヲ送ッテ貰ッテ辛ウジテ許サレテ読ンダ、水雷学校ノ時「南山踏雲録」ヲ里子氏ニ貰ッタ。

私ハ太宰治氏ト保田與重郎氏ヲ見ツメル、同世代ヲ歩ム縁ニヨッテ。

（昭和二十年十月二十三日日記）

そのころ、島尾の頭は、いかにして同世代作家らと同じ空気を吸い、状況を見、判断し、小説家になっていくかという考えで占められていたのではないだろうか。

島尾には文学仲間で心の通じあえる親友が多くいた。そのなかのひとりに庄野潤三がいる。庄野宅に泊まったとき庄野から見合いをしてきたこと、兄夫婦の生活を見ていて妻君を大事にしなければならないということを言われ、同時に「文学スルコトノ気持チノ間ノ気ヅカレ、ト言ッタコト余ニ語ル」とも書いている。政治と文学の問題がちまたで語られているように、島尾らは結婚と文学の問題に悩み、語られていった。

敗戦の年の年末

戦地から神戸の自宅に帰ると、島尾は好奇心にかられてほうぼうを歩き回り、あるいは友人宅を訪ね歩く日々がつづいた。それでいて、小説のこと、今後の身の振り方などをいろいろ考えていた。だからそのころ、ミホから送られてきた手紙はすべて島尾家によって隠され、島尾の手には届くことはなかったともおもわれていた。すくなくともミホにはそうおもわれた。

しかし、それは誤解だったのかも知れない。日記のなかには、このようなことはまったく書かれていないし、多くの私信はとどいている。ひとつぐらいは、あるいはあったかも知れないがすべてがそうだったわけではない。

現に帰還した一九四五（昭和二十）年の十一月三日と十二日にも島尾はミホからの手紙を受け取っている。島尾の帰還後、豊田秀雄なる方がしきりに嫁を世話しようと家族に話をもってきた。父四郎は乗り気の様子だったことは知られている。ついに十一月五日の夜、嫁候補という人の写真が家に届けられたため、島尾は父にミホのことをはっきりとつたえた。

十一月五日の日記の《父ニミホノコト、ハッキリ云ウノ機ト相成ッタ》と書いているのでそのことがわかる。しかしあまりにも遅すぎる決断、遅すぎる報告という気がしないでもない。もっと早く話しておくべきだったのではないか。

翌十一月六日、島尾はミホに電報を打っている。おそらく結婚の事、父につたえたという内容のものだったのであろう。

十一月十日、ミホの養父大平文一郎から「その後の様子お知らせ乞う」という電報が届いた。その後というのは父親にミホのことを伝えた後の様子を知らせてほしいということだったのか、あるいは結婚すると誓って加計呂麻から神戸に帰ったが、その後の様子を教えてほしいということだったのか、その辺のことは書かれていない。状況からして、十一月五日の電報を受け取ってからということだろうとおもわれる。

これに対し島尾は《デンミタ　バンジ　ヨロシ　オイデコウ》と返電した。つまり「電報見た。

万事うまくいっているので早く来てほしい」ということだったと解していい。

しかし、返電したその日というか、大平文一郎から電報がきたその翌日、なぜか藤井茂が島尾を訪ねてくる。そして一泊していくのだが、彼はその日ミホからの手紙をたずさえていた。手紙の内容は大坪という元兵士は付き合っていた彼女を大島に迎えに行くらしいということであった。

十二日にもミホから手紙がきた。これは倉橋兵長に託したものであった。内容は「十一月四日、島尾隊はすべて内地に帰還しました」というもので、おそらく自分も早く行きたいと伝えたかったのだとおもう。

そして十一月十五日、島尾はミホに《クラハシヨリノテミタ」レンラクトレヌユエ　マズ　オイデコウ　シマオ》と電報を打っている。これは「倉橋に持たせた手紙は読んだ。連絡が取れないため、まずは来てほしい」というものだろう。

十一月十日の日記に戻るが、ここには次のように書かれていた。

《夜藤井来テ泊ル、彼ノ所ニヨコシタミホノ手紙、大坪彼女ヲ迎ヘニ大島ニ行クト云ウ。大坪ノ彼女トハ森千代ノコトカ?》。

これは島尾あての手紙を藤井に送り、藤井がそれを島尾に届けたのかどうかは不明。藤井は情報を多くもっていて、大坪なる元兵士は結婚を約束した女を連れに大島に行くらしいと島尾に伝えたというのか、あるいは、そのことはミホから知らされたのかも知れない。藤井が気になる存在として浮かんでくる所以である。兵隊と島の娘とのことは、当時、士官で主計長代理であった脇野素粒も書いている。

人間は妙なもので眼前に事態が展開されぬ限りなかなか気分が出ないものである。若い島尾中尉を中核にした吾々震洋隊でもまさに例外にもれず、平穏な日々が続いたのである。訓練や作業は間断なく続けられて行くのであるが、戦場という雰囲気にはかなりの距りがあった。隊員の中には何時しか部落の娘と恋を語るものも出来た。それは最初、噂として拡がってきたのであるが後には真実となって、現れた、と云うのはその娘が妊娠したからである。斯うした噂は隊長格の島尾中尉や私達士官の耳にも入って来た。士官の中にはこれを聞いて激怒する者もあったが、隊長格の島尾中尉は平然として笑って聞き流しにしているかのようであった。

（「島尾敏雄を語る」）

激怒する士官の気持もわかるが、平然と聞き流す隊長の気持もわかる。しかも、隊長自身がやってしまっていたことなのだから。倫理的に無責任であるということで責められるかもしれない。しかし、男と女はその道に向かわざるを得ないどうすることもできない状態というのもまたあるのである。

島尾はおそらくそのことを聞いて驚いた。大坪という人が長崎の人なら、彼には妻もいるし、子どもも四人いるのである。島尾はそのことをよく理解していた。

島尾はその日から二十五日後の十二月五日に大坪宅を訪ねている。その大坪が奄美に恋仲になった人がいて、その森千代かも知れない彼女を迎えに大島まで行くということは考えられないとおもったのかもしれない。虚言かも知れないということ。

あるいは島尾が長崎まで行き、大坪の家をわざわざ訪ねたのは、島尾もどこかでそのことにひっかかりを感じていて確認したかったからなのだろうか。前の上官として。しかしたまたま大坪は五島に行っていて不在で会えなかった。その日、島尾は大坪の家で一泊するが、大島の彼女どころではないような生活ぶりに映った。

十一月二十七日にも、ミホから手紙がきている。内容は《すべて通じて便のあり次第上鹿児する》というものだった。おそらくすべてうまくいったので船がありしだい鹿児島へ行くということであろう。

手紙をみて、島尾は翌十一月二十八日に「十八日に手紙みた、すぐ来るように」という内容の電報を送っている。翌二十九日にはミホから《フミ二ツミタ」便シダイタツ》との電報が届く。島尾も手紙を二通出していたのだろう。すでにふたりの連絡は誰にも邪魔されることなくなされていたのである。

もう少し、島尾とミホの交信のことを見ておかなければならない。十二月十七日にも島尾はミホに打電している。内容は《マダタテヌカ　フネイツタツヤ》というもの。

その時なぜか島尾はいらだっているようにみえる。自分はHysteriaだとか、創作はすすまない、生活は偸安、常識は駄目、天才をこそとか、わけのわからないことを書きつけ、「ミホ何をしている」というおもいに行きつく。

「ミホノ身体ガ欲シイ」、「寝テモ起キテモ、ミホノコトバカリ思フ」「あらゆる身体のすみずみからミホが恋ほしい」「彼女の写真を見る度にミホのばか」「ミホとの性交を思考する」といった状態だ。島尾のミホをおもう気持ちはたかまりをみせ焦りにまでなっていた。

このように精神も安定していないなか（十九日）、島尾は京都に行き藤井に会ったときのことを次のように書く。

藤井の家に行くと彼の母若い世界に理解ある如くしてヒステリックで弱る。彼の所にミホが手紙を出しているのについては不愉快でもあり藤井の深刻派的な顔にシニックな気持。ミホは一体何と思つて。
（十二月十九日日記）

これからすると島尾自身、藤井に対して不快感をもっていることが分る。十二月二十七日にはミホから電報が二通とどく。

そういう状態でありながらも島尾は轟利子というハーフの文学少女に好意をもったりする。彼女は父親がゲルマン人、母親は東京の人で、妹、雅江の友達であった。彼女の悪魔性に触れたいというおもいをほのかにもっていた。

島尾、ミホと再会

戦争を中心になってすすめてきた国家の機能も、その国の人々の生活もことごとく破壊しつくした戦争が終わって、新たな生き方をそれぞれが模索しはじめてから四ヵ月が過ぎた。そして日本は新たな年を迎えた。一九四六（昭和二十一）年の元日が来たのである。

島尾も再出発に動き出していた。彼にはまず、小説を書くということがあり、さらに結婚ということが同時に迫っていた。しかし、なぜか明るさよりは暗さのほうが大きくのしかかった。

「昨年の八月十五日に於いて生存への何等の理由も見出し得なかつた。其の後今日かく生あるはもうそういふ風なものになつてしまつたくだらない余であつて生ける屍である」と書かざるを得なかったのである。あまりにも突発的であり、悲観的だ。

その理由のひとつは、かつて中尉として一部隊の先頭に立ち、多くの部下を従わせていたが、今は職無しの放浪者になりさがっているという意識もあったのであろう。「余は思う。余は現在無職である。父のすねかじり也。毎日何をしているか。余は何をなさんとするか。余は既にして生ける屍也」。このような考えも持ってしまった。おそらく、唯一の救いである小説も書けないという状態だったからかもしれない。

一方、ミホのことも考えから離れなかった。「彼女は余と国籍を等しくしない」ということが、最大の壁になりつつあった。「只今の所いつわらずにいふと大島郡の長田三保が余の眼前に現れることを希望している」とも書いた。

おそらく、これらの日記は島尾の自己確認のためにしたためたのであろう。数カ月前までは隊長とか軍神とか言われていたのに、今は無職で、父の庇護を受けながらも、恋に悩むただの男になりさがっている。小説もおもうようには書けない。それこそ屍というものではないか。そうおもったのかもしれない。

しかし、注意しておきたいことは、大平姓にこだわっていたはずのミホについて長田姓で書かれるばかりか、はっきり大平文一郎の養子であるとも書かれていることだ。また、こんなことも考える。一月四日のこと。「ミホのことをどうにも仕方のないほど思ふ。いろいろこまごました細部を。彼女の狂信を、彼女の狂態を、彼女の身体を」。

ミホに対してはその精神性、その肉体的なるもの——への恋慕の情が強いが、彼女の狂態とは何なんだろう。そういう面への愛恋の情とは何なんだろう。そのような問いもついてまわる。

ここで「国籍を等しくしない」といっているのは一九四六（昭和二十一）年四月十日に行われる戦後初めての総選挙で、その権利を有するのは北緯三十度線までというGHQ（連合国軍最高司令官総司令部）の発表があったからだ。屋久島・口永良部島の間がその北限にあたることから、奄美大島は範囲外となり外国扱いということになるのであった。

あの琉球歌人恩納なべの「恩納岳あがた……」の世界である。島尾のもやもや感、いらいら感はここにも原因のひとつはあった。

戦前、父四郎は輸出絹織物商で財を築いてきたが、終戦直後は木材会社への進出も考えていたようだ。今後、住宅産業は賑わうと判断したのである。そのため忙しく動きまわっていた。新しい会社をつくるとなると島尾にも仕事を手伝ってもらわないとならないと考えていた。

そのため島尾の結婚を急がせたかった。奄美大島は選挙外になるとのニュースが流れていた。それで父四郎は「ところでどうするイ、例の大島（ミホのこと）の方は。段々いそがしくなるからお前の嫁も早くなんとかしなくちゃならんよ。大事な選挙に除外する位だから、向こう（注＝アメリカ）に監理されると見ているがね。向こう（注＝ミホ）も来たいのだろうが、その後何とか言って来たか」とさぐりを入れている。

その翌一月九日、朝の便でミホから手紙がきた。「鹿児島の川内《せんだい》に来てくれ」という内容だった。これに対して父に相談すると、自分は「十一日から東京に商談のために行くことになった。十五日には帰るから、その頃川内に行って連れて来い」と言われる。

一月十日、ミホから二通の電報が届く。なぜか、その日の夕方またしても藤井が訪ねてきた。

そして二日後の一月十二日に書かれた日記はあきらかにおかしい。次のようなものだった。

藤井が来たのは、三保が藤井に　カゴシマケン　センダイシ　ヨシカワマサミ　カタ　ニテタイチヨ　ヲ　オマチス　だの、オテハイタノム　だの打電して来たからだつた。この三保ののんきな考へ方は藤井のにごっている性格と合わせ考えると非常に不愉快なものだ。

（昭和二十一年一月十二日の日記）

この意味は一考するに値《あたい》する。おそらく島尾に手紙や電報を送っても返事がないので、ミホの不安、あるいは不信感がつのっていたのかも知れない。それで彼女は、藤井に電報を打ち、彼を経由させて連絡をとっていたつもりなのであろう。

「鹿児島県川内市吉川正巳方にて隊長をお待ちす」「お手配頼む」とあるのだからそうしか理解できない。しかし島尾にしてみれば、なぜ藤井を通すのかという疑問は拭いきれなかった。おそらく、あやしいと誤解したのではないか。

それは明らかに、四郎ら家族がミホからの手紙類を隠し、島尾の手に届かないというミホの考えがあったからに違いはない。

しかし、島尾は日記に「ミホより再度電報。何かにつけミホとの coitus を思考する」と書く。Coitus とは性交ということ。若さゆえであろうが、あまりにもミホへ対して肉体的なる思慕に傾倒しすぎている。

そしていよいよ一月十六日、島尾は鹿児島に行くことになる。ぼくは、かつて「『死の棘』の夫婦」で、放浪しての帰り、島尾はたまたまミホの手紙を目にし、彼女が鹿児島まで来ていることを知った、そしてその足で川内に行ったというふうに書いたのであった。

しかし事実はそうではなかった。ミホとはずっと連絡を取り合っていたのだ。そして父が東京から十五日に帰ってきたので翌十六日鹿児島に向けて神戸を発ち、翌十七日に川内に着いたのだった。

その日はミホがお世話になっていた吉川正巳宅に泊まることになる。吉川正巳はミホのいとこにあたる。翌日、親戚筋の方から、ミホにはまだ言っていないが今朝、大島から知らせがあってミホの実父、長田実之が亡くなったらしい、と島尾に伝えられた。

結婚というおめでたい話をしている時にそのようなことはミホには知らせないほうがいいと配慮したのか、父親に対してミホが良くおもっていないから話さないほうがいいと判断したのかはわからない。おそらく前者かも知れない。しかし、島尾にとっても身内のことはしっかり知っていたほうがいいと親戚筋では考えたのであろう。

一月十九日、島尾とミホは川内を後にする。中年の夫人がミホのことをミホおばさんといい、島尾に「母のないミホの事、色々お願いします」と頼んだ。これは、ミホのお母さんは死別していたということ、またその実父も亡くなってしまったということである。ということは両親がいないまま、しかも養父も列席できないままでの結婚式という、当時としては「良からぬ」スタートとみられたのではないか。

そのとき、ミホが島尾に誓ってほしいと言ったのは「何があっても自分は辛抱する。だが、ほかの女と遊んじゃいやだ」というものであった。ミホの切迫した気持ちが伝わってくる。

島尾、ミホと結婚

鹿児島の川内をあとにした島尾とミホはひとまず、兵庫県の尼崎に住んでいる児玉太郎宅を訪ねた。児玉宅は川内で世話になったおばあさんの長女が嫁いでいった家。川内の親戚同士でおおまかな話はすすめていたのであろう。ミホをしばらく児玉宅にあずけ、遠戚で京都在住の田端静男を媒酌人にすることにしたのである。

児玉太郎は、島尾より二歳ほど年上で台湾高校、京都大学経済学部を卒業し、現在は交通公社に勤めている役人タイプの人であった。

そこにミホをあずけて、島尾はいったん家に戻った。まず父親にミホの戸籍謄本をみせ、その家柄を紹介した。四郎はミホの実父、長田実之の戸籍を見るなり「戸籍上の人相は道楽者だな」と断定した。

また、ミホの父方の伯父伯母、母方の伯父伯母のこと、京都に住んでいる田畑一族のことなどの話をすると、「ミホは孤児の境涯だな」と言い、「可哀相だから貰ってやろうという所か」「感服せんが本人（注＝島尾）が好きだというから致し方ない」「兎に角会った上できめよう」ということになったのであった。

とすると島尾は父に結婚の話はしていたものの、父の了解を得ていたわけではなかったということになる。「バンジ　ヨロシ」とミホに打電していたが、あれはけっして「すべてうまくいっている」ということではなかったわけだ。それで父の「会った上できめよう」ということになってしまったのである。

島尾の母、トシの場合も、許嫁でありながらも、いざ結婚となると家族の壁に拒まれたが、ミホもここに来て大きな壁に出合ってしまう。しかし、ミホの場合は島尾というたのもしい人がすぐ近くにいた。

日記を読みながら感じるのは、当時の親子関係が、現在のそれとはまったく違うということだ。父親は家で絶対的権力を持っている。その子どもは父親に唯々諾々と従うという構図である。あるいは島尾家にはそれが特別につよかったのであろうか。そうではないだろう。これが、どこの家でも普通にとられている親子関係であったのではないか。

ともかく四郎はたたき上げの実業家だったから、それなりの才覚があることはうかがえる。政治家としてもやっていけたのではないか。たしかに商人を志そうとする島尾の戦友にもそのような評価をされていた。それは「島尾は駄目だけど」という折紙がつけられてではあったのだが。

しかし四郎の悩みの種は子どもたちに恵まれなかったということだったのかも知れない。子どもの早死にが多いのだ。あるいは家庭や、家族に恵まれなかったということであったのかも知れない。

これは島尾にもそのまま引き継がれたのではないか。彼の場合、もっと悪いのは、終生、病になやまされたということだ。そのころから半盲症である眩暈に襲われたり、梅毒に犯されたり、胃のねじれで歩行もできず、飯をひとりで食うこともできなくなったりなど、結婚前後にさまざまな病気に襲われたりしているのである。それから結婚式までの騒動。

現在では、「憲法二四条知っているかい」といわれるほど、結婚の自由をうたった坂本九のヒット曲もあるぐらいだが、新憲法施行前の日本の状況は、結婚は個人と個人の愛情を前提にした結びつきではなく、家と家の結びつきであり、恋愛は談合ということで認められていなかったという歴史がある。

北村透谷は「厭世詩家と女性」という論考の冒頭で「恋愛は人世の秘鑰《ひやく》なり」と書いたほどであった。秘鑰とは心のなかを明らかにする手がかりということであり、やっと自由恋愛がここにきて若者から主張されたのであった。明治の時代になって、恋愛はようやく花ひらいたといえる。ところが保守的な家系からは一定の規制もつけられた。そのため二人の結婚は、島尾家側からも、ミホの世話人の側からもいろいろと手がはいって一筋縄ではいかず、難渋した。

結婚前に性交渉をもったかどうかということが問題にされたりしたのである。ミホの家はカトリック系、島尾の家は無宗教とはいえ、当時、谷口雅春の講演会に行くほどだからどちらかというと生長の家系に近かったのかも知れない。

日記によると、林房雄の『西郷隆盛』という小説の八巻、九巻は西郷が奄美に流刑されたときのことが書かれているらしく、龍一族は西郷の妾、龍アイカナの一族のことでカトリック教徒だとのこと。そして田畑静男もミホもその龍一族だとのことであった。

もうひとつひっかかったのは、やはり藤井とミホとの関係だ。

一月三十日の日記に次のように書かれたりする。「ミホが藤井の家に行って遊んでいる妄想を抱き、甚だ自らを虚脱の状態にした」と。これは島尾の妄想なのだが、さらに田端は夜の二時頃まで島尾とミホと藤井のことをいろいろとほじくって聞いたりしている。

たとえば、藤井とは三角関係のようなものではないか、ミホは便宜上藤井が二人をとりもったのだと言っているがそれはウソなのではないか、私には藤井は誠に同情すべき情態におもえるなどと言っている。

これに対して島尾は「事実は余とミホの間に藤井は無遠慮にはいり込んで来ている丈だ」とあきらかに藤井を煙たい存在でしかないというおもいを書く。

二月に入り、ミホと道で会うと急にミホが泣き出しそうな顔をした。理由を聞くと、田端に、ふたりはすでに肉体関係を持っているのかいないのか、鹿児島の川内を出て四日後にここに来ているが、その四日間はどこにいたのか、何をしていたのかと聞かれたらしい。ミホは咄嗟に二日間は福岡の千々和さんというお友達の家に泊まったと言ったら、それを確かめるというので、わたしが家にいないときあんたが訪ねて来てそのことを確認されたら怖くて怖くてというふうに言った。

日記はさらに「米のこと、お菜のことで静男氏からも叱られ妻君からも女中のように言われ、炭火を外でおこしても内でおこしても文句は言われて他人にそんな風に言われたことがないからこわい、もう逃げ出そうかと思ったりした――それで危急を脱れようと藤井に電話をかけて、来て貰って余に連絡をたのんだがその話など静男氏に立聞かれて又大へん叱られた。色々のことも余の父に言うとおどかされた。藤井のことだけでも充分話はこわれると言われたそうだ」。

ここでまたしても藤井の登場である。「藤井のことだけでも充分話はこわれる」というおどしまでされている。それにしても立腹している田端なる人の人格がおかしい。厳格を文字化するとこうなるのであろうか。慈父のもとで暮らしていたとき、ミホは特別な人として見られていた。ここでは女中なみに見られている。このあまりの落差にまずおどろくし戸惑う。

田端の行為はカトリックの改宗を迫られたからなのか、宗教・思想上の潔白性からくるものなのか、単なるミホへの嫌がらせなのかわからない。しかし、その田端の陰険さは小説『死の棘』のなかでトシオを攻め立てるミホの尋問の姿にも重なってくるのがあるのである。

島尾にさらなる病

島尾とミホの結婚は田端静男の宗教的潔癖性ゆえか、性格的嫉妬のゆえか、ミホにたいしてかなり攻撃的であったが、また島尾家からのミホへの攻撃も厳しいものがあった。おそらく、ミホにとってはただ静男宅から一日も早く出たいという気持ちでいっぱいだったのではないだろうか。

父四郎の考えとして島尾に伝えられたのは次のようなものだった。

「ミホはしっかりしたよいひとと思うが年齢が取り過ぎていること、カトリック信徒であること、大島が日本領域外になったこと、小学校の先生をしていたこと、ミホの側の親族に対しどこ迄責任を有するか（例えば結婚費用などどうするつもりか、それ迄父が引受けるようなだらしのない事はしたくない）後日恥をかくような軽率なことになるのは好まぬ」とかなり厳格なものであった。学校の先生をしていたことが何故ひっかかる対象になったのかは不思議である。

しかし島尾はこれとは関係のないまったく別のところで不安を感じていた。彼が考えていたのは、自分がスピロヘータパリダ（註＝梅毒）に感染し、ミホにもそれが感染していないかどうか、もし感染しているならミホが可哀想だということ、それに自分は自活者ではない、父に頼って生活しているという自分自身への嫌悪感であった。これらの悩みはかなり島尾を痛打した。二月二十六日の日記にはおおよそ次のように書かれたりする。

八月十五日よりまともな考えが出来なくなったんです。
それは気が小さいからだ。
もう之から先うまくやって行く自信がなくなったんです。
周囲と調和しようとする心持がないからさ。お前は自分で無理な結婚を通そうとしているのだから、余程自分をまるくしないと駄目、心がとがった状態故どこに行っても衝突するのだ。

（昭和二十一年二月二十六日の日記）

これは問答形式で書かれているため、読みやすくするため行分けして引用した。自分ともう一人の自分との対話か、父との会話か、あるいはこれらを妄想風にしたためたのか判然としないが、島尾の苦悩はきわまっている。

結局三月三日、八通の挙式案内状を速達で関係者に出し、六日には「十日午前十一時から挙式をする」旨の契約を高羽鷹匠の六甲花壇で取り交わした。十日の日記には次のように書かれた。

珍しく大雪で四寸位だろう。いや、五寸はあるなど朝食の時にぎわった。雪の中を紋付の上にオーヴアをひっかけて歩いて行った。下駄に雪がつまって足もとが高くなり難渋した。正午過挙式。写真撮影の後御殿の間で披露宴。その夜は同花壇茶室に泊、女中数人にて給仕至れり。

（二月十日の日記）

無事、何とか結婚式をおこなうことができた。しかし、この大きな難題を乗り越えるとさらに次の苦難が島尾を襲った。式を挙げて十日ばかり過ぎた三月二十一日から島尾は下肢不随になり六月一日までの三ヶ月間ほど、自力で歩行もできなくなったのであった。

結婚式をめぐるごたごたから遂に島尾は「妻の血統の者に対して嫌厭の情起る」とも書いた。理由のひとつは、ミホが来て以来、田端静男らが島尾家のことについて話しているのに毒素があることを感じたからだ。日記ではその理由について「ミホ渡鹿児以来静男さんらの陰に陽に余等を評せる片々たる言葉が一種の毒素となっていることはいなめない」と書いた。

島尾が父親に対して反抗しつつも敬慕しているのは「父は伊丹に行って薬を貰って来てくださる」(三月二十七日)という書き方にもあらわれている。常に敬語で書くのである。そうかとおもうと、また「奄美大島に行きたい。第二の故郷であり、私は大島よりどんなにか思想を与えられたことであろう」(四月七日)とも書いたりする。

「作家は常に自己の立場を批判しつついなければその作家は死んだものだ、どの年代に限らず自分の年代の生活や気分に安住しているような調子が作品に現れたらその時はその作家は転落するのだ」(五月五日)と、文学に対する深いおもいも書く。執着するということは鬼を内側に招きよせるということでもある。

島尾の心の根には、すでに文学への執着がことのほか強く這入り込んでいた。言い方をかえれば、島尾は内に鬼を招き入れて住まわせていたのである。また、その文学の象徴がミホという存在でもあった。

五月五日の日記はさらに次のようになっていく。

ミホは北原武夫の『最初の女』を一寸読みかけて、こんなの嫌い、男の人のそういういちいちの心の動きを知ると（それは分っているけど）そういう事にこだわり始めると、あなたに甘えられなくなるから、私は何にも知らない方がいいの。（私はそれについて、黙っている）ややあって私は、然し小説家というのはそういう事を書くのだよ、そして俺は小説を書こうとしているのだよ。するとミホは少しせっかちに、あなたはどんなことを書いてもいいの、小説家は四囲に気がねしていては駄目です、そんなのはつまらないのです、勝手な事をしなくてはいけません。私はあなたがどんなであってもいいの。

（五月五日の日記）

「小説家は四囲に気がねしていては駄目」「そんなのはつまらない」「勝手な事をしなくてはいけない」「私はあなたがどんなであってもいい」とミホは言いきった。これはおそらく小説家の本質を言いあてている。つまらない小説は道徳とか規範にしばられているもののほうに多い。

しかし、これは良くない事のまえぶれであったのか、翌日からミホの様子が変わっていく。五月六日の日記はこうだ。

「ミホは大掃除をするときっとおなかが痛くなるのと言って午前中から元気がないと思ったらますます気のぬけた様な顔付きをしている。ただ私と二人の時にそういうあらぬ方を見て虚脱したような顔付きをする」と書かれた。おそらくこのころからミホの心に変化がはじまった。島尾と二人のときにかぎって虚脱した状態になるというのは、心因性の予兆を示しているのであろう。

ミホの身体をどす黒いものうぃものにした事が気にかかる。今朝も今朝とてゲッソリした恰好で身体のだるさを訴える。

（五月八日の日記）

ふっとまいこむようにはいって来て坐り込んで腹痛を訴えるかと思うと、やがてけろりと癒えたような様子である。その様子が影のように入って来る。嫌いなものは理由なしに嫌い、私たちにきらわれたら怖いよ、というような事を石橋君と三人いる時にはしゃいで言ったりする。気分にむらがあるらしい。影を設定する傾向がある。物に執する心がない、物欲がない。着物、化粧道具にてんたんである。雨の中を着物をびしょびしょにして歩いたりする。

（五月九日の日記）

このように少しずつミホの心に変化があらわれはじめた。これが事実なら、ミホの神経の異常性はそのころすでに現れていたということになる。つまり『死の棘』にあるように当時の日記を読んだからではなかった。

さらに悪いことに、そのときミホには島尾が心配していたワッセルマン反応（梅毒の血清反応）が出ていた。

「ミホは私の神になった」

もう少し、『死の棘』の日常にそのままつながるのではないかとおもわれる行動《こと》について書かなければならない。まずは次の日記。

私は大島に行つてくらし度い。七島灘を通り（注＝渡り）度い。矢張り私はうかぬ顔をしていたのだ。ミホがそれを気にした。そして私はミホになぐさめられて（愛撫されて）ミホは私の神になつた。ミホの献身に私は刃向かう術を知らない。

（昭和二十一年六月十一日の日記）

「ミホは私の神になった」という気持ちの傾きは、母を早くに失った精神的空隙を、献身的ミホに重ねて、ミホを神のいただきにおしあげていったというふうにも読める。島尾が肉体的に満たされることが、精神的に満たされることと同等である「寂しさ」がつたわってくるのだ。だが、ある過失が島尾の心を追い詰めたとも考えられる。

昨日からあなたは元気がなくなつた。あたしはどうなつてもいいの。あなたを守つていればいいの。大島に行ってくらしましよう（昨日迄は子供が可愛そうだと少ししぶつていたのに）、大島に行つてあなたを食べさせる自信がある。あなたが死ねと言えばすぐ死ねる。今、これ青酸カリです、はい、と言つて飲めます。私気狂いかも知れない。外に行つてもあなたの事を思い出すと気が変になりそうになるの。周囲の色々な事は考えないで居ませうね。それでも弱虫になつてはいやよ、あなたは弱虫だから、あんまり奇麗すぎるから、兵曹長がきたなくても軽蔑する丈ではいけないわ。人を押しのけて行く生活力は見せてやらなければいけないわ。私は落伍者にはなりたくない。私は弱虫だけどいざとなつたら強いわよ。どうしてそんな顔をなさるの。お父さんと喧嘩なさつたときのやうな顔だわ。あたしは海を見るとあなたの事を思ふの。月を見るとあなたの事を思ふの。星を見るとあなたの事思ふの。私はどうなつてもいいの。あなたを見ていればいいの。

（六月十二日の日記）

これはミホの言ったことを書いているのであろう。ときどきこのような会話を文章にしたりしているが、これは小説を書くときの会話表現の修練という意味もあったということか。

そして最後に島尾は「ミホは十一日の日記を見たのではないか」とも書く。しかし、そこにはミホが自らの病を韜晦させようとする切実さと必死さが見え隠れしているようにおもえてならない。

六月二十七日の日記も不思議だ。結婚式をあげて三ヵ月余、ミホを神とした日から十五日ほどたってからのことである。

「夕方から性格の平衡が破れてミホをいじめてミホは泣く。我が気持どんどん手に負えなく、ミホに死にましようと言われても死ねないし、此の屋にミホと二人まるで気狂いであつた。少し危険でもあった」。

十二月二十六日の日記には「俺はどんなにみにくくても作品を仕上げる事に生きるのだ。ただお前が可哀想に思う」と島尾が言うと、ミホは「あんたが好きなようにどんな事をしてもいいよ、藤十郎をやってもいいよ、そうすればそういうあなたを理解するようにする」と言うのである。

藤十郎をやってもいいよ、ということはおそらく文学のためなら女遊びをしてもいいよ、ということを意味しているとおもわれる。しかしそれはミホの真意なのか、その場限りのたわ言なのかよく伝わってこない。そして翌一九四七（昭和二十二）年一月二十日の島尾の日記帳に、ミホは勝手に次のような書き込みをするのである。日記ではここだけゴシック体で次のように書かれた。

夫へ
表面でハ如何様であろうとも
◎失われた信頼と
心に汚みついた
◎疑惑の影ハ
生涯晴れますまいよ
昭和二十二年一月二十二日午後四時　ミホ

「汚みついた」というのは「染みついた」ということだとおもう。二十二日に何かがあったのである。しかし、くわしい記述はさけられている。

追加しておきたいことはイングリット・バーグマンがミホに似ているということで代表作の映画「ガス燈」を見に行き、日記で「横顔のミホは平板であって似ていないが、正面きると似ていないこともない」と書いていること。バーグマンは「ガス燈」でアカデミー主演女優賞をとり一躍有名になるが、夫と子どもを捨ててイタリアの映画監督ロベルト・ロッセリーニのところに行き、いわば押しかけ不倫をして社会的に非難を浴びた。癌におかされ六十六歳で亡くなるが、墓には「彼女は生の最後まで、演技をした」という文字が刻まれたという。

ヘミングウェイ原作の映画「誰がために鐘は鳴る」でゲリー・クーパーとキスをするとき「鼻

は邪魔にならないの」だったか「鼻がぶつからないの」という風に言うシーンがあったが、そのおかっぱ頭と純潔で野生美を見せる役柄が印象に残っている。

その年、島尾は四月に日本デモクラシー協会、五月に神戸山手女子専門学校の非常勤講師、七月に神戸市立神戸外事専門学校の助教授、十月には京都帝国大学教務部嘱託など仕事を転々としていた。

島尾と久坂葉子

また、島尾は次のようにも書いた。

どれを読んでも面白くないということ（逆に言えば、どんなつまらないと思い乍らも読んだ後でそれぞれの作者の執念のようなものに取りつかれて、その事で面白く思えること）、そして今更自分が小説など書くことの理由がなくなつてしまうこと。ジイドも読んでしんどくなるということ。然しジイドのねばりのようなものが大へんつらかったろうと同情し、自分はもういい結構だという気になる。然しその底で、やはり文壇的にも（最もすつきりした意味で）評判のいい小説を書きたく思うということ。小説書こうとすると富士さんが見えた。昼食を一緒にして午後帰つて行く。

（昭和二十三年十月十四日の日記）

ここでは小説家を志す島尾の自家撞着みたいなものをみることになる。おそらく誰もがぶつかるであろうはずのある種の壁である。島尾は、しんどいことではあるが、執念を持つ事が作品に力を与えることになるのだという文学の悪魔性にとりつかれているようにおもえる。

おもえば『死の棘』はその執念の結果つくりだされた小説であった。「作者の執念」とか「ねばりのようなものが大へんつらかつたろう」とか「評判のいい小説を書きたく思う」とかいった字句をみるだけでも、島尾の苦闘を覗き見るおもいがする。

職場（外専）では、小説を書くということ、つまり文学をしているということに対して反感をもたれているという背景もあった。そのことについて、島尾は次のように書く。「僕が小説を書いていること及びそれに附随したことが面白くなく、今度の人事問題が起つた」（昭和二十四年五月七日）と。

このことは同じ職場の人から知らされたのであったが得てして職場というのはそういうところである。

そして人事異動の話が出た。「危惧していたことが現実になって来たに過ぎぬこと、即ちどちらかに専心するポーズを外部から要求されているということ、教官の中で心好からず思つている人々。校長のやり口」「条件をつけられて大学に残ることは重荷である。私は私のやり方でずずる脱落させられるであろう。然し私は小説を書くことを止めない」ときっぱり書く。

どこの職場も、あるいは何時の世も職場という環界は、似たようなことを引き起こしてくれるものだ。文学とか自分自身の趣味をもつということは、そういう経験を持たない圧倒的多数が集まるところでは冷やかな目をこれみよがしに、あるいは隠れたところでかげぐちをたたかれたりするのである。

文学をするということは、それとの根気強いたたかいでもある。それはそれで気づかない人もいるだろう。だが、島尾の神経は繊細であった。風を感じ取ってしまうので、我慢して立ち尽くせないのだ。迷いはあったであろう。普通の道にすすむか、小説家という不透明な道にすすむか。普通の生き方、それはある面で安定を得ることを意味するであろうが、そこに行くかどうか、関門にさしかかった。しかし、島尾は「私は小説を書くことを止めない」と日記にしたためたのだった。

そこで島尾は「条件をつけられて大学に残ることは重荷である」と感じた。このいったん植えこまれた種《たね》は島尾のなかで根付いてしまい、どんどんと成長していったのであった。

このようなとき、川崎澄子（久坂葉子）と出会い、八月二十八日同人誌『ＶＩＫＩＮＧ』の例会に彼女を誘い、連れて行くことになる。彼女とは十日前の八月十八日に初めて会ったのであった。

そしてミホの「前田（註＝前田純敬）の所で泊ってくるなどと言って、川崎さんと有馬（註＝有馬温泉）に泊って来たのじゃないか」（九月十四日）などと言われたりする。家庭争議の大きな火種が動きだしたのである。

若杉慧のエッセイとミホ

一九五〇（昭和二十五）年九月十五日の日記には次のように書かれている。

伸三がはじめて自分自身でベッドの柵をのりこえて外に出ることを覚えた（二回）。ホイショ、ホイショとかけ声出して。出てから、うれしそうにはしゃいで笑い廻った。伸三の解放宣言。

（昭和二十五年九月十五日の日記）

何ともほほえましく愛らしい家族団欒の風景である。よちよち歩き程度ではあるのだろうが、幼な児が両手をおぼつかなく挙げて体のバランスをとり、満面に笑みを浮かべて走り廻るのどかな風景が浮かんでくる。何事もなく、そのままいけば平安そのものであったのだろうが、小説家としての意識が強く出て闇をつくり、間もなくミホが嵐になる。島尾はまた、書き付けなければならなかった。

南天荘の請求書の金額（四〇〇〇円）を見てミホがなじる調子で不満を言ったので、腹を立て、ののしりの言葉をはき散らして、机を投げおろしたりした。ミホも仏頂面で、あたり散らし、古電球をかどの石垣にぶつけて割ったりしている。

（同）

どこにでも局面の転換、あるいは数分前までは予想すらしなかった空気の急変というのがあり、ほとんどの家庭、そのようなことは経験しているであろう。ところが、なまみの実体験というのは文字表現が追いついていけないほど切羽づまっていて危機感迫るものがある。フィクションではないという生の反応である。身の周りが暗転して急に地獄になるのだ。

ここで、ミホはこっちはお金のない生活を強いられ、少ない資金を工面して生活しているのにそんなに本代を使って何を考えているのよと、言葉の刃物《やいば》を突きつけたのであろう。ミホにかぎらず誰でも怒るであろう。

しかし、そのことを書きたくて、日記を引用したのではない。実は、ミホが怒って古電球を割っている姿を見ていたものがいて、そのことを書いた人がいたということに触れたかったのである。かつての島尾の教師であった若杉慧である。

若杉慧はそのことを「島尾敏雄への私情」というエッセイで書いている。島尾の家は高い石垣を階段風に上っていくと門があるが、そこから若い女が下りてきて箱の中から線の切れた古い電球をとり出し、一つ一つ石垣にぶつけて割っていたと書いているのだ。若杉は友人からそれを聞いて、友人に「それはお嫁さんではないだろう」と言った。友人は「しかし女中の身なりじゃなかったし、それにただの割り方ではなかった」というふうに応えたらしい。

それから、ついでに書いておくと、ミホの手紙を家族が隠していたというのはその「島尾敏雄への私情」にあったのだ。若杉はミホから直接聞いて、聞いたままのことをメモ帳に書き、そのまま文章化したのであった。

ミホが鹿児島の川内に着いたころの部分を引用してみよう。

川内《せんだい》の叔母の家から手紙を篠原（※神戸の島尾の本宅）へ何本出せども音沙汰なし。橋の上からとび込みたくなるほど悲し。（書信はみんな家の人がおさへていた）（何本手紙を出しても返事よこさぬ男へ呶鳴りこんでやりたいと叔母憤慨）、ふと八幡通りの店（※神戸市葺合区八幡通に島尾の父の貿易店あり）の便箋に電話が入つてゐたのを思い出し、そこへ掛ける。朝から夕方まで申し込んでかかるのを待つ、つめたい局の土間で一日中、やつとかかると、その番号は焼けてもうありませんと！　やっぱり手紙にたよるほかなしと何本も何本も出すうち。一本が外出せんとする彼の目が郵便受けにとまつて手に入る。すぐ迎えに行くと電報——しかし、一気に神戸には入れぬので京都の親戚に落ちつき、島尾は父をやうやく説得して、あらゆる結婚方式を正式にふんで六甲入りをしたのが翌年三月なり。

（若杉慧「島尾敏雄への私情」）

日記とはずいぶんと違う動きが見受けられるのが気になるところである。まず、日記を疑うことはできない。また、ミホの感情も疑うことはできない。ただ、事実を拡大してミホが語ったのか、若杉が拡大してそれを受け止めてしまったのかのどちらかだろう。

しかし、ミホが藤井を介して手紙を何度か送っていたことからすると、それはミホ自身が感じ取っていたことなのかも知れない。

川内で「橋の上からとび込みたくなるほど悲し」とミホにおもわせたのは、「川内に迎えに来てくれ」というミホの手紙を九日に受け取っていながら、一週間ほど足止めされ、その理由をミホに伝えていなかったことが不安を拡大させたのかも知れなかった。島尾はもっと説明をつくすべきであった。

第五章　戦後の文学活動

戦後の出発

　少し足早にすすんだ感があるので、ここで再び、島尾に戦後はどのような訪れ方をしたのかという面に戻りたい。ともかく島尾にとって戦後は、安堵と喜びでみたされていたはずであった。これまでは、限定された「生」を意識し、自分は死に向かって生きているのだという精神の緊張感に覆われていたのである。だから島尾にとって、戦後の出発とこれからの「生」はひとりではかかえきれないとおもえるほど圧倒的な光に見えた。国が崩壊し、新たな仕組みの戦後がスタートをきっていたのである。あたかも戦争前にはあった社会の習慣や自己の習慣は全壊して、これからは自己の意志ひとつがすべてを決定するわけで、この意志力をためすための内部を確立しなければならないと考えた。

　自由が、どっと目の前に溢れてきたという、まばゆい第一歩を島尾は踏みこんだはずである。だが、実際の光景はおもったようなものではなかった。

兵後の義務は微塵にくだけ、私を束縛するものは何もなく、いわば私は自然の中にほうり出され、すべての約束ごとから自由になれたと思った。なぜか、私はそのことばかりが強く受けとられたが、そのことに反比例して破壊の度合いが不徹底だと感じたのだった。どこに戦争の痕跡が残ったと言えたろう。みんなもとの通り、ほんの表面のかすり傷だけではないか。おそらく自分ひとりが生き残ったと考えたかったこともひどい見当はずれであった。家族でさえひとりを除いてみんな生きていたし、友人たちも大方は戦場から生還した。私は少なくとも日本人の半分は死んでしまったと思っていたのに。私の戦後の出発はそのようにしてなしくずしにやってきたといっていいだろう。

（「うしろ向きの戦後」）

世の中を甘く見ていたということではない。戦争が、個人のかかえる体験としてあまりにも大きく、敗戦の受けとめかたがそれと比例して個人の内部を大きく占めていたといえるのである。閉塞された集団のなかで耳に這入ってきたのは、沖縄や広島や長崎の状況であり、その徹底的で衝撃的な打撃、そして焼野原にされた本土のことであった。島尾ならずとも、だれもが日本は壊滅したとおもっただろう。

だが、島尾はそれを「特攻身分の解除としてうつった」のであった。そのことが島尾の無意識世界では衝撃的なものであった。「自分のために生きる」ことは葬られ、「国のために生きる」ことを押しつけられた軍隊生活から逃れられることが救いであった。

すべての約束ごとから自由になれるとおもった。ところが、考えは帰還した瞬間にかき消されたのである。これまでぼんやりと、「これからは自分の思想や行為だけで生きていける」という自信のようなものに支えられたが、実際はそうでなかった。

戦後はそのまま戦前のつながりとしてあり、戦争の痕跡などほとんどなかった。少なくとも島尾の目にはそう映った。ただ、目にうつる現象としては破壊はなまなましく残ってはいたが、実際的な犠牲とかいうものも含めて、戦前通用した習慣やしきたり、制度は依然として力を持っていたのである。

島尾の戦後の出発は「予期していた考え」そのものの崩壊からやってきた。これは重要な意味をもっているといってもいいだろう。おもいどおりに世の中は動いてくれない、あるいは錯誤だけを繰り返しているというふうに戦後はその姿を見せつけたのである。つまり戦後のスタートは幻想のなしくずしというかたちでやってきたのであった。

だが、そうであっても監禁状態にあった「生」が、敗戦というかたちでではあれ、一応解放されたことに間違いはない。彼は、小説を書いていこうと考えた。現実への差異を、観念で埋めていく以外ないとおもったのだったか。小説家という、夢は断たれることなく、彼の精神を支える要諦にさえなった。

そして、島尾が三島由紀夫という突出した個性と出会うのもそのころである。三島は、島尾文学の数少ない理解者のひとりであったが、島尾も三島の小説を旅先の友人宅で読んで、これまでになかった新鮮さを感じた。三島への関心と興味が急速にめばえてきた。三島の、あの熱い陽光、それに異国情緒をかもす思考、活き活きした文体に若々しい文学の輝きを感じた。島尾はそこに従来の日本文学とは違った流れを見たのだとおもう。あるいは日本の文学の可能性を見たのだったか。

私は敗戦直後に彼（三島由紀夫）の最初の著書『花ざかりの森』の中のいくつかの小説を読み、はなはだしく文学的興奮を覚えた。それは九州への旅先の友人の家でのこと。すぐに私は彼に手紙を書いてその書物を無心した。すでに彼のひどく若い年齢のことも知っており、からだがふくらむほども親しい気持ちが湧いていた。敗戦による国家崩壊の中で私は思いきり文学の世界に生きてみたい気持ちが起こっていて、仲間が欲しくて仕方がなかった。『花ざかりの森』の三島由紀夫は文学に於ける豊潤な若武者のように見えた。田舎武士の押しつけにも似た私の手紙は梨のつぶてになると思えたがその書物は神戸に住む私の家に送られて来た。

そのあとさきに私は庄野潤三や林富士馬さんと文学同人誌をつくることになっていた。そしてその同人の中にも彼も加わったのだがそれは林さんや庄野とのかかわりからと思う。その同人誌の背後には伊東静雄が居た。

（「多少の縁」）

若き島尾の文学への渇望のようなものがうかがえる。当時十八歳の三島が自費出版した処女小説集を旅先で数篇読み、興奮して無心したということは、文学へおもいきって這入っていこうと意志した島尾の内世界をくっきりと浮かびあがらせるに十分である。

「敗戦による国家崩壊の中で私は思いきり文学の世界に生きてみたい気持ちが起こっていて、仲間が欲しくて仕方がなかった」。島尾の心の解放は、文学に接近し、その世界を生きることにあった。そのようなおもいを持つ友人を持ちたいとおもっていたとき三島由紀夫に出会ったのである。

ほかに庄野潤三もいた。林富士馬もいた。それに畏敬する詩人、伊東静雄もいた。これが必然的に同人誌の結成というふうにすすみ、伊東の仲立ちを得て『光耀』をスタートさせたのだった。ところが、これは三号を出して解散してしまう。しかも三号はすべてが島尾の手書きによるものであった。いかに島尾が真剣に文学に向かっていたかということを示している。

文学への再出発

一九四六（昭和二十一）年三月十日、島尾は長田ミホと結婚した。神戸の父の反対をややおしきるかたちの結婚であった。

島尾が父を説得して、自分の考えをおし通して、意志通りに動いていった大きなものは大学のときとこれぐらいのものではないか。大学のころというのは、父が望む商科コースの経済科を蹴って、東洋史科に行ったことである。だが、この二つは自分の人生と生き方にとって最大の、どうしても譲れない重要な問題だったと言っていい。これらの動きは、何を意味したかといえば、長男として生まれ、父の後継者と嘱望されながら、その後継そのものを拒否していくということにつながった。商業をえらばずに小説を選んだのである。また、それは母トシの希望するところでもあった。

あるいはまた、それは島尾の生き方を中枢で支え、決定する重要な意味にもつながっている。〈不適応〉性や〈脆弱〉性、あるいは〈世間の圧倒〉といったものに傷口を開けられつづけてきた島尾は、最終的には自己を他に譲らず、しっかりと自らの意志と手で〈生き方〉をつかまえ、そのとおりに動いたのだ。ミホとの結婚も父親につくのではなく、ミホにつくことを選択した。

だが、その後の生活は惨憺たるものであった。結婚はしたものの、しばらくは父の庇護を受けて生活していかなければならなかった。世間の通常の夢や希望といったものから距離を取ると豪語して、家族内や世間体での代表格である父親から離れ、なお父親に生活の面倒を見てもらうという詩人や小説家を過去に多く見てきている。あくまでも「若きころは」という前書きをいれなければならないが。

宮沢賢治がしかりであり、萩原朔太郎、中原中也、あるいは太宰治、高村光太郎がしかりである。

宮沢賢治は、父の後継者と目されながらもその後を継がず、むしろ父の仕事に反発さえして父に従わず、しかも父の庇護を受けて生きた。萩原朔太郎も、同様な条件のなかにあったが、父の希望から遠いところで生き、しかも生活的には父の庇護を受けていた。中原中也や太宰治もほとんど似たような生き方をしている。これらは世間的には悪い印象をあたえるが、それはどうすることもできない文学の不幸、悲劇と断定していいのだろうか。

ひとりの表現者がどのような生活を送ったか、そしてそのなかでどのような思想を組みたてていったか、あるいはその思想で何をなしとげていったかという三つの軸を立ててせまることはできる。それぞれ、切りはなして考えることも可能であろうが、しかしすでにこれらの総合が文学に大きな影響をあたえていることはたしかなことだ。

そうおもいながら、しかし、三つの軸のすべてが最初から完全であったという文学者や芸術家を捜すことはむつかしい。その意味からいうと文学や芸術の不幸だといってもいいのではないか。

朔太郎の父は、文学を志向する人をさして「はかまゴロ」と言ったらしいが、まさに島尾は、おもいきって文学の世界で自己を展開するため、その「はかまゴロ」の方向にむかって突っ走っていったのであった。

戦争が終わり、心もからだもむしばまれ家に帰って来た私に待ちうけていた生活。それはほぼ二年にわたる徒食の日々。つとめ口もさがさず、基礎の学習もせず、雑書の中にふみ迷い、先々の見通しもつかぬまま、なんの反省も悔いもなく、しかも妻をめとり、周囲に嫌悪し、部屋にこもって文字を書きつけ、巷をさまよい歩き、あらゆる場所で違和を覚え、そのしわよせを妻に向け、彼女にだけ自分の感情をむきだしにしてあやしまずに居たような日々の累積。しかも私は結婚と同時に病にたおれ、いっそう混迷の中に自分を見失って、妻に献身を強いていたのだった。

（「伊東静雄との通交」）

文学者・芸術家はなぜいつも、そんな顔をして現れてくるのであろうか。これはあるいは文学・芸術一般の形態にひとつの原因があるのかも知れない。もちろん、個々人の思想、性格にも起因して、このような破滅現象は起こるに違いないが、それでいながらも文学・芸術は極度に自己を暗いところにひきずって行くようにおもわれるのだ。そのへんがまた、一般の職業と小説家という職業をきわだって峻別している世界なのかも知れない。

「自分の感情をむき出しにしてあやしまずに」いるということは、妻だけに対してだけではなく、おそらく自分自身がかかわるすべてに対してであっただろう。自己の主観に閉じこもってしまう内閉の病のごとき病状を文芸という界域はすでに持ってしまっているのではなかろうか。

「文学」をもっと根のほうから問うてみる必要があろうというものではないか。おそらく「自己表現」というものがすでに不幸をはらんでしまっている証左ともおもわれる。そのような現象は、己れの内側や他との関係性のなかにすでに存している。やはり不幸なのだ。全体がやせている。普通とか、楽をするとか、〈生〉を楽しむとかいったことは、文学の世界では禁忌とみなされているのだ。いや、創造の現場にその感覚を持ちこんできてはならないという不文律があるようなのである。

この状態は、島尾にとっても同じようなかたちでやってきたのであった。

こう書きながらも、しかし偏見がひどすぎるという気がしないでもない。全体の三パーセントほどを絶対化しているのかも知れない。これはまた全体の三パーセントほどしか、残る作家はいないということと等価である。

小説にうち込む

自分自身の体験と、掌のひろさだけで、自己を限定して表現していく営為に島尾は小説の原基をおき、その世界に憑かれていったのである。また、別のところで、こんなことも書いている。

季節のはずれたおまつりの気分の中で、でも二十三年の後半を、さばききれぬ仕事の集積を果たすために私は砂をかむような多産な一時期として送った。ふりかえってみると、得意でなくもなかったのにうかぬ顔付を装っていたことが悲惨だ。多産といっても短編小説を十ほども書いたろうか、その全体の見通しの構想が定まっていたのではなく、もしそこに何かがあるとしたらそのかたちをさぐりあてるやり方で書いた。地方都市に住んでいると、少し誇張して言えば、自分の発表した小説の外界からの手ごたえを感じにくい。遠く手のとどかぬところに投げてやったきり、反響がかえって来ないから空気の稀薄な圏内でからだを動かすときの孤絶があった。思想の骨がなかったから気持ちは荒れ、しわよせは妻や子供の方に向いた。

（「不確かな記憶の中で」）

これは一九四八（昭和二十三）年のことを書いている。その年といえば、島尾がはなばなしく文壇に登場していく年であるが、そのことについては同人誌『ＶＩＫＩＮＧ』との関係もあるので、くわしいことは後にゆずるとして、しかし生活や精神は不安定のままにすごしていた。

ここで島尾は自分のことを、飾りたてせずに正直に書いている。中央の雑誌から乞われて小説をどんどん書いて、得意ではあるが、またその感情をかくしながらも中央の反応がつかみきれない孤絶感も感じている。その感情を妻や子供になげつけていく。

妻や子供にとってはいい迷惑である。いずれにせよ、文学を志向するということは、どんなに懸命に動いても、どんなに自分が充実していてもそれに相応して、まわりの人は稀薄にしかむかえてくれないということを認識することだ。文学を純粋に職業とすれば話は別だろうが、そうでないかぎり、地方にいるということは当時は孤島にいるがごとしであった。

それはどこまでいっても、ある面、自己満足、道楽にしか見えてこない。また、作品そのものについても、自分がおもっているようには、他の人はおもってくれないということもある。そこからのいらだちを妻や子どもにあてている荒れた像は、誰もが経験していることだろう。

島尾はその時期、伊東静雄らと頻繁に合っていた。そして伊東静雄から「生活者としての戦略」を学んだと言っている。そのとき、伊東静雄は、父が残した借金の返済に追いまくられ、貧困生活を余儀なくされていたはずである。前年、伊東に富士正晴を紹介され、富士は島尾に「日本デモクラシー協会」の職を斡旋したが、そこには一ヵ月ほどつとめただけで辞めてしまった。

そして九州の炭坑にでも行こうかと考えていたとき、歌人でミホの短歌指導をしていた小島清に紹介され、神戸山手女子専門学校（のち山手女子短期大学）の非常勤講師になる。だが、そこも二ヵ月ほどで辞め、すぐ神戸市立外事専門学校（のち神戸市外国語大学）の助教授の職を得るが、そこでのつとめも三ヵ月ほどで辞めた。

その後、父親の紹介で京都帝国大学文学部の教務嘱託に這入り、基礎学習のため西洋史学研究室に通い、教職の道にすすむことになる。これらの動きをみると、島尾は一年間で四回も職をかえていることになる。職のなかに這入り込んでいくということは、島尾にとって内面的に困難がともなった。

ところが文学的な面では充実していた。文学活動は活発であり、着実に実績もあげ、また、書く対象や方向性も明確になりつつあった。

廃墟のすがたを帯びた神戸の焼けあとの中で、私は書こう、と思っていたようだ。なにを、どんなふうに、思ったのだったか。そして私の書いたものが小説とみなされた。しかしどうして自分がそれが小説であることを疑わずにいられよう。それに名づけて抵抗を感じないですませられることばがあるとすれば、それは記録もしくは記述かもしれぬ。私はただ機械のように記述していたいなどと思っていたようだ。広大できりのない全体をまるごと書きあらわすなど自分には及びもつかぬと知ったとき、私のできることは過程のささやかな記録、そしてそれをできるだけ忠実に記述することのように思えた。全体に目を向けることをやめよう、と意気ごんで思ったのだった。私の目のまえを過ぎて行くものを目のまえでとらえて記録することだ。意味づけなどしないで透明にとらえること、透明にとらえようとすると、外部も内部も区別がつかなくなって、へんなことだが私の現実を太らせる結果になった。

（「どうして私は小説を書くか」）

まるで戦後は島尾のなかで明治期におとずれたあの文明開化の波、維新の風がふきあれたかのようではないか。小説の手法の根本は、物語るのではなく写生するように写しとること、記録すること、そこに文学の大事な本質が埋まっていると、これまでの考えをあらためて再確認した。この小説の方法は、かつて長崎高商のころ、「小説を書くつもりで紀行文じみたものになった。私はただ通りすぎて行くものの通過するのを待つほかない」という意識と重なるものがある。また、母トシがノートで示したこと、あるいは日記を義務づけたことにもつながるものがある。だが、このときの意識を越えているものがあるとすれば、それは「廃墟に立つ」という意識を持っていたことであろう。

あるいは、「過程のささやかな記録」「それをできるだけ忠実に記述すること」「目のまえを過ぎて行くものを目のまえでとらえて記録すること」「意味づけなどしないで透明にとらえること」とたたみかけるように強調している箇所は、自然主義文学以降つづいた日本の私小説の世界そのものであり、別にこと新しいものではない。これらの言葉を、たとえば志賀直哉が言ったとしても、まためずらしくはない。

だが、その位置にとどまっていないのは「透明にとらえようとすると、外部も内部も区別がつかなく」なると言いきれる世界をもっていたところであろう。島尾の文学的な眼は、その外部も内部も区別がつかなくなる世界を映していくところに特異さがあった。これが明治期の小説と一線を画するところであった。

このような姿勢で、島尾は文学世界を確立していく。そして、その時期に多産な活動を続けていく。まず、それらの動きを見てみよう。作品活動は、一九四七（昭和二十二）年には「夢中市街（のち「石像歩き出す」と改題）」「単独旅行者」と少ないが、一九四八（昭和二十三）年になると、代表作品ともなった「夢の中での日常」をはじめ「徳之島航海記」「月下の渦潮」「挿話」「薬」を、一九四九（昭和二十四）年には「勾配のあるラビリンス」「格子の眼」「唐草」「アスファルトと蜘蛛の子ら」「砂嘴の丘にて」「鎮魂記」「ロング・ロング・アゴウ」「出孤島記」、一九五〇（昭和二十五）年には「宿命め」「ちっぽけなアヴァンチュール」『贋学生』「摩耶たちへの偏見」、一九五一（昭和二十六）年には「黄色の部分」「ケーブルカーのある風景（のち「アスケーティッシュ自叙伝」と改題）」「いなかぶり」など、島尾文学で注目される作品群がこの五年間でつぎつぎと発表された。

このスピードは驚異だと言っていい。島尾はこの時期、年齢的には三十歳から三十五歳までの五年間、文学に懸命に向かっている。しかも、もっとも生活的には苦しい時期であったが、文学的にはもっとも充実していた。また、もっとも自信を持っていたと言っていいかとおもう。

島尾の文学の姿勢

一九四九（昭和二十四）年三月、『格子の眼』が全国工房から刊行され、十一月に「出孤島記」を『文藝』に発表、翌年二月には「出孤島記」で月曜書房主催による第一回「戦後文学賞」を受賞した。この賞は花田清輝の声掛けではじめられたものらしい。授賞式は神保町の交差点近くにあった「万崎」という洋服店の二階にあったただ広い料理店で催されたという。

授賞式には、埴谷雄高、椎名麟三、梅崎春生、野間宏、花田清輝、佐々木基一など戦後文学を代表する作家、評論家らが集った。その様子について埴谷雄高は次のように書いている。

……あまりに広く、あまりに無人なその会場のなかで、島尾敏雄は、恐らく、心細かったに違いない。私は眼の前にいる野間宏の文体とまさに対照的な島尾敏雄の感覚的な文体を極度なまでにほめあげて着席しながら島尾敏雄の方を眺めると、ゆっくり立ち上ったその姿は頼りなげに俯向いたまま暫く考えこんで見えたが、その裡に、私の脳裡でその姿は次第に長く延びはじめてちょうど胴のあたりでくびれると、真横に倒れたまま、このがらんと無人な料理屋の窓から抜け出て宙へ飛翔してゆくように思われた。

（「はじめの頃の島尾敏雄」）

あきらかに島尾の小説「摩天楼」をイメージしているが、また島尾は死んだ矢山の鳥になっていくイメージをその小説に流し込んだのであった。埴谷が頼りなく立っている島尾の姿を見て、そのように感じたというのなら、やはり、矢山と島尾は双生児のように重なるところがあったのかも知れない。
また島尾はその年の五月に「ちっぽけなアヴァンチュール」を発表、十二月には河出書房から書下ろしで『贋学生』を出した。そこで事件が起きた。例の『新日本文学』に掲載された「ちっぽけなアヴァンチュール事件」である。
長崎高商時代の『十四世紀』発禁処分事件同様、この事件もいいかげんなものであったと断定していいだろう。だが、組織は情勢の緊迫の度合に応じて、いつもそのようなかたちで個人個人にせまってくるものなのだ。

その号（注＝『新日本文学』五月号）の自分のもの（注＝「ちっぽけなアヴァンチュール」）と他の文章を熱心な興味を以って読み、私の文章の表情が停滞の気分を濃く持っていることも気にかかった。之は一寸意外であった。もともとそういう指摘には馴れているのではあるが、私としてはひそかに、積極的に動き出した気分の中で、大へん爽やかに書いたつもりであった。然しこの雑誌の他の文章と対比して読んだ時に、之を書いた時の姿勢と逆のものが淀んでいるようにさえ私にすら思えたのであった。そういう経験は私には貴重であった。結果として『新日本文学』という雑誌に自分の小説が掲載されることによって、不消化のものを自分でピンセットでつまみとるように見つけることが出来たと思えた。（「滑稽な位置から」）

島尾は『新日本文学』に載った他の文章を読み、自分の表現の姿勢とそれらのものは姿勢が逆だと気づいたという。おそらく、島尾の文学の姿勢は、さきにも書いたように「廃墟に立」って表現することと、透明に内部と外部が区分けできない状態につきすすんで物の深みを見ていくことであった。

あるいは、これは重要なことだが組織の使いたがる文章とか、組織がこのみそうなテーマは追わないということであった。それが他の文章とは決定的に違った。島尾は「愈々私は人前に引きずり出されて、『さらしもの』にされるのであろうか。それは私が、ビューローには近づかない、と呼んでいる所の気持から派生した妄想かも知れない」（同）とも書いている。

『新日本文学』を取りまく主要な幹部は、健全な日本の生活の方向を作家は表現すべきであるが、この作品は戦時中をおもわせるどころか、アヴァンチュールという反日常の行為を描いているとして問題化したのである。あるいは主人公が、アヴァンチュールに失敗して、家に帰る際、真夜中の舗道を軍歌をうたって、しかも軍隊気どりで歩いていく場面（描写）を問題にしたのだとおもう。

だが、この作品は主人公の意識の「廃墟」がテーマになっているのであり、しかもそれが、敗退した「軍隊の幻」で自分の内部をきわだたせようとして描かれている点、作者の作品への方法意識が鮮明にうつしだされているすぐれた作品である。

島尾は状況を優先させて描く方法よりは、あくまでも自分自身の内面を描いていくことに比重をおいた作家である。状況を記録するのではなく、移りゆく内面の記録を重視したのだと言えばいいだろうか。

おそらく、人はほとんどこのようなかたちで「生」を生きているはずであった。作者は、この主人公はかつて軍隊生活を経験したことのある男で、そしてその男の国は敗れたのだ、ということを直接語るようなことはしない。だが、読んでいるものにこの男の過去は、描写されたこの場面から想像することができる、そのような方法を文学の世界で無意識に確立している。

だれだれの影響を受けて方法を意識化したというのではなくて、資質としてになってしまっていたのである。また軍隊生活で、どんなに高貴な地位にあったとしても、意識の流れは通俗なのだ、ということもわかってしまうというふうに読み手に提示している。

真夜中の舗道も、何かしら主人公のなかでは、昼の世界とはまったく違う、異質なものが口を開けているような、あるいは思考にも別展開を迫ってくるような暗さが脈うっているように感じられていく。「私の文章の表情が停滞の気分を濃く持っていることも気にかかった」と島尾は言っているが、この停滞感は実は、この時にはじまったことではなかった。

長くこの箇所にかかわり続けることはできないので先にすすむが、島尾はその年、河出書房から書き下ろし長篇の小説の依頼が来た。『贋学生』はそのころの作品で、これも停滞と淀みがいっぱいつまった作品であった。当初、「偽学生」とタイトルをつけて書き出して中途でなげだしていたものだが、そのテーマに挑戦したのである。

九大時代の、あの灰色の時期の虚無的な情況を、再び表現の場にのせたのである。島尾は書いている。

読みかえしてみて、かきむしりたいほどの絶望感を感じながら、別の目には自分をすかして、手もとをはなしたのだった。あれほど強烈に印象づけられていた事件も、書いてしまえば、つまらない貧しい出来事にすぎなかった。本当に書きたいのは、そのあとの停滞の時期の倦怠だ。

その裏がわに軍靴の足音がくっついている、などと自分をなぐさめてもいた。
（「『贋学生』が書けたころ」）

ここで島尾は、むしろ停滞を書きたかったと言っている。作者の意図するように主人公の抱く停滞感と内的廃墟感は作品のなかでよく描かれている。

『贋学生』は当時、売れるものより返品のほうが多かったとか、吉行淳之介が島尾の作品なら何でも読みたいということで書店をさがしまわっているときに手に入れることのできた作品であるとか、いろいろいわれている作品である。奥野健男は「贋学生に内部的必然が感じられない。このつまらない贋学生に情熱を傾ける彼の真意が、読者に伝わってこない」（「島尾敏雄論——被害者の文学」）とさえ言っている。

また、島尾自身も、「『贋学生』には目をつぶろう、と長いあいだ思っていた。今は自分の手をはなれて、或る部分は『もの』になってしまった。とにかくそんなふうに『贋学生』は書けた。そして、そのあと長編小説を書いていない。実のところ、『書き下ろし長編小説』などという字を見ると、目まいを感ずる」とさえ書いた。

出版当初、この小説はそれほど評価されなかった。だがそこには、島尾の特質のすべてが集められていて、絶対に欠かせないすぐれた小説のひとつであるといっていいのではないだろうか。ちょっとこだわるようだが、島尾はこの作品で本当に書きたかったのは「そのあとの停滞の時期の倦怠」であったといっている。そしてその背後に「軍靴の足音」を感じていたのだった。

島尾は、倦怠のなかに勇ましくも暗い軍靴の音を同時に感じたのである。何かしら、すべては廃墟だよ、と言ってしまえば言えるが、その廃墟にいたる、あるいは廃墟をかもしだす心の動きを「記録する目」できびしく追っていくところに島尾文学の本道があると言っていいだろう。

島尾は『贋学生』を、衰弱していく内臓の病をかかえ、床についたまま書きついでいったのであった。あるいは、やっと歩けるようになって、街を散歩して、猛犬にかみつかれたりしながら書きついでいったのであった。注文されて意気が上がっていたであろうということは分かる。しかし、執筆している当時は日常的にはちぐはぐな、おもいどおりにすべてが展開してくれない、閉ざされた心境のなかにあったことも事実である。そのような日常の停滞は、色濃く作品にも反映されているのではないか。

島尾と富士と『VIKING』

島尾敏雄と同人誌のかかわりについて、『こをろ』の場合、あるいは「現在の会」の場合はわりと書かれているものの、『VIKING』の場合についてはさほど書かれていないような気がする。

中尾務が「島尾敏雄　富士正晴」というのを書いていて、『VIKING』時代の島尾のことをくわしく書いているのが救いである。富士は、VIKING関係の講演会で、次のように述べたという。「詩人伊東静雄の紹介で現れた島尾敏雄とつき合っているうちに、ひょいとVIKINGという標題の雑誌をやってみたいと考えました。それはひとえに、島尾の自家版の短編集『幼年記』のうちにひそやかに鳴りひびいている語感、言葉に対する微妙な感覚にほれこんだからと言えましょう」。

この文章は、富士正晴記念資料館に保存されている単行本未収録の資料の中から中尾務が『脈』八十四号（二〇一五年五月）の特集で引用、発表したものである。富士はここで、島尾の『幼年記』を読んで心が動かされ、島尾のために『VIKING』を発行しようとおもったということを伝えている。

さらに中尾務は、富士の「『VIKING』小史」から「二度目に彼が来た時と思うが、彼は大学時代自費出版した『幼年記』という本をもってきてくれた。彼が帰ってからわたしはそれを読み、島尾の文体に非常に感心した。これがどうも同人雑誌をもう一度やって見ようかと思う動機になったらしい」というのも紹介している。

だが当時（五月四日）、富士の日記には「昨日、伊東幹治と島尾が来た。（中略）島尾は「幼年記」といふ彼の小説を持つて来た。面白いところもあつた」と書いただけだった。中尾も指摘しているが、「面白いところもあつた」ということは「そうでないところもあった」という対句も考えられ、「島尾の文体に非常に感心した」という富士の文章をそのまま受け入れていいのかはわからない。

また、富士は「同人雑誌四十年」では次のようにも書いている。

『VIKING』は昭和二十二年十月（わたしの誕生月）に創刊された。創刊同人は大阪に斎田昭古、富士正夫、井口浩、富士正晴、神戸に島尾敏雄、広瀬正年、京都に堀内進、伊東幹治、東京に林富士馬で、斎田・島尾・林は伊東静雄がわたしに紹介した人物で、あとは『三人』同人あるいは会員であった。旧『三人』復興にさほど熱心でもなかったわたしがこれに踏み切ったのは、島尾が戦争中に自費出版した『幼年記』にわたしが感心し、こうした連中の発表の機関を作ろうと思ったのが動機で、島尾がガリ版をわたしのところへ持ちこみ、わたしが紙その他をあちこちからもらい集めて来、井口がガリ切りの技術と労力を提供して出来上がった。発行所はまず、大阪府高槻市の井口のところへ置いた。（『富士正晴作品集一巻』「同人雑誌四十年」）

富士は「VIKING号航海記」でも、ほぼ同じことを、さらにくわしく書いている。自註をまじえて書くと、昭和二十二年の春か夏、伊東静雄の紹介ということで島尾が訪ねてきた。用件は、同人誌をつくろうということであった。富士はその気はなかった。だが、島尾に好感がもてた。その次に島尾は自ら出した短編集『幼年記』をもってきた。『幼年記』の文体に、あるいは彼の人間的魅力と、その感性の初々しさにひかれて富士の気持ちに火がついた。島尾はさらにガリ版をもってきた。そこで同人誌をつくることが決まったのである。

気になるのは、原稿が集まるかどうかであったが、これはクリアーできると踏んだものの、紙をどうするか、原紙、インク、ガリ版きりをはじめとする印刷、製本はどうするかということを話しあった。一応、井口浩がガリ版きりを担当し、表紙を富士の木版画、印刷は富士と島尾が刷ると決めた。製本の段階になると糸が入手できなかったため、しかたなく印刷した紙を重ね折りしてそれを表紙にはさんで五十部仕上げた。一九四七（昭和二十二）年十月に発行された創刊号の編集後記に富士は次のように書いた。

ヴアイキング号はいざ船出するとなつて見ると石炭がなかつたり、船員が逃亡してゐたりして誠に不如意。（中略）さて僕達はいやに値のかさばる黄色の帆を張つて、どちらの方角へ出掛けるのか。僕等の合言葉は何か。それはしばらくたてば、僕等にも判つてくることだらう。僕等は唯航海したいだけで船出する酔狂さを少しは持ち合はせてゐるが、それだけでもないだらう。

月に一度は航海日誌をお目にかける。精神領界海図を壁にはりつけて目を皿のやうにしてゐてもらひたい。

では、さようなら！

（『富士正晴作品集四巻』「ＶＩＫＩＮＧ号航海記」）


しかし、名称の「ＶＩＫＩＮＧ」も、富士の勘でつけられたようで、花田清輝の『復興期の精神』の中の文章から取ったらしい。感覚は「おもろいこと」へのこだわりがあったのだとおもわれる。まさに酔狂というか、遊び心に満ちていた。「食うことにガツガツしていた時代、国外に出られぬ時代」であったからその名称にしたというのだが、翌一九四八（昭和二十三）年一月に出た四号に島尾が調べて書いた「ＶＩＫＩＮＧ釈義」でその意味がいくらか分かるようになったとも言っている。

島尾はここで、齋藤秀次郎の『英和中辞典』などを調べたと書いている。ヴアイキングの意味は八世紀から十世紀にかけて欧州の海岸を荒しまわった北欧の海賊で、倭寇に似たようなものというのが分かったという。

ともかく島尾は同誌に発表した「単独旅行者」が高く評価され、文壇に認められるようになった。富士正晴の面倒見のよさはよく言われているところである。島尾が頭角をあらわしていくのに富士の存在を無視してはならない。

一九四七（昭和二十二）年に戻るが、その年の十月に出た創刊号に、島尾は「単独旅行者」の前半を発表した。それを読んだ富士の義兄にあたる野間宏から富士宛に「ヴァイキング、小説が面白いです。この人のいい小説があれば、こちらの雑誌にのせるやうにします。お伝え下さい」（一九四七年十月九日消印）というハガキが届いた。それを聞いた島尾は、次号に掲載予定していたのを中止して、後半部分に前半部分を合わせて野間宏に送った。

野間はそれを読んで「できるだけ早く第二作を送るように」とハガキを出した。島尾はいそいで二作を書いて送った。「単独旅行者」は一九四八年五月に出た『芸術』六号に転載され、第二作として書かれた「夢の中での日常」は、翌月の『綜合文化』に掲載された。その二作品で島尾は文壇から評価された。

富士正晴との齟齬

一九四八（昭和二十三）年は、島尾敏雄が小説家としてスタートする重要な年である。五月、六月に中央の雑誌に相次いで代表作が発表され、七月には伸三が生まれ、十月に出た『芸術』に「徳之島航海記」が載り、さらに同月真善美社から「アプリゲール新人創作選」として『単独旅行者』が発行された。十一月には「月下の渦潮」が『近代文学』に、十二月には「薬」が『序曲』に、「挿話」が『未来』にそれぞれ掲載され一気に注目された。

一方、『ＶＩＫＩＮＧ』は危機的状況にあった。明窗《めいそう》書房から圭文社に職替えした富士は、これまで同社で出していた『リアル』に代わる雑誌としてヴァイキング同人を主軸にした半商業雑誌の創刊を計画していたものの、会社がうまく機能しなくなって頓挫した。『ＶＩＫＩＮＧ』も三月にはたった八ページの六号を出して休刊となったのである。島尾はそのため外に発表の場を求めざるを得なかったという面もあるのではないか。あるいは、島尾が発表の場を外に求めたため、休刊せざるを得なかった面もあるのかも知れない。

ただその年の十二月二十二日の日記に、富士は「ＶＩＫＩＮＧ号難破」と書き、十二月三十一日には「ＶＩＫＩＮＧモ失敗（中略）ソノ代リニ島尾完全ニ文壇ニ出タ」と書いた。

島尾の「単独旅行者」は富士が発行したいとして明窗書房から、そして圭文社から出そうとしたのだが、いずれも彼の退社で実現をみなかった。また、富士は島尾を日本デモクラシー協会に職の斡旋をするが、これも英語がペラペラであると紹介したため島尾を困惑させたということもあり、面倒見はいいものの、ある面、にくめない野放図さもあった。

『ＶＩＫＩＮＧ』が復刊するのは一年後の一九四九（昭和二十四）年六月から。復刊に動いたのは島尾敏雄、広瀬正年、富士正夫の三名で、彼らは一月から集まって復刊の話をした。ここで取決めたのは「同人は出身地、出身校、住所など神戸にかかわるものに限る」「有名になったものから馘首《くび》にする」という二項であったという。

復刊はしたものの、一九五〇（昭和二十五）年から富士と島尾が対立するようになった。しかし、島尾には彼に対する不満が一九四七（昭和二十二）年あたりからくすぶりはじめていた。島尾は日記に次のように書いている。

　富士正晴を解釈してしまふ為に、今僕の精神内で彼を核心にして脱皮作用が行はれてゐる。

彼の新しい面と古臭い面。僕の就職の世話や小説売込の世話を古臭い面で営まれてゐるとすれば僕にとつて困難な事だ。僕が背信出来ないといふ観念で縛られるのはたまらない。僕は急いではいないのだ。

（『島尾敏雄日記』「終戦後日記」昭和二十二年十月三十日）

そのようなおもいが、一九五〇（昭和二十五）年四月ごろから顕著になった。島尾の日記を見てみたい。

四月二日

午後長田トキワ高校でＶＩＫＩＮＧ例会。〝島尾のＶＩＫＩＮＧ解散説〟といふのは富士正晴のデツ造の傾向が多分にある。富士正晴泥酔し、かんぐり、広瀬正年から帰途この会の富士正晴の企図をきく。富士さん酔つてゐるので三宮駅までは冷たく、ついて来たが、岸本などついてゐるので袂を別つ。少しヒステリックに。

（『島尾敏雄日記』）

四月三日

（前略）松本光明来訪――昨日島尾さんがただならぬ顔だつたので心配で来た。つまり喧嘩の直前の顔付、多分そんな顔付をするだろうやうな。

（同）

四月十四日

（前略）富士正晴発岸本通夫宛のはがきでＶＩＫＩＮＧ企画頗る活発の様子。富士正晴に対す

る失望。（同）

四月十六日
富士正晴の手紙。富士正晴の島尾観。①自惚れはじめた②文壇好きになつた③性的complex、非常に商才にたけた羃のかかつたそれ。（後略）（同）

ふたりの溝は確実に深まっていた。ここでデッ造と書かれているのは、おそらくデッチアゲと捏造を組み合わせたものであろう。その日、何があったのか、中尾の「島尾敏雄　富士正晴」で引用されている小川正巳の例会記からみてみる。

彼〔注＝島尾〕は近頃マンネリズムに陥つたヴアイキングが鬱陶しかつたのだ。だから彼は第二次ヴァイキングの解散を感覚的に広瀬に語つたのだ。然し之を「島尾の解散論」と問題化したのは富士正晴だと。更に論を進めると、鬱陶しいマンネリズムのなかには富士正晴のデスポティズムに色附けられた最近のヴァイキングがある、と。従つて彼の解散の声のなかには多分にそのようなマンネリズム破壊のための衝撃の意味合いがあるというのだ。（傍点原文）

ヴァイキングの解散論を島尾が言ったということが問題になったのである。島尾はおそらく、全面的な解散を言ったのではなく、休刊後に復刊した第二次ＶＩＫＩＮＧもマンネリ化したので、それは解散して新たに第三次ＶＩＫＩＮＧをスタートさせればいいと考えたのだとおもう。おそらく、富士の行為に専制・独裁的なものがみられ、それがマンネリ化の元凶だと感じたのではないか。

富士正晴は四月二日の日記に「解散論、島尾ウマクにげた。何か変なことになつた」と書き、翌三日島尾にハガキを出した。「昨日は失礼。江草（注＝弘道）の小説（注＝合評）のあたりから自分の発言及行動が一切判らず変な気持です。帰つてみるとお菓子をもつてゐたりして、尚更に判らず。もうこんな生活も良い加減にした方が良さそうな感じもあり」と書いた。

島尾はそれを受けて次のような手紙を出している。

今回のヴァイキング会合は甚だ後口の悪いものになりました（中略）
広瀬さんの言では僕が富士さんに東京行をすすめたことや、大阪での飲酒のことなどが特別の意味を持つて受取られてゐるらしいことをきき、余計心がさわいで来ました
もし富士さんが酔つてゐなかつたらつかみ合ひをしたかもしれぬ程興奮してゐたと思ひますその日も次の日も色々考へましたが、ヴァイキングに対して積極的になることも、又脱落することも出来ない、動きのとれぬやうな感じに陥つて弱つてゐます、然しもうああいふことのやうな繰返しはいやです
一方どういふことに対してもどうでもいいやうな感じです

これで幾分か気分もよくなったかとおもわれたが、しかし一九五〇（昭和二十五）年ついに、ＶＩＫＩＮＧから島尾敏雄をはじめ、庄野潤三、前田純敬が脱退していった。

第六章　東京での生活

東京時代

父親の庇護を受けながらの生活であったが、家庭を持ち、二児の親となって文学活動をしていた島尾は、いよいよ一九五二（昭和二十七）年、東京に出ることになった。三十五歳のときである。東京都江戸川区小岩町四丁目一八一九番地（現在の南小岩七丁目二三の三）が住まいになる。竹をしゅろ縄で結んだ建仁寺垣の木戸を持ち、小さな庭もある一戸建ての家で、父から財産分与として与えられた。

江戸川区は、東京都の特別区のひとつで、区は最東端に位置して、当時は東西線も都営新宿線も開通していなかった。池田利道の『23区格差』（中公新書ラクレ）によると「区の北端を総武線が通るだけの陸の孤島だった」とのこと。

ところが島尾が購入した小岩の家は総武線の近くにあり、不自由さはなかったのではなかろうか。いずれにしても、東京に一軒家をもてたということは、これからの作家活動を鼓舞するのに充分である。

そのときの島尾は文学的には脂がのっていたと言っていい。文学のミューズが降りてきていた。小説でひとり立ちしたいという夢に一歩でも早く近づきたかった。それにはまず、東京に出ることである。あるいは、そのまま神戸にいることは父親の庇護に甘んじることであり、そのような生活から早く抜け出したかった。

あるいはそのとき家で中心的に手伝いをしていた女性がいて、その人と父親の生活を邪魔したくないという気持ちもあったかもしれない。また、嫁としてのミホが不憫におもえたりしたからかもしれない。ともかく多くの理由があって島尾は自立を決意した。中心はやはり本格的に小説を書いて生活するということであった。

一九五〇（昭和二十五）年九月からつとめていた神戸市外国語大学を辞職し、ミホの伯父が学校長をつとめていた文京区向丘の都立向丘高校夜間部に非常勤講師としての職も得た。

昭和二十七年のことです。その年の三月、私は神戸市外国語大学のつとめをやめて東京都江戸川区の小岩という町に移住しました。四月に満三十五歳になった年です。家族は妻と、三歳に一歳の子供の四人でした。実はそれまで父の庇護下の生活を捨てて、神戸から東京に出て来たばかりでした。父と別れるときに分け前として小岩の小さな家を買ってもらったのですが、そのほかにはどんな財産も持ちませんでした。しかも収入は週二回出勤の定時制高校非常勤講師の手当てだけ。それではとても生活できませんから、原稿料などでなんとか当面をしのごうとしたのです。が、なかなか思うにまかせませんでした。たまたま朝日放送のプロデューサーをしている友人が居て、度々ラジオの仕事を廻してくれたのですが「硝子障子のシルエット」

はその一つとして下書きしたものです。（「『硝子障子のシルエット』について」）

朝日放送につとめていた友人というのは庄野潤三のことである。父親から独立して、小説を書いて家族を養っていく決意をしての上京であったが、現実の壁は高く、門は狭かった。実際問題、小説だけで飯を食っていくことはできなかったのである。そこで、神戸時代からの文学仲間庄野潤三の尽力に頼ることになった。

島尾は、不幸を招きよせる特異な能力を持ち合わせていると言ったのは吉本隆明だが、同じようにすぐれた友を招きよせる能力もあったようだ。吉本のいう不幸が、日常の亀裂をひとまたぎにして通っていけばいいものを、その亀裂部分に深く固執していくために出てくるものだとするなら、友人が近づくのは、島尾が通俗でありながら通俗でなく、高貴でありながら、高貴でない柔らかい感性を持ちあわせていたからとでもなるか。

ひらたく言えば、この人は人を裏切ることはない、という安心感を相手に与えてしまう柔軟性があったせいなのではないか。これらのことは作品世界からも窺えるとおもうのである。

さらに言えば、自我のみを主張して孤塁をきわだたせ、相手にそれをおしつけるようなことはしない、たとえば僻境の無防備な村のたたずまいそのもののような人柄だとおもわれたのではないか。

もちろん、実際の島尾敏雄という作家の本質は分かるはずもないが、作品世界にあらわれた島尾は、少なくともそのようなかたちで映ってくるのである。

島尾は、仲間とのつき合いをさらに発展させるかのように「新日本文学会」「現在の会」「一二会」などに加わり、文壇という世界にどんどん這入っていく。

のちには「構想の会」、「現代評論」にも加わり、仲間は安部公房、真鍋呉夫、庄野潤三、吉行淳之介、安岡章太郎、小島信夫、奥野健男、進藤純孝、阿川弘之、吉本隆明と多彩であった。さらに気が合ったということもあって吉行宅を度々訪問したりもする。島尾は「私は吉行淳之介とも知りあったばかりだが、度々その市ヶ谷の家に立ち寄ることがなぐさめであった」(「安岡章太郎との通交」)と書くほど足繁く吉行の家にかよった。当時、昵懇のなかにあった人のなかには石川淳、埴谷雄高、武田泰淳、村松剛、井上光晴などがいて、思想的にも個性的にも特殊な極と極をつなぐひろがりを持っていたといっていい。

服部達という評論家

一九五四(昭和二十九)年「一二会」が解散して「構想の会」が誕生した。同会には島尾敏雄、小島信夫、近藤啓太郎、安岡章太郎、吉行淳之介、庄野潤三、三浦朱門、服部達、遠藤周作、谷田昌平らが集まった。

服部達は当事、「ときめく新進批評家」(進藤純孝)と言われていた。『死の棘日記』で、その服部達はどのように登場するのか、また島尾敏雄は彼についてどのような触れ方をしていたのかということを見ておきたい。

まず、最初に名前が出てくるのは一九五四(昭和二十九)年十一月六日の日記である。その日は「はせ川」で構想の会の集まりがあり、島尾は早く来たため会場には庄野潤三と安岡章太郎だけがいた。そのため、しばらく中座して戻ると、小島信夫が来ていた。

しかし島尾は、途中で帰ることになるがその部分を次のように書いた。「九時前ぼく一人帰る、はせ川を出たところ服部達（中里介山の甥）がなつかしそうにシマオ！　と呼びとめる。（その後服部は八ヶ岳で自殺した）」。

次に出てくるのは翌一九五五（昭和三十）年二月七日である。ここでは「大毎新館で服部と会い、サンデー毎日の野村氏と松本［昭］氏と会う。原稿渡す。服部別れ際に金のこと言ってくれる。群像の森［健二］氏にミホ入院の事はなしたら早速注文を出そうと言ったということなど。みんな通常をかくほして、但し服部の影はあやうい均衡の上に」と書かれている。おそらく島尾は服部に金を貸していたのであろう。その返済のことを言われ、ホッとしたのであろうが、彼にあやうい影をみていたというのがわかる。

三月十六日には、慶応病院に入院中の妻が脱走して、あわてて病院に駆けつけ、主治医と面談、主治医に「後手に廻ってばかりいてはいけない。ゴシュジンがしっかりして貰わないと。奥さんは絶対に死なない。むしろゴシュジンの方が死んでしまいますよ」と言われ、いったん帰宅、それから『サンデー毎日』に書評の件で訪問したとき、そこに服部達がいた。だから、ここでは単に「服部居た」としか書かれていない。

次の登場は四月四日。千葉県の佐倉に引越しするため荷造りをし、午後に外出、みすず書房から刊行された『帰巣者の憂鬱』を献呈するため『サンデー毎日』によると、やはり服部がいた。「『サンデー毎日』松本、野村に贈本。又書評用としても一冊。服部いる。四時半帰宅」とあるだけ。

四月十一日には次のような電文が届いた。「ツトメグチアリサンデーマイニチヘレンラクコウハットリ」というもの。向丘高校夜間の嘱託教員を辞め、次の職を探さなければならないことを彼にも伝えていたのであろう。

そしてその翌日、四月十二日午後、島尾は書評用の写真撮影のこともあって『サンデー毎日』に行き、松本編集員と会う。「服部の電文は木版出版社の会計の口。それは現在の事情を言い断る」と書かれた。

これが服部の登場した場面のすべてであるが、ひとつ奇妙なのは十一月六日の「服部達（中里介山の甥）がなつかしそうにシマオ！　と呼びとめる。（その後服部は八ヶ岳で自殺した）」という部分だ。

ここでカッコに入れられている文章は決して島尾が書いたものではないということである。まず、その時点で服部が八ヶ岳で自殺したことは知る由もない。また、彼ははたして中里介山の甥なのであろうか、ということ。

おそらく、このカッコに括られた事柄は島尾がミホに都合があってそう人物紹介をし、ミホが編集時に聞いたままのことをそのまま挿入したとしかおもえないのである。服部達が中里介山の甥であるということは、確認できない。果たして、本当にそうなのだろうか。疑問が残るのである。

伊達得夫と「現在の会」

「現在の会」はかなり大きな組織であった。伊達得夫は『詩人たち―ユリイカ抄―』で、くわしく「現在の会」について書いている。しかも当初は伊達が中心的な位置にいたと言っていいほどである。あまり書かれていないので、そのへんのことにも触れてみたい。

まず、中村稔、橋本一明、吉行淳之介、浜田新一らの出していた『世代』があり、また花田清輝、安部公房、関根弘らが集まっている「世紀の会」があり、そのふたつのグループから別々に出版社である書肆ユリイカに復刊、発行元の依頼があった。

ある日、両グループの何名かが集まった合同懇談会に「ユリイカ」を創立したばかりの伊達も招待された。その後、再び喫茶店に呼ばれ「両者合併の雑誌を出す気はないか」ともちかけられたのである。これが、「現在の会」のイントロであった。

それから三年後の一九五二（昭和二十七）年、印刷資金等は同人が負担し、製作、発行、販売を「ユリイカ」が引き受けるということで真鍋呉夫、安部公房、戸石泰一、小山俊一、吉岡達一らが発起人となって『現在』がその年の六月に創刊される。

『現在』という名称も伊達が提案、みんな軽く一笑に付したが、安部公房の「いや変わっておもしろい」という一言で決定した。

当時、日本は政治の季節の真っ只中にあった。その年の四月二十八日にはサンフランシスコ条約が発効、沖縄・奄美が日本から切り離され、アメリカ軍の統治下に置かれた。日本にとっては自主権が復活し、名目は独立したという記念すべき年であったが、沖縄・奄美にとっては本土から排除されたという屈辱で悲劇の年であった。

同年五月のメーデーはもっとも激しい集会となり、労働者、学生、知識人らと警官隊が皇居前広場でぶつかり「血のメーデー」と言われた。

この日の集会は日本の再軍備に反対する労働者、学生と後に機動隊となる警視庁各方面予備隊がぶつかって多数の重傷者を出した。棍棒、催涙弾対投石のたたかいであったが、たまりかねた警察は拳銃まで威嚇発砲した。五月三十日には全国規模で集会が持たれ、新宿、板橋などではデモ隊側から火炎ビンも投げ込まれたりした。デモ隊で一二三二人が逮捕され、二六一人が騒擾罪で起訴された。

そのようなときに出された『現在』創刊号の編集後記に真鍋呉夫は「憤りを訴えたいことのあまりにも多い今日此の頃、僕らはまためいめいにそれらに耐えて考え行おうとする。集まって話し合うこと、そしてめいめいの仕事を雑誌に集めること、僕らのそのささやかないとなみに、僕らはしかしいま実に多くを賭けようとしています」と熱弁をふるうように書いた。

その時すでに会員は七〇人を超えていたという。そのなかに阿川弘之、島尾敏雄、庄野潤三、三浦朱門、前田純敬らも加わっていた。伊達はここで次のように書いている。

同人会のあと、新宿のある飲み屋にたむろしたとき、Yという同人は酒の勢いを駆って阿川にかみついた。「キサマみたいなワカランやつは帰れ」「帰るさ」そう言って、阿川は席を立った。店の隅で小さくなっていた三浦朱門は「ボクなんかもわかりませんねえ」と誰にともなく呟いたが、かれもやがて姿を消した。前田純敬、庄野潤三もつづいた。そして『現在』は政治意識の重荷によろめきながら出発、それでも翌年六月までの間に五冊発行された。

（『詩人たち―ユリイカ抄―』日本エディタースクール出版部）

ここで言われているYとは、長谷川郁夫の『われ発見せり――書肆ユリイカ・伊達得夫』（書肆山田）によると伊達の福岡高校の先輩、吉岡達一である。

ちなみに、創刊号の編集担当者は安部公房、島尾敏雄、真鍋呉夫、戸石泰一、吉岡達一の五名であった。伊達得夫はまた、次のようにも書いた。


「同人雑誌をやろうと思うんだ。おまえも引き受けんか」そういってぼくを誘ったのはYである。一九五二年の春のことだ。ぼくが書肆ユリイカというちっぽけな出版屋をはじめて五年たっていた。五年たとうが十年たとうがユリイカがちっぽけであることにかわりはなかったから、発行さえ引受けてくれれば費用は同人費でまかなうと言った。「ユリイカごのみの洒落れた雑誌にしてな。ヘッヘッヘ。お前も何か書くんだろ」ぼくは承諾した。（同）

こうして、ルポルタージュを中心とした同人誌『現在』がスタートしたのである。服部達は「ルポルタージュ文学論」の冒頭で「ルポルタージュという言葉または様式は、今日の知的流行の一つであるらしく見える」と書いたほどである。それほど状況は切羽つまっていた。

二号が出たのは二ヵ月後の八月であるが、編集担当者は小山俊一、島尾敏雄、戸石泰一、石浜恒夫、吉岡達一であった。創刊号につづいて編集後記は真鍋呉夫が担当し、彼は「破壊活動防止法が世論を無視して両院を通過した……ぼくたちは敵の巧妙にはりめぐらされた蜘蛛の巣を破るまで戦わねばならない……メーデー以来連続におこった騒じょう事件の歴史的な意味は決して軽視されてはならないだろう。この特集は、真実を報告する良心の声であると同時に『現在』によるぼくたちの立場を明確にするものである……」と書いた。

特集は編集後記でもいわれているように「騒擾事件」というかたちで組まれた。内容は、安東次男が早大事件を題材に書いた詩「証言」を巻頭に置き、連続して起きた騒擾事件のルポルタージュが三篇続いた。

伊達は次のようにも書いている。

すでに真鍋呉夫、小山俊一たち編集委員の大部分は共産党に集団入党していた。秘密党員だということであった。やはり同時に入党したYがぼくをしきりに勧誘した。「むつかしく考えることはないんだ……云々」ぼくはある夜、かれと一緒に、郊外電車の沿線に住んでいた小山俊一をたずねた。かれが「現在の会」の党員グループのキャップだったのだ。しかし小山はあっさり言った。「おまえはまだだめだ、党員というものはそんな簡単な……」小山の家を辞して帰り、初夏の夜空にいくつもいくつも星が流れたのをぼくはおぼえている。（同）

こんなこともあった。石川県の内灘での基地反対運動が巻き起こったとき、真鍋がルポを書き、伊達がカメラ、編集、製作をし、労働組合などに売ろうという計画がもちあがった。伊達としては「せいぜい取材に行った二人分の旅費くらいのものが還ってくれば成功」というものであった。ところが原稿執筆が二ヶ月も遅れてやっと仕上がり、伊達は関連原稿はすでに印刷所に入れ、待ちかねていた真鍋の原稿八十枚もやっと入稿し、急いで組版作業にとりかからせ、印刷をはじめたとき問題がおきたのである。

伊達は急に「現在の会」の編集委員が借りていたアジトに呼び出されたのだ。そこには真鍋、小山、島尾、戸石、泉、Y、つまり吉岡がいた。

彼らは、印税契約しなかったのはけしからん、現在の会編とする以上、会の代表者である編集委員たちと契約しなければ発行を許さないと言い出した。

これから儲けが出るなど考えられなかったから印税の話はしなかったのだ。伊達は「筆者の遅筆のせいで二ヶ月近くも遅れ、しかもいま、本ができ上がりかけていると聞いて急にそんな話をもち出すのは、いったいどんな神経なんだろう」とおもった。

結局、伊達は定価の二割という驚くべき高率の印税契約をのまされた。話が決着すると、彼らは「ああ、腹がすいた。ソバでも食わんか」と言って部屋を出ていった。おそらく伊達は、いやな気分でそれを聞き「完全にはめられた」とおもったのではないか。

弱小出版社に対して横柄な態度をとる、どうしょうもない人種の中に島尾敏雄もいたのかと気になったが、唯一彼だけが伊達の心の救いになった。伊達はそのことを次のように書いている。

島尾敏雄がぼくのそばに寄って来て「みんなムチャいいよるなあ」と呟いた。それまでの会議中、かれは一言も発言せずに、部屋の隅でじっと膝をだいていたのだ。「仕方がないよ」とぼくは答え、ソバ屋に入るかれらに別れて、ひとり、国電の駅へ道を右に折れた。（同）

しかし、この「内灘」というパンフレットはほとんど売れず、三ヵ月後には大量に廃棄処分された。それから四年後の一月、伊達は亡くなった。死因は肝硬変。四十歳と四ヵ月の生であった。そして関係者は彼のことを「時代を創った編集者」と口々に言った。あの時代のひとつの暗い歴史である。

「現在の会」から「一二会」へ

島尾敏雄の試練、あるいは『死の棘』の入り口となる一九五四（昭和二十九）年に入る前に、おさらいしておきたい。

島尾が上京して「現在の会」に這入ったのは、「こをろ」時代からの親友、真鍋呉夫との関係からであった。ほどなくして吉行淳之介らとつきあうようになって「一二会」に加わっていく。かたや社会性が強く、かたや文学性が強くあらわれてくる気色の違う集まりであった。島尾は気分的には「一二会」のほうに気乗りはしていたのだとおもう。

吉行淳之介はすでに一九五一（昭和二十六）年に「原色の街」で、一九五二（昭和二十七）年に「谷間」で、その年の後期には「ある脱出」で、それぞれ芥川賞の候補になっていた。芥川賞を受賞したのは二年後の一九五四（昭和二十九）年「驟雨」によってである。その前年一九五三（昭和二十八）年には安岡章太郎が「悪い仲間」で芥川賞をとった。

いわば、「一二会」はある意味で芥川賞作家を育てて囲い込むという文壇の一角による作戦だったと言えなくもない。そこに行く前に島尾敏雄の動きを今一度見ておきたい。

一九七八年に刊行された『カイエ』の「島尾敏雄総特集」号に針生一郎が「『死の棘』における生活者と表現者」という文章を書いている。そのなかで島尾と「現在の会」のことにふれているのでそれをまず見ておきたい。

一九五二年夏、わたしは「夜の会」以来旧知の安部公房に誘われて文学グループ「現在の会」に加わり、そこで「単独旅行者」以来その作品を愛読してきた島尾敏雄と知りあうことになる。「現在の会」の初期には阿川弘之、庄野潤三、前田純敬、三浦朱門らもきていたらしいが、わたしが加わったころにはもう姿をみせず、残った連中は分裂抗争中の共産党主流派への傾斜を深めつつあった。島尾がのちに「第三の新人」とよばれるグループの「一二会」「構想の会」にも加わりながら、なお「現在の会」にとどまったのは、福岡の同人誌『こをろ』の仲間だった真鍋呉夫、吉岡達一、小山俊一らがいたほか、さまざまの人物が出入りしているため、ニッチもサッチもゆかなくなる場面がしばしばあったが、これも党員グループにたいする彼独特の抵抗だったらしい。

（「『死の棘』における生活者と表現者」）

ここで針生は、一九五二（昭和二十七）年の二月ごろ結成された「現在の会」に八月ごろ安部公房に誘われて参加したが、すでに阿川、庄野、前田、三浦らは脱会していたのだと言っている。理由は共産党主流派、おそらく「新日本文学」派との対立が原因であったとのことだ。当時は政治を優先する考え方が大手をふっていたので、おそらくこの種の対立はいたる所でおきていたであろうとおもわれる。

これは一九五二年のことを書いているが、二年後の一九五四（昭和二十九）年のことも書いているのでこれまで引用したい。

一九五四年初夏ごろのことだろう。「現在の会」の例会が東中野のモナミで開かれたあと、私がまだ結婚前の家内を誘ってモナミの喫茶室に入ると、島尾が例会でよくみかける女性とテーブルをはさんでむかいあっていた。あとから考えると、その女性が『死の棘』のなかで主人公の妻に「あいつ」とよばれる人物だったようだが、わたしはそのことを全然知らず、ましてそのとき話題にしている島尾の小説のなかの、破局の気配に関係があることなど思いもおよばなかった。それからまもなく、島尾はふっつり会合にでてこなくなり、年譜をたどると、家庭内の修羅場がはじまるのは五四年十月である。（同）

東中野駅前のモナミとは、当時の文化人らがよく会合をする有名なレストランで一九五四（昭和二十九）年九月十六日（大杉栄が虐殺された忌日）には、その日を「大杉の日」として、秋山清、荒畑寒村、江口渙、岡本潤、九見津房子、それに比嘉春潮らそうそうたるメンバー三〇名ほどがあつまり、そこで偲ぶ会を催した。喫茶室（デート室）もあり、かなりひろかったことがうかがえる。

そこで、島尾は「現在の会」の会合がおわったあとも残って女性と話していたのであった。そういうことはよくあったことだとおもわれる。また、これらのすべてを日記にしたためたために、家庭の事情という事件につながったのであった。

島尾は「そのことを書こうとすると、こころが波立ってきて落着いて書くことができないことがあるから、そういうところは省いておいて、書けるところだけ書いてみよう」と前書きをして「文壇遠望記」を書いた。これは、神戸での生活をひきあげて、本格的に文学に挑もうと決心して上京した三年間の文学交友録をまとめたエッセイである。

これによると東京に居を移し、しばらくしていきなり「新日本文学会」の支部委員に推挙される。委員長は椎名麟三で、委員には佐多稲子、霜多正次、窪田精、山下肇らがいた。

本当は、神戸にいたころ「ちっぽけなアヴァンチュール」が『新日本文学』に掲載されたとき、いろいろ批判されたこともあり、また会員でもない自分が支部委員になるのはおかしいということで「委員をことわろう」と、集会日に参加したのであったが、集まった委員に説得されて、月をさかのぼって入会したことにし、そのまま委員になった。

「近代文学」及び「新日本文学会」のいずれに於いても、私は固く緊張していたように思う。で自然にその中で誰かをよばなければならないときは「さん」付けで呼ぶことになった。もうひとつの文学グループGの会の中で私はやっとなかばその仲間を「よびすて」で呼べる場所をもったことになるが、そのグループのことを今はまだ冷静に書くことはできない。

（「文壇遠望記」）

ここでいわれている「Gの会」というのが「現在の会」である。冒頭で言われた「こころが波立ってきて落着いて書くことができない」というのはこの会のことであった。だからイニシァルで表現したのである。

おおざっぱに言うと、私は生活につまづき、家庭と病院の中だけに閉じこもらなければならなくなったときに、まずそのグループとのつながりを切る必要があった。そして今もその状態がつづいている。ただ或る意味ではそのグループの会がきっかけとなって、それとは別のグループがあとで育つことになったときの仲間がその会合にも出て来ていた。それは庄野潤三と三浦朱門と吉行淳之介のことだが、庄野はそのときはまだ大阪に居た。（同）

「それとは別のグループ」というのは「一二会」のことである。ここで書かれている「現在の会」の集まりに庄野、三浦、吉行らが（阿川弘之も）出席したというのは一九五二（昭和二十七）年の晩春のこと。島尾はここで書いていないが、そのとき吉行ら、いわゆるのちに「一二会」に結集する彼らは「現在の会」を「当時の有力な若い作家が一堂に会した観」があるとして、まずそのことに目を見張る。ところが、時間がたつにしたがって集まりはだんだん左翼的雰囲気になり、そこに自分らの居すわる空気でないことに気づいていった。

なぜ、現在の会の集まりに参加したのか、ひとりひとり発言することを求められたとき、吉行は「自分は同人ではない。偶然の成り行きでここへくることになったので、つまりオブザーバー、つまりヒヤカシ」とお茶をにごした。

なかには、威勢のいい姿勢で、あるいは不承不承の姿勢で、各人それぞれ求められるままに挨拶して帰ったが、あきらかに吉行らには肌の合わない場であった。そこで飲みなおそうではないかということになり、みんなで吉行の家に行った。それについて進藤純孝は『文壇私記』のなかで次のように書いた。

そんな後味の悪さをもてあまし、「ぼくの家に、マムシが一匹はいった焼酎が一升あるから、飲みなおさないか」と、吉行が市ヶ谷の家に誘い、島尾敏雄をはじめ、阿川弘之、三浦朱門、庄野といった連中で、蝮酒の宴となった。（進藤純孝『文壇私記』）

このことについて島尾は次のように書いている。

Gの会のあとで私は庄野から吉行淳之介に引き合わされ、その家に行った。三浦もいっしょだったと記憶しているが。私はそれ以来吉行の家によく遊びに行った。それは吉行と話しているると荒れたたましいがしずまった。そしてそこで安岡章太郎とも会った。（「文壇遠望記」）

家の外でも、家の中でも荒れた魂をかいならしていた島尾が、吉行にあうと、荒れたたましいがしずまったというのだ。天才的な遊び人、吉行は女性だけにではなく男にも近づきやすい気心と他者をうけいれる寛容さがあったのであろう。

余談になるが、島尾と吉行の違いを端的に示すと吉行の場合、愛人といわれた宮城まり子が彼の葬式を中心に執り行ったのである。また、『淳之介さんのこと』（文藝春秋　二〇〇一年）という本も出した。愛人のひとり大塚英子も『「暗室」の中で』（河出書房新社　一九九五年）を出し、もうひとりの愛人、高山勝美も『特別な他人』（中央公論社　一九九六年）を出し、遅れて名義上の本妻、吉行文枝も『淳之介の背中』（港の人　二〇〇四年）という本を出しているということだ。とにかく、うらみ、ねたみがほとんどなく、自分がもっとも愛していたということが書かれた文学史上めずらしい、また吉行という小説家のある面すごさを感じさせるできごとである。

吉行淳之介と島尾

あとにもどるが、島尾は「現在の会」のような政治的動向には関心をしめさなかった。何よりも組織的ということが嫌いであった。大政翼賛会的な流れもいやだし、軍隊的統率もいやであった。「一二会」「構想の会」のほうがどちらかといえば気があった。だが、島尾自身はそれらの個性のなかに自然に、すんなりと這入り込んでいったわけではない。そこでも傍系的な意識が顔をのぞかせたりしていたのだ。

安岡章太郎と吉行淳之介の会話は、説明ぬきで描写ばかり、機知に富み、なにやら縦横無尽にとびまわりつつ切りむすぶ感じを受けた。きいている私にはなんのことやらわからぬ符牒めいたことばもすくなくなく、考え方も態度も自由にはばたいていると見えた。そのあとしばしば同じ場所に行き合わせたが、いつも私はふたりのからみ合いを手をこまねいて見ているだけであった。ああ、自分は彼らのように自在な表現はできない、と寂しくなりつつも会うことをかさねているうちに、ふと彼らがなぜ私に寛容であるのかという疑いもしだいにいだきはじめていたのだ。なぜなら私は彼らのように若くもないし、なによりもこだわりの多い陰鬱なにんげんだと思っていたから。たぶん私がはいって行けば、とたんにその場がしらけることになっていたのではないかとおそれていた。それにもかかわらず、彼らは私をつなぎとめてくれた。それはなにだったろう。いちばんおそろしいことは、彼らに他人を思いやるあたたかさがあり、私にはそれがないのではないかという考えに到達することだ。私はその考えにずいぶんなやまされた。

（「安岡章太郎との通交」）

島尾が比較的親しくつき合っていた作家たちのなかでも、憧憬の念というか、強い親和性をもって接したのは、吉行淳之介であり、安岡章太郎であったと言っていい。彼らの文学への染まり方、あるいは文学的感性、都会的センスは島尾にとってすべて首肯できるものであった。また、文学的な感性という一面で見れば、二人はもっとも島尾に近かった。

だが、島尾は二人へ対して警戒感こそもたなかったものの、何となく違和感を心のどこかでもっていたのはたしかだ。これはおそらく、彼らが都会的に洗練された感性、あるいは〈近代〉の情緒をもっていたからなのではないか。

安岡や吉行は、いかなる批判も受けつけない独自の展開領域をもち、しかも決して硬直しない柔らかくてねばっこい感性をもっていた。あるいは彼らの作品にもし、暗い世界が湧出していたとすれば、それは社会的な領域からきたものではなく、まったくの個人的領域から、あるいは個人的な病を根にしたところから出てきているはずであった。

これは島尾と共通した世界と言っていい。だが、違いはどこにあるかといえば〈近代〉を心のどこかに持ち得た彼らは、いったん崩れても、その崩れをある一点でくい止める能力を身につけていた。

だが、島尾にはそれがないのではないかとおもえること。そして、島尾の文学（文体）には停滞があり、淀みがあり、暗い世界への傾斜が顕著に見られること。つまり文体がどうしても流暢に流れていかないこと。あるいは、ひとつの行為とその次の行為の間には厖大な「すき間」が顔をのぞかせていて、ちょっとでも油断したり、よそ見したりするとすぐさまそのなかに身もろとも没していくという、存在の危機感、あやうさを随所に漂わせていることなどをあげることができる。

だから二人のように、符牒めいたかたちで会話のやりとりをすると、おもわぬ方向に自分をおしこめられていくということにもなりかねないのである。島尾には、はじめから安岡や吉行のような動きはできなかった。

たとえば吉行は、島尾より七歳も年下であり、文壇へ出るのも後輩であったが、ずっと「島尾さん」ではなく「島尾」と呼び捨てにしていた。小島信夫も九歳年上だが、さんづけのときもあるが、呼び捨てするときもあった。そのようなことは島尾にはなかったし、できっこなかった。それでいながら、吉行は島尾に対して早くから親近感を持っていた。吉行に次のような文章がある。

島尾は最初に会ったころから病気がちで、その後ノイローゼ症状が現れたり回復したりしており、私も以前からのことではあるが、とくに四十二年ころから、ノイローゼとアレルギーの日々の繰返しで、満足な時間があまりない。極端にいえば、お互いに生まれたときからの精神的重圧の積み重ねが、ついにそういう症状を引起したといってよいし、その重圧を受け止める精神構造に、私は彼に甚しく似通った部分があるとおもっている。そのために、お互いに小説などというものを書くようになり、また私としては昭和二十三年にはじめて触れた島尾敏雄の短編「単独旅行者」「夢の中での日常」に熱狂するようになり、その後の交友から自然に、

「シマオ」

という呼びかけがでてくるようになってきたのだ、とおもう。

（「人間の三つの範疇」）

いまの時代の作品の中でとかく見失われがちな「詩」が、島尾敏雄の作品では確かな手触りでそこに在る。この場合の「詩」とは、私の独断的な言い方によれば、現実に対峙しつづけている作家の心の膚ににじみ出た脂汗のようなものを言うのである。

そして、島尾の場合、作品の中にこの脂汗のようなものを感じさせるというばかりでなく、さらに積極的にこの脂汗自体を描き出そうとしばしば試みている。そのときには、作品の色彩は超現実的、象徴的なものになる。しかし、じつはこれほど現実的な作品はないといえるのである。（中略）

昭和二十三年、彼の「単独旅行者」と「夢の中での日常」とを読んだときの新鮮なおどろきと親近感は、まだ私の心になまなましい。おそらく「心の膚ににじみ出た脂汗」は、私の中の同じ成分に感応したのであろうから、むしろ生理的な共感と言ってよいほどであった。以来、彼の文学は、私の心の支えとなってきた。

（「島尾敏雄作品集」推薦）

しかし、親近感と同時にいい意味で、つよい競争意識もあったであろうということもうかがえる。それが純粋に結晶し静かな声援ともなった。第三の新人というか、「一二会」のメンバーは類をみない仲間意識が強いものの、ライバル意識も強かった。あるいは友達意識と言ってもいいかもしれない。

ここで吉行が「単独旅行者」「夢の中での日常」に熱狂したというのはおもしろい。すでに島尾はその世界を拒絶するところに立たされていたのだから。

ある日私は自分の屍臭をかいだ。それを屍臭だと思いたくはなかった。屍臭と思うことは、裏切りだというようななやましい考えにとりつかれた。自分のいこじな過去に対する裏切りは、私自身をおびやかせた。しかし私のくいなきどりは全路をとばずに歩いて来るのではなく、どこか勘違いしている。どぶ川は跳び越えなければ！　私はこのところ全く停滞の網の中に居て、鶏のようにきょろきょろ出口をさがしていた。これは屍臭だと認めた時、私の過去の小説、すなわち「単独旅行者」「夢の中での日常」「徳之島渡航記」以降一つの長篇と三十二の短篇の道程が死者の書への傾斜であることが分かった。いや「未遂の死者の書」であることが。

私の眼を閉ざしていたもの。それが何であるかは今自分に分からない。

ただ私は自分の目付きが変わったと思い、それを維持することに直面している。私の理性は私の小説家としての資格を否定しているが、今からだって何がやって来るか知れたものではない！　実の所自分の小説なんぞどうでもいいと思ったりする。過去を思うと慄然とする。と言って将来とても同じことだが、こそこそする必要はないという所に来た。こそこそした過去の作品。その罪障と共に、私は生者の書を書くことに成功したい。と言ったところでこいつは自分にとっての呪文のようなものだ。はっきりひとに分かってもらうには、もっと犠牲が必要だ。

（「飛び越えなければ！」）

いそいで説明しなければならないが、ここで島尾が「くいなきどりは全路をとばずに歩いて来るのではなく」と言っているのは、あきらかに伊東静雄の詩「秧鶏は飛ばずに全路を歩いてくる」を念頭においている。伊東はチェーホフの書簡集から、極寒の大地を移動するさい、雁は人間にへつらい肩に乗ったりふところに入ったりしていくが、くいなは黙って全路をあるくというものからヒントを得て詩を作った。島尾はその詩が好きだった。沖縄にもいるあの「ヤンバルクイナ」もその一種である。詩は次のようなもの。

秧鶏《くいな》のゆく道の上に
匂ひのいい朝風は要《い》らない
レース雲もいらない

雲がためらつてゐるので
厨房《くりや》のように温《ぬく》いことが知れた
栗の矮林を宿にした夜《よ》は
反《そり》落葉にたまつた美しい露を
秧鶏はね酒にして飲んでしまふ

波のとほい　白ぽい湖邊で
そ処がいかにもアット・ホームな雁と

道づれになるのを秩鶏は好かない
強ひるやうに哀れげな昔語《がたり》は
ちぐはぐな相槌できくのは骨が折れるので

まもなく秩鶏は僕の庭にくるだらう
そして　この傳記作者を残して
来るときのやうに去るだらう

（伊東静雄「秩鶏は飛ばずに全路を歩いてくる」）

島尾はここで、くいなを気取っていても駄目なのだ、どぶ川は跳び越えなければ！　と自分自身に発破をかけているのである。

しかし、それにしてもこの自己滅却とも、不幸意識の呼びこみとも、あるいは犠牲意識への強い傾斜、志向ともおもえる表現は何なのだろう。そもそも、島尾はここで何を言おうとしているのだろうか。ひとり立ちして、家族を支えるための歩みを開始したばかりの人にとって、自分の屍臭をかぎとっていくということはいったい何を意味しているのか。というよりここで、これまで書いてきた作品のすべてを「死者の書」とか「未遂の死者の書」と位置づけ、「生者の書を書くことに成功したい」という願望をいだいているのは何を意味するのだろう。それがどのような心の状態で発せられ、どんな生活と関連して出てきたのかということを証明することはできない。

文学をおもい切ってやっていくと決意したとき、島尾は、「廃墟に立つ」と言い、その廃墟を描いていくとさえ言ったのではなかったか。その意識とはおそらく逆な「生者」の方向に自分をさしむけようとするのはなぜであろう。だが、これは決して「廃墟」を単に転倒させているわけではないはずである。なぜなら、島尾はその後も廃墟をひきずっていく作品を書いているのであるから。

「ある日、私は自分の屍臭をかいだ」という表現は、一度は死ぬ瀬戸際までいった体験を語っているのかもしれない。あるいはまた、自己嫌悪を喩で語ろうとしているのかもしれない。「死者の書への傾斜であることが分かった」といいながら「私の眼を閉ざしていたもの」が何であるかは分からないという。

あるいは「過去を思うと慄然とする」といいながら「将来とても同じこと」と断定し、しかも「こそこそする必要はない」と続け「生者の書を書くことに成功したい」と希望するが、それも呪文のようにしか聞こえない。前後に島尾自身が揺れて、はっきりしない自問自答を繰り返しているのだとしかおもえない。この激しい表現と感情の屈折、不分明の断定は何だろう。

自己痛打を湧出させた背景が何であるかはわからないが、島尾はその前に二つの事件について語っている。ひとつは関東大震災のことであり、ひとつは戦争である。

そして島尾は、そのどちらの事件の場合も、自分にはどのような被害も与えないで、ただ通り過ぎて行ったようなもので、いわばそれは自分の現在の中途半端な環境を象徴しているのだと言う。あるいは、そうであるがゆえに、自分は小説を書く必然的立場にない、と断定している。

島尾はあたかも不幸や犠牲、深傷といったものを自分の側に呼びこんで自分のなかの欠如部分を埋めていくことこそが文学の神髄だとおもい込んでいる。文学の神が求めるもの、読者が求めるものはそういうものだということを信じている。その意識が今ひとつわからない。

島尾は文学が「特殊な何かである」ことを強いる環境のなかで、手にしたはずの自由を失ってしまったとしかおもえない。そのため、このような自問自答を精一杯に展開してみせているのではないか。

島尾文学の特徴のひとつは国策とまでは言わなくとも、組織や社会的事象、そういったつながりから自由であるということである。また、社会的事象を中心にすえて島尾文学は解いていけるというようなものではない。戦争の傷よりも、生活からくる傷のほうが、その人にとっては深くて大きいという場合もあるのであり、その代表格として島尾は立っているようにおもえるのだ。ということからすると、深傷や犠牲をあたえずに、傍を通り過ぎていった社会的事件は島尾の場合、問題にならないといっていいぐらいである。それを裏づけるものとして、ただ島尾の傍を通り過ぎていった社会的事件は少なくともあと二つはある。まわりが過熱な渦を作っていた、その渦のなかに島尾はまきこまれることがなかった。

これは安保闘争と沖縄（奄美）の復帰闘争である。安保が盛りあがろうとするとき、妻の病の関係もあって、社会生活から閉ざされた病院での生活を余儀なくされ、遂に奄美に移住したが、しかもそのとき、奄美の復帰運動は終息しつつあった。これら戦後の二つの大きな渦は島尾の傍をただ通過しただけであった。

しかし、いずれにせよ、その時期に島尾は「生者の書」への意識の転換を自分に課していたのである。これは、おそらく重要なことなのだろう。

生活の崩壊

島尾の不幸意識の呼びこみによるものか、不幸な出来事がつぎつぎと生活のなかに這入りこんできた。たしかに関東大震災も第二次世界大戦も、大きな打撃をあたえはしたが、それらが島尾の生活を根底から崩壊させたとか、転換させる不幸を招き寄せるというかたちではやってこなかったのはたしかである。

だが、作家として真剣に生き方を決めて以後に島尾の日常生活を襲った事件は、命の危機、生活の崩壊、生き方の転換を迫るという恐ろしい様相でまともにやってきたのだった。妻が発狂したのである。

島尾は、その前年まではたしかに自己滅却ともいえる文学的不幸意識を呼びこんでいた。あるいは、これまで書いてきた作品のすべては「死者の書」であると規定づけて、これからは「生者の書」を書いていこうと考え、その方向にむかっていた。そして、あたかもそのことを実証するかのように、明るい青春小説「春の日のかげり」を書いた。

丁度その時期に事件は発生したのである。ということは「死者の書」とか「生者の書」というのはミホによって断定され、定義づけられた言葉であったのだろうかとおもわれる。

おそらく目を閉じて書かれたと言われる「夢の中での日常」などの夢小説から抜け出て「生者の小説」を、と考えたのかもしれない。島尾の当時の精神の流れをつかむためには順序よくすすめたほうがいいだろう。「春の日のかげり」について書いた文章のなかで、島尾は次のように書いている。

「春の日のかげり」は昭和二十九年二月号の「心の友」という雑誌に発表したことがメモノートに書きとめてあるが、創作の年月日の記入は落ちている。たぶん前年末かその年のはじめに書いたはずだ。四百字詰め原稿用紙の十八枚。「心の友」という雑誌がどこから発行され、どのような雑誌だったかの記憶はない。私は昭和二十七年春から三十年へかけての三年ばかりのあいだを東京江戸川区の小岩に住んだが、生活は安定せず、暗澹たる日々であったとかえりみることができる。そのあとさきの日記は破棄してしまったのでこまかなことが確かめられないが、年齢は四十歳に近づいていた。週に二日だけ都内の定時制高校に非常勤講師として通ってもその報酬ははなはだ少なく、あとは原稿料にたよるほかはなかったが、それとても存分な仕事ができたわけではなかった。数少ない作品の中には原稿料のないものもあった。そんな中で「心の友」は友人の誰かに紹介されたのだったか。家族は妻と子ども二人の四人ぐらしで、ほんとうなら現実としっかり取り組むことのできる充実した働きざかりの年齢なのに私はもう望みの少ない晩年のような気分に覆われていた。その頃の私の作品には、いわばその暗澹とした生活体験を夢と綯い合わせてその世界での出来事のように私小説風な手法で描いたものが多いが、それは戦争中の特攻隊生活の体験に基づいて書いたものだけであった。そうしてみると「春の日のかげり」がただひとつそれらの範疇にははいらないことがわかる。言ってみればこれは青春の甘い回想だからだ。私は晩年と錯覚した気分の中で、ふと自分にも青春があったろうかと反省してみたのだった。

（「『春の日のかげり』の周囲」）

島尾がいうように「春の日のかげり」は、すでに自分では晩年だ、と意識している暗い気分のなかで、過ぎ去りし青春期の思い出を引き寄せていっきに書きあげた小説であった。

晩年を意識

島尾は自分の作品について回想ふうに語ることが割と多い（単行本のあとがきなども割と多い）ほうであろう。だが、そのほとんどは、それらの作品を否定するような口調とニュアンスを伴っている。この「春の日のかげり」についてはどうかといえば違うのだ。あたかも、その次に準備されている暗い家庭の破綻の溝をクローズアップする前ぶれのような明るさを示しているかのごとくである。

> かなり前のことなのですが、ある春先のうららかな日曜日に、私は多くの仲間と唐八景にピクニックに出かけました。
> その頃私は親許を遠く離れて長崎の学校に勉強をしに行っていたのですが、その学校で私は柔道部にはいっていました。
> その日はその柔道部全員のリクリエイションだったのです。
> 私は文弱で、柔道部などとはおそらく縁もゆかりもなかったのに、見知らぬ土地の長崎の学校に入学したとたんに、最もばんからな柔道部に無理にはいり込みました。（傍点＝ママ）
> （「春の日のかげり」）

たしかに、青春の香りというか、春の若草のにおいに満ちていて明るさを感じさせる。これまでの作品とはちがって段落も多いし、読みやすい。これが晩年の作と意識されたのだろうか。そう考えながらもこの文章を見て、太宰治の「右大臣実朝」の一文をおもった。「平家ハアカルイ。（中略）アカルサハ滅ビノ姿デアロウカ。人モ家モ、暗イウチハマダ滅亡セヌ」。その言葉を信じるとするなら、島尾は「春の日のかげり」を書きすすめていたとき、もっと考えるべきであった。しかし、これはあくまでも太宰の文学的世界である。すべてに共通するかどうかは、神を信じるか信じないか、ということほどにも考えはちがってくると言うべきだろう。

島尾はどうであったか。おそらく島尾は、暗い意識のなかで、このような一瞬の閃光のごとき過去の青春もあったことを発見した喜びを強く持ったのではないだろうか。文体も生き生きとして澄んでいる。

だが、危機はやって来た。島尾はすでにその時期を晩年のような気分ですごした。ある面、自暴自棄ともみられる破滅的生き方を選んでいたのである。晩年の気分に固縛されながら、しかし「生き急ぎ」をするかのように、激しく文壇という唯一の社会的つながりの場に自らをおいた。

文壇との関わりを持ち、文学仲間との交流を深めながらそれとはまたかかわりのない別のところで愛人との関係をもっていたのである。その愛人との関係が深くなればなるほど、近くのものが見えなくなり、家庭の危機が進行していることも見えなくしていた。

島尾は、危機やアヴァンチュールや自己犠牲を外側の世界とのつながりのなかにもとめていたが、そのときすでに『死の棘』という台風の目は大きくなっていたのである。

昭和二十九年の秋、突然妻に病的な発作が起こり、ふだんの生活を営むことができず、私は外部との交際が困難になった。でも「構想の会」の会合だけに出て行くことだけを妻は納得した。納得はしても、大急ぎで帰宅すると家をとび出していることが多く甚だ危険な状態であった。

（「文壇遠望記」）

妻の発作は突然にして起きたものではなかった。彼女にはすでに風土に根ざした神がかり的なDNAがあり、平安な日々がそれをおさえていたと今ならおもう。ある面、彼女はそれともたたかっていた。それが、島尾の所作によって崩れていったのではなかっただろうか。

第七章　『死の棘』の世界へ

吉本隆明の詩

一九五四（昭和二十九）年のある出来事にも触れておきたい。その年は、ひとりの作家に大きな試練が、あるいは地獄の重石《おもし》がふりかかった年である。

島尾敏雄の『死の棘日記』を前にして、小説家を目指したがゆえに、そこらじゅうの多くの不幸をたぐり寄せなければならなかったひとりの人間の生き様から離れられないでいる。これ自体、見方を変えればかなり不幸なことのように見える。島尾敏雄自身、時には文学に向かっている自分を不幸なるもの、悲惨なるものとして受け止めていた。おそらく私小説家としての宿命を背負ってしまっていたのである。また人間というのは、そのような生き物であるということを示していたのかも知れない。

その年は、東京都江戸川区小岩町に居を移して二年後であり、生活的にはおちつきはじめたころである。しかし、何よりも妻の心因性神経症といわれている病いの症状が、だれの目にもはっきりと確認されるようになった年であり、小説『死の棘』の一ページが始まる年であった。社会的動きとしては映画「ゴジラ」の第一作が公開されたし、木下恵介監督の「二十四の瞳」、黒澤明監督の「七人の侍」が上映されるなど映画界は活気づいていた。

一方、文学界では、第三十一回（一九五四年上半期）芥川賞に吉行淳之介の『驟雨』が決まり、同じ年の下期第三十二回には小島信夫の『アメリカン・スクール』がそれぞれ受賞した。政界では吉田茂に変わって鳩山一郎首相が誕生した、そんな年であった。

あるいは、十一月にそれぞれペナントレースでは初優勝をとげた中日と西鉄が日本シリーズで対決、第七戦までたたかって、中日が初の日本一になった。そのようななか、島尾は九月三十日に「この晩より蚊帳つらぬ」という象徴的な一行を日記にしたため、十月一日、二日を空白にして三日から、つまり「ゴジラ」が上映されときから本格的に小説「死の棘」の門前に立ち始めたのである。

ここで書いておきたかった出来事は十月八日の日記にこう書かれていることだ。


夏は去ってしまったという寂寥、食欲は旺盛である。とまりがちであった時計が少しもとまらずに動いている、机の上を片附けた日から。万事充実感をとり戻しつつある、反面のものへの思考。夜は雨を聴きながら次の仕事の事を考える。堀辰雄アルバムや、吉本隆明の詩（この詩集もミホは引き裂いた）〝絶望から過酷へ〟などという語彙。

つまり、ミホが吉本隆明の詩と詩集を引き裂いたというふうに書かれていて、「〝絶望から過酷へ〟などという語彙」という詩語が付け加えられている点である。

どの詩集をミホは引き裂いたのであろうかということが気になって調べたら『転位のための十篇』であった。吉本隆明は、同詩集で一九五四年、「荒地詩人賞」を受賞していた。

ミホはこの詩集で「〝絶望から過酷〟などという語彙」に反応したといっているが、ここでは「など」と書かれていることに注意すべきだとおもわれる。

おそらく詩集のなかの「分裂病者」と「絶望から過酷へ」を指しているとおもう。「分裂病者」という文字を島尾は書きたくなかったのではないか。あるいはミホが消したのかも知れない。この詩をミホの立場に立って読んでみよう。

不安な季節が秋になる
そうしてきみのもうひとりのきみはけつしてかへつてこない
きみははやく錯覚からさめよ
きみはまだきみが女の愛をうしなつたのだとおもつてゐる

（吉本隆明「分裂病者」一連）

これが「分裂病者」の一連である。「きみのもうひとりのきみはけつしてかへってこない」というフレーズをミホが、どう読んだかということだ。

ミホにとって島尾はふたつに分裂している。ひとつの島尾は凜々しい隊長として立っている。もうひとつは浮気と文学に比重をおき、生活や妻をかえりみようとしない男として立っている。このフレーズは読みようによっては、ミホが理想としているもうひとりの凜々しいひとはけっしてかえってこないよといっているようにも読める。あるいは「女」という語。反応が過剰すぎるのである。
いや、ミホは「きみ」という言葉を自分に突き刺してくる言葉としてうけいれた。あるいは「きみははやく錯覚からさめよ」と強要されているとさえおもったのだったか。二連はとばして三・四連を引用してみよう。

きみのもうひとりのきみはけつしてかへつてこない
かれはきみからもち逃げした
日づけのついた擬牧歌のノートと
女たちの愛ややさしさと
睡ることの安息と
秩序や神にたいする是認のこころと
狡猾なからくりのおもしろさと
ひものついた安楽と
ほとんど過去の記憶のぜんぶを

なじめなくなつたきみの風景が秋になる
きみはアジアのはてのわいせつな都会で
ほとんどあらゆる屈辱の花が女たちの欲望のあひだからひらき
街路をあゆむのを幻影のやうにみてゐる

きみは妄想と孤独とが被害となつておとづれるのをしつてゐる
きみの葬列がまへとうしろからやつてくるのを感ずる
きみは廃人の眼で
どんな憎悪のメトロポオルをも散策する
きみはちひさな恢復とちひさな信頼をひつようとしてゐると
医師どもが告げるとしても
信じなくていい

（同　三連・四連）

この詩に散りばめられた「きみからもち逃げした」「女たちの愛」「狡猾なからくり」「アジアのはてのわいせつな都会」「女たちの欲望」「きみの葬列」「廃人の眼」「きみはちひさな恢復」といった言葉のすべてが、攻撃的にうつったのだろうか。

日記には「吉本隆明の詩（この詩集もミホは引き裂いた）〝絶望から過酷へ〟などという語彙」と書いたが「絶望から過酷へ」という詩そのものへは、ミホの意識を逆なでするような表現はさほどみあたらないのだ。

強いて言うなら次のようなものがひっかかったのだったか。

ぼくたちは愛をうしなつたときぼくたちの肉体をうしなつた
ぼくたちが近親憎悪を感じたとき
同胞はぼくたちの肉体を墓地に埋めた

おう　いちまいの風だけが
ぼくたちの肉体に秋から冬への衣裳着せかける
ぼくたちの肉体は風と相姦する
ふいごのやうに
からすの啼きかはす墓地から
ぼくたちは亡霊となつてでてくる
ぼくたちの衣裳は過酷にかはつている
ぼくたちの視る風景はくろずんでゐる

（吉本隆明「絶望から過酷へ」二連）

ふたたび死のちかくにいる季節よ
ぼくたちの分離性の意志が塵埃にまみれて生きてゐる
労働は無言であり刑罰である
未来のことがなにひとつ視えないとき
ぼくたちの労働はしいられた墓掘りである
ぼくたちの疲労のほかにぼくたちをたしかめる手段はない
過酷はまるで呼吸のやうに切迫する
遠くまで世界はぼくたちを監禁している

（同　五連）

ここで吉本は、シジフォスの神話のシジフォスのような強いられた労働に未来などなく、永遠に自分らは監禁されているというおもいが強かったのだとおもう。そしてそれをレトリックをつかって詩にしたのであった。

しかしミホは、愛を失ったとき肉体を失った、肉体のない生活はただ墓を掘っているようなもので、未来・希望などそこには何ひとつないという自分らの現場を嘲笑しているのではないかと受け止めたのかも知れない。

あるいは「遠くまで世界はぼくたちを監禁している」という言葉のもつ意味。さらに「愛を失った肉体」、「近親憎悪」、「僕たちの肉体を墓地に埋めた同胞」、塵埃にまみれている「分離性の意志」、それらの言葉に囲繞されると、やはり心は痛む。言葉は作者の意図を超えて人々に突き刺さってくるのである。ミホそのものが、かなり文学的感性を持っていたから、自分の考える文学と、夫らがやっている文学にはへだたりがありすぎて、それが憎悪の対象にさえなったのかもしれなかった。

「一二会」のこと

島尾は「文壇遠望記」で「一二会」のことについて次のように書く。

昭和二八年の上半期のころだったと思うが、「文学界」のきもいりで「一二会」と名付けられた会合ができた。そのメンバーは、一〇人の小説書きと五人の批評書きでできていて私も加えられていた。

その選択は、誰がどこできめたのか知らなかったが、私には、庄野、三浦、吉行、安岡のグループの延長だと受けとれるところがあった。ほかに、結城、小島、近藤、武田、五味と、奥野、日野、村松、進藤、浜田、が居た。

（「文壇遠望記」）

このエッセイを書いたのは奄美居住後の一九六一（昭和三十六）年春だから、その頃から八年後のことになる。であるがゆえに遠くまで見えるというふうになっている。

「一二会」は、『文学界』の鈴木貢編集長、樫原雅春編集次長、それに〝オオツカテンノウ〟と呼ばれた新人育成係りの大塚興らが安岡章太郎、三浦朱門、武田繁太郎に小説書き一〇人の人選を頼んだのがスタートだった。批評家は編集のほうで選ぶということだったらしい。

頼まれた三人は市ヶ谷の吉行宅に行き、彼の交流のひろさと公平さをたよって人選を相談したわけで、編集部の意向としては、芥川賞をとったばかりの五味とすでに名の通っていた島尾は、ぜひ入れてほしいということだったらしい。

その時点まで彼らは、自分らの選んだ小説家が「第三の新人」と呼ばれ、文壇でひとつの流れをつくっていくということは知るよしもなかった。

小島信夫はのちに次のような文章を書いている。

一通の手紙が舞いこんできた。タイプで印刷したもので、私は興奮して読んだ。そこにはこんなようなことが書いてあった。

私達はこれから親睦の意味で月に一度位会いたいと思う。これはそれ以外に他意のない会なので、どうか気を楽にしてお出席下さい。

というわけで、発起人は、三浦、武田（繁）、安岡、吉行（？）で、出席希望者として、島尾、庄野、五味、近藤（啓）、結城、などがいた。評論家には、村松、日野、奥野、服部、佐古。

封筒は「文学界」のもので、発起人は「文学界」のすすめで、人選して集合をかけたらしいことが、文面で分かった。

（「私のグループ」）

小島の当時のおもいが伝わってくる文章だ。ところが、評論家のなかの、服部、佐古と記憶されているのは、進藤、浜田の誤りだった。おそらく、そのあとにつくられる「構想の会」がだぶったのであろう。

第一回目の会合は、一九五三（昭和二十八）年二月か三月の十二日に東銀座の「はせ川」で、全員出席して開かれたとのことだ。十二日とはっきり記憶されているのは、その日が会の名称のもとになったからであった。

十二日だから一二会でどうだろうと誰かが言うと、近藤が「どうせ一、二回でおしまいになるんだろうから、それがよかっぺ」と房州の漁師言葉で応じたため、そうなったとのこと。

そのとき出席した『文学界』の編集者、鈴木、樫原、大塚三名以外の作家、評論家と年齢は次のとおりである。

島尾敏雄（三十六歳）、庄野潤三（三十二歳）、吉行淳之介（二十九歳）、安岡章太郎（三十三歳）、三浦朱門（二十七歳）、近藤啓太郎（三十三歳）、結城信一（三十七歳）、小島信夫（三十八歳）、武田繁太郎（三十四歳）、五味康祐（三十二歳）、奥野健男（二十六歳）、日野啓三（二十四歳）、進藤純孝

（三十一歳）、村松剛（二十八歳）、浜田新一（三十歳）であった。

浜田新一は文学的にはさほど活躍せず、まもなく経済学者としての道に進み、本名の日高晋で『マルクスの夢の行方』、『日本経済のポトス』、『社会学入門』などの著書を出してその分野で活躍していく。

話は戻るが、島尾が「安岡章太郎との通交」というエッセイで、「現在の会」からの帰り、市ヶ谷の吉行宅に行って蝮酒を飲んだときのことを書いている部分があるので少し覗いてみたい。

最初庄野潤三から引き合わされたその足で彼の家に行った夜、押入れの中から出してきたまむし酒を飲んだのは私だけだったと思う。そして私は足しげく立ち寄ることになるが、なぜかそれが喜びであった。と言って私は彼となにをしゃべったろう。おそらくそのまま小説になると思える話の種子を彼がおしげもなくなげかけてくるのにひきかえ、私は疲れきった顔付きで相槌をうっていたにすぎなかった。やがてそこで安岡章太郎と会うことになる。私が居たときに彼が来たのであったか、彼が居たところに私が行ったのだったか、いずれにしろ、初対面の私がきいた初発の彼のことばは（すくなくとも記憶の中で最初と印象づけられたそれは）、コナイダノアレハヨクナカッタ、というひとことだ。あれ、というのは私がそのころ発表したばかりの小説だったから、そうですか、ぐらいのことばを口にしただけで、彼の顔をただ見つめていたのではなかったかと思う。（「安岡章太郎との通交」）

これからすると、安岡章太郎という作家は他者に対してずけずけモノを言う、しかも対抗心の強い、きわめてひとりよがりの性格をもつ作家だったということがわかる。初対面の人に「あの作品は良くない」と普通、言えないものだ。

しかも、彼は初対面の五味康祐にも同じようなことを言っている。その辺のこともみてみたい。「一二会」でのはじめての集まりのときだった。

「一二会」は、どちらかというと新人作家を集め、芥川賞を競い合わすために結成されたグループではないかとおもわれるが、しかしすでに芥川賞を受賞した五味康祐もいたのだから、単に有望作家を文学界編集部として囲い込みたいという意図があったことは前にも書いた。

五味康祐が「喪神」で、松本清張が「或る『小倉日記』伝」で芥川賞を同時受賞したのは前年の一九五二（昭和二十七）年下半期であった。吉行は吉行で、安岡は安岡でその年の受賞は自分だとおもっていただけに、当時無名であった松本清張、五味康祐のふたりが突如でてきて、賞をかっさらっていったので憤懣やるかたなしといった状態であった。

安岡などは「五味」という文字が新聞に載るのさえ嫌におもったらしい。だから「一二会」の初めての会合で、安岡は「五味の受賞後第一作はなっていない」と積極的に批判を展開したわけだ。おそらく島尾に言ったように「コナイダノ第一作ハヨクナカッタ」と語気をつよめて言ったのであろう。このことについて吉行淳之介は『私の文学放浪』で次のように書いている。

二七年度上半期の芥川賞は、安岡章太郎か私か、あるいは二人同時にか、という予想が聞こえてきた。それは、予想というよりも既定の事実である、というような噂がいろいろの方面から聞こえてきた。この種の噂がどういう形でつくられるのか、いまだに私にはよくわからないが、選考の当日に新しい芥川賞作家として知らされたのは、五味・松本という耳馴れぬ二人の名前だった。

安岡の話では、以来しばらくの間、新聞で五味という活字をみると、ギクリとして厭な心持になったという。

（『私の文学放浪』）


おそらく、吉行も五味という文字をみるとギクリとしたのであろう。新人賞、しかも権威のある新人賞に執着するというのは、あるいは顔の色を変えて挑戦するというのは、当然なことなのかもしれない。


どうやら会ははじまったが、間もなく近藤が五味にからみはじめた。五味の芥川賞受賞後の第一作が、良くないというのである。

「おめえ、ありゃあダメだなあ」

「…………」

「あんなものは、なっちゃないぜ」

こういう応答が際限なくつづいた。応答といっても、五味の方は終始無言である。（同）

こんな調子だが、ここで「近藤」がからんだというように書いているものの、のちに近藤から「五味にからんだのは安岡だ」という電話がきて、吉行は訂正している。つまり、安岡が初対面の五味に対してからんだということになった。さらに吉行は次のように書く。

作家が本当に脅威を覚えるのは、自分と共通点のある才能のある閃きにたいしてではあるまいか。脅威は、同時に親近感につながり、近寄って相手を覗いてみようという気持ちになる。そういう形で、同じ時期の新人作家のあいだに交友が結ばれ、何日も会わぬと相手が何をしているのか不安でもありまた懐かしくもありで、往き来が頻繁になる。そして、そういう交友が、文学的青春の気配を一層濃密にするのである。（同）

吉行、安岡、庄野、そして三浦はそのような、お互いが気になる、したがって親近感と脅威をもって文学的若き時代を闊歩してきた仲間であったわけだ。のちに島尾が加わっていくことになるが、しかし島尾は芥川賞以外に取り組むべき大きな難問をかかえてしまっていた。

五味が芥川賞を受賞した翌年一九五三（昭和二十八）年には安岡章太郎が「悪い仲間」で受賞、一九五四（昭和二十九）年上半期には吉行淳之介が「驟雨」で受賞、同年下半期には小島信夫が「アメリカン・スクール」で、庄野潤三が「プールサイド小景」で同時受賞、一九五六（昭和三十一）年には近藤啓太郎が「海人舟」で受賞した。「一二会」の意図は完全にはたされたのであるが、島尾の名はそこにはあらわれてこなかった。

「一二会」に集まった作家たちについて、小島信夫は「私のグループ」というエッセイのなかで次のように書いている。

私がはじめて、この一群の芥川賞候補作家たちと出会ったのは、昭和二八年の二月一二日だったと思う。私はこの日に一ぺんに、束にしてその人達に出会った。それは今思い出しても、珍妙な、また肩のこるような光景であった。（中略）
まず、安岡は赤いスウェーターを着、眼を細めて笑うと魅力のある顔になり、吉行は彫りの深い、斜めに向くと特にめだつ文学美青年のように見え、武田は見るからにサムライで、話し方もサムライ風であり、三浦は育ちのいいハニカミヤで、その分だけ辛らつなお坊ちゃんを思わせた。
（「私のグループ」）

つまり「彼らはそれぞれ作家にならずとも、俳優になっても喰っていけるような立派な、特徴ある風貌をしていた」と小島の眼には映った。さらに続けて書く。

私の横にはさっきから圧力ある姿勢で、大きな掌で私の盃を受けている、実直そうな、自信に満ちた、尊敬しない相手には一言も口をきかなそうな、頑固な男がいた。彼は紺の背広を着、身だしなみがよかった。
彼は私の方はふりむきもせず、会合の中心位置の方ばかり見ていた。又私の右脇にしょげたような薄笑いを見せる、人のよさそうな、三國連太郎のような男がいて、この二人は、かねてからの知合らしく、ある時は私の腹の前で、ある時は私の背中のところで、首をつき出して話していた。私は二人に「席を代りましょうか」といったが、左の青年が、「君は誰？」といった。私が答えると、「ああ、君のあれは読んだ。あれはいい。気にいらぬところがあるが、いいところがある。素直でいい」ときっぱりいった。これが庄野で、もう一人が島尾だった。（同）

マスコミの世界に深くそまっていそうな庄野のイメージと、見るからに三國連太郎をイメージさせる島尾との描写はいかにも小島信夫らしく、さすがだと言わざるを得ない。

そして近藤はひとりではしゃぎ、鴨川の漁師ことばをつかっていたとも書いている。五味は「何かの都合で現れなかった」とし、近藤がからんだのは第二回目の会合のときであったとしているが、そのへんのことは確かめようがない。

しかし、進藤も、吉行もそれは第一回目の会合のときであったと言っている。おそらくこのグループは作家がある種の集団を結成して行動する最後の姿であったと言っていいだろう。グループという名がかぶされて、濃密な関わりを維持した文壇上の最後のかたちであった、あるいは文壇の最後の同人会であったと言えばいいか。

そして彼らに「第三の新人」という名があたえられ、彼らが活躍すると「第三艦隊奮闘せり」といわれたり、島尾が奄美にひきあげ、小島、庄野がアメリカに留学して閑散となると「第三艦隊沈没せり」とやじられたりするなどしたグループでもあった。

「第三の新人」のこと

「第三の新人」の名称に今、少しこだわってみたい。その名称だが一九五二（昭和二十七）年、源氏鶏太の小説「三等重役」が森繁久弥主演で映画化され、ヒットした。それが背景になって、あるいは三等車輌、三等兵というイメージも重なって、意識のどこかでさげすむ作用が働いていたのではないかとも言われたりしていた。

名付けたのは、本人は否定しているが、山本健吉とも言われていた。彼は「第三の新人」というタイトルの文芸時評を一九五三（昭和二十八）年『文学界』一月号に掲載したのであった。

そこで、山本健吉は西野辰吉、井上光晴、長谷川四郎、塙英夫、武田繁太郎、伊藤桂一、沢野久雄、吉行淳之介らをとりあげ、さらに「その他、直井潔、宇佐美英治、富士正晴、島村進一、結城信一、藤井重夫などの名前も挙げなければならないであろう」と書き加えたのであった。

ここで山本は「こういう題で、本年度に現れた新人について書けとの編集部の注文である」と書き、「だが私は、この《第三》といふのが如何なる意味をもつのか、いつかう明らかでないのである。おほかた《第三の男》といふ映画から思いついたのであろう」とさえ付け加えて書いた。

つまり、本当の、名付け親ではないと言っている山本健吉の気持ちは伝わってくる。本当の名付け親は『文学界』の、しかも「一二会」の創設にかかわった鈴木貢編集長であり、樫原雅春であり、大塚興だと言ってもいいのかもしれない。彼らは、もしかしたら「一二会」ではなく、ただの「三の会」としたかったのではないかとさえ、勘ぐりたくなる。

だから、その発端は「三等重役」だったのか「第三の男」だったのかは、明らかではないが、あるいは「第一の新人」を野間宏、椎名麟三ら、「第二の新人」を堀田善衛、安部公房らとしてくくり、それにつぐ「第三の新人」として構想したというふうに感じた進藤純孝の考えが、どちらかというとスッキリする。

そこで進藤は『文壇私記』で「第一の重厚でも、第二のように鮮烈でもない、めだたぬ、それでいて見過ごせぬ、奇妙な特徴」があったのだろうと分析してみせた。

しかし、山本健吉の指摘を受け止め、当時注目されていた若手の評論家、服部達はその翌年、一九五四（昭和二十九）年『近代文学』一月号で、第三の新人の評価軸をさらに、洗いなおしたのであった。それはまさに鮮烈だったと言ってよかった。

服部が、ここであげた作家は、阿川弘之、前田純敬、島尾敏雄、長谷川四郎、塙英夫、武田繁太郎、小山清、安岡章太郎、三浦朱門、吉行淳之介の十人であった。

おそらくこれが以後、第三の新人の基礎となるわけだが、さらにその翌年の一九五五（昭和三十）年『新潮』五月号で企画された『第三の新人・小説特集』には、小島信夫、吉行淳之介、庄野潤三、曽野綾子、小沼丹、長谷川四郎、松本清張、安岡章太郎が選ばれた。そこにも島尾はぬけおちているが、これは島尾が奄美に行く思考を病院内ですすめていたときであった。

そもそも、「第三の新人とは何か」ということになるが、これについては評論家の服部達が親しみをこめて書いた次の文章に要約できるのではないか。


作家がものを書き出すためには、彼はあらかじめ、何かを、何かの形で信じていなくてはならぬ。透谷や独歩はおのれの気分の高揚を信じ、志賀直哉は外部の世界の実在とそれを捉えるおのれの感覚を信じ、小林多喜二はコミュニズムの絶対性を信じた。

太宰治は錯乱と感傷を打ち出すおのれのポーズを信じたし、戦後派作家は、それぞれの好みに応じて輸入したヨーロッパ風の観念を信じた。

ところが、「第三の新人」たちには、これらのどれも信じられない。青春時代すなわち戦争の時代が終わったあと、彼らの手に残されたものは、一向に見栄えのしない、みずから信じこもうとする熱意も大して湧きたたない、平凡で卑小な自我であり、そうした自我を背負いながらともかく今日まで生きてきたという、起伏に乏しいだけに扱いにくい記憶にすぎなかった。そのうえ、厄介なことには、要領よく立ち廻るだけの才覚に乏しい……

（服部達「劣等性・小不具者・そして市民」）

言われてみると、第三の新人には、「おのれの気分の高揚」も「外部の世界を実在としてとらえる感覚」も「コミュニズム」も「錯乱と感傷のポーズ」も「ヨーロッパ風の観念」も、さらに付け加えると「壮大な長編ロマンを書こうという欲」もなかった。何の変哲もないと言われればそうも言えるそれぞれの日常だけが、大きな口をあけて待っていた。言葉はその大きな口の求めるままに発されていった。

だから、文学に向かう意志だけは、ゆるぎないものとして各人の内部に包蔵されていたのである。分かりやすい例をあげると、例えば安岡章太郎でもいい、吉行淳之介でもいいのだが、彼らに太宰治の代表的写真、あの右手を頰に当てて「考え込んでいるポーズをしてくれ」と注文すると「よせよ、あんなポーズできるかよ」と笑い返されるとおもうのである。

最初から深刻に考え込むポーズや世の中の動きを信じない、あくまでも中心からはずれた方向で生き、一人称的な小説にこだわる、あるいは家族と愛にこだわった一群の作家たちであったのではないか。もう少し、服部達の文章を引用する。

外部の世界も、高遠かつ絶対なる思想も、おのれのうちの気分の高揚も信じないこと。おのれが優等生でなく、おのれの自我が平凡であり卑小であることを認めること。しかも、大方の私小説作家のように、深刻ぶった、思いつめた顔つきをしないこと。こうした逆手を、一番最初に発見し、それによって、よかれあしかれ「第三の新人」的発想を定着し、後に続く者のために道を拓いた者、いわば「第三の新人」の原型となった作家は、安岡章太郎だった。（同）

これが安岡章太郎に集約された「第三の新人」のありようだと服部は規定したのであった。当時の文壇を眺めると、第一次の新人の埴谷雄高、武田泰淳、中村真一郎、椎名麟三、野間宏らが着物姿でドンとかまえて座っていて、第二の新人の三島由紀夫、堀田善衛、安部公房、井上光晴らが西洋風の空気を取り入れてバラバラに立っていて、それにひきかえ第三の新人だけは最後の同人誌に集まってきたグループのように、長く仲間付き合いをしているというふうに見えてくる。

服部達は、さらに第四の新人として石原慎太郎、川上宗薫、桂芳久らをあげていて、その特徴は「装飾的な心理描写」、「アメリカ通俗小説風のヒックな行動性」にあると言っている。しかしやはり、文壇の流れは、「一二会」に見られるように、出版社によってつくられていくのだなとおもわないわけにはいかない。

ミホの発病

ミホは、精神の重圧を感じながらも幾度も脱出口を見つけるための苦しいたたかいを試みていたはずである。家をあけることの多かった島尾がそれに気づかなかっただけのことであろう。いや、気づいてはいたがそこまで拡大するとはおもってもいなかった。島尾が不幸を呼びこむように外に出て行くことを繰り返している日々の裏で、妻は背負ってしまった幾重もの不運や不幸とたたかっていたのである。

あるいは島尾が暗い気分で文壇の世界を歩いていたように、妻も暗い夫婦生活をまるごとかかえて、底のない世界を歩いていた。そして、一九五四（昭和二十九）年に、それとはっきりわかる行動をとった。症状は心因性反応ということが後に医師から言われた。医師は、島尾の行動が妻の神経症を誘発し、それが重度に達し、妻は精神に異常をきたしたと判断したのであった。

慈父、大平文一郎の死を見守ることもできず、東京に来て、しかも無垢な感情で一途に愛情と信頼を寄せて夫につくしてきたにもかかわらず、夫は他に女をつくり家庭をかえりみなかった。ミホにとって東京は決してひらかれて、のびのび生きられるところではなかった。僻境の村からきた無垢な娘の感情には、村以上に閉鎖的に映ったのではなかっただろうか。しかも夫は、ひとりでどんどん先に行ってしまい、妻をひたすら家と子どもらの世界に閉じこめてしまっていた。外では、何をしているのかも分からない。妻の発作は、夫に裏切られたこと、養父を自分が裏切ってしまったことの二つの面からとらえることもできるのではないか。

事態は急転直下したといえる。即刻入院させた方がよろしいと言われた。私は全く予期していなかった局面につき当った。はじめから、適当な眠剤で妻が眠れるようになるならば、神経のいらだちもおさまるだろう。そうすれば一切は好転する。私は、妻と子供とを十二分に見守ることに、私の全生活を向けよう。それが私の至上律なのだ。私はむしろすこぶる希望にふくらんでいたはずだ。私は妻の入院のことなどは考えていなかった。私は妻を入院させる用意のないことを医師に述べた。医師はとにかくその日、とりあえず最初の電気ショックを受けて帰るように言った。電気、という言葉をきくと、妻はいっそうたけりたった。（中略）「いやです。いやです。電気はしないで下さい。私はすっかり知っているんです」妻は悲しそうに泣きわめいて手足をじたばたさせた。私も悲しくなり、妻の名前を強く叫び、きき分けさせようとするが手に負えない。「注射をするだけじゃないか。あとがつかえているのだから早くして、早くして」医師が不機嫌そうに言った。もう一人の医師が注射器を持って出て来て、「そこでいいから腕をまくりなさい」というと、妻もその気になっておとなしくなり、袖をまくりあげたが、針をさしかけると急にまたからだを動かそうとした。「だめじゃないか針が折れる」と医師は強い声で言い、私が反射的にしっかり妻をおさえると同時に素早く針を刺し注射液を注入した。それが三分の一もはいったろうか。まだ針をぬきとらぬうちに妻は何かはっと気を取りなおしたふうに「あ、おとうさん」と私に叫びかけたのだ。瞬間それは物静かなあきらめの果ての深い理解に包まれている声のように私を打った。しかしそれは「あたし電気をす……」とつづけたきりぷつりと切れて、妻はぐにゃりと崩れたのだ。（「妻への祈り」）

意志どおりに世の中の流れは流れてくれない。自力ではない他者との関係で動いている。しかもそれが、通るべき当然で唯一の道でもあるかのように。この文章はこのような人間の不幸を一杯つめている。

そして夫婦とは何だろうという疑問も湧きでてくる文章でもある。はじめて慶応病院に行って診察を受けたときの描写だが、現在の自分の病よりも治療そのものを恐がる妻と、それを懸命にささえて義務的に動く夫。注射器をもった医師も患者の腕には心を寄せず、注射針が折れることに心を寄せている理不尽さ。妻は、夫をすでに疑っており、それにまつわる世間を疑っている。電気治療そのものへの恐怖もあるだろうが、何よりも、それで何をされるかわからない、あるいは夫や世間は自分を遠いところに連れだそうとさえしているふうではないか。私をそこまで追いこんだのは誰だ、その人がいい人ぶって世間と歩調を合わせていること自体も許せない、という多くの言葉が何度も心のなかで反覆されたとしてもいたしかたない。

とにかく信じる対象を喪失してしまっているのである。だが、妻はここで飛躍する。「あたし電気をす……」という言葉はその飛躍をしめしている。そして感動的だ。信頼を取りもどすということが、このように懸崖の果てからやってくるのであれば、人はすべて悲劇といわなければならない。

世間との隔絶

電気ショックをして運搬車にのせられた妻は「かにのように泡ぶくを口もとにこしらえて、こんこんと眠り」こんでいった。ただ、治療のため足を運んだに過ぎなかったが、医師に言われて、電気治療をほどこされ、入院の必要を言われ、それにしたがったのであった。そのため二人の子供は妻の郷里の奄美に行かせることになり、島尾は妻と一緒に病院生活を送ることになった。

妻がそうしたように、島尾自身が世間と断絶し、病院にこもり、これまで妻が自分にしていたように、ひたすら妻に尽くすことを誓った。

世間との隔絶、「異」の世界へ、なま身のからだで這入っていったのである。不幸は完全に呼び寄せられた。しかも最も深いところで。あるいは最も惨劇を内包させて。もうこの事態に、真っ向からむかっていかなければならないという強靱な意志が、傷ついた心の内側から出てきたかのように。

半年近い間、私と妻とはその精神病棟の中で世間と隔絶して暮した。そこでの奇態な生活の一端を『われ深き淵より』という短篇集に収めた二、三の作品の中で、私は表現しようと試みはしたが、入院中に妻の発作のあいまを盗んでむしろ祈りのような気持ちで、そしてそれがいくらかでも妻に通うことを願って書いたそれらの作品が、果たして何らかの表現をなし得たかどうか、とにかく、看護にてこずった「持続睡眠」や一箇月にもわたる「冬眠療法」などの治療のあとに、執拗な妻の反応もやっとおさまったようであった。それは完全におさまったというわけにはいかないが、とにかく発作の波は小さくなった。折から離島での子供のからだの具合が思わしくない便りも受取った。また将来の生活の方法も考えなければならなかった。いつまでも夫婦で一緒に入院していることは困難であった。私と妻は退院して島に帰ることを決心し、そして医師もそれに同意してくれた。それは神経症という病的な部分に関することであると同時に、やはり、より私と妻のこころに関することがらである。妻の郷里の奄美大島の白く明るい昼と青く深い夜は、長い歳月をかけて妻の病みつかれた心を自然にいやしてくれるであろう。二人が注意を深くお互いをいたわり合って行く限り。それは妻とそして子供ら二人の前に課せられた試練に外ならない。

（同）

生活は根底から崩れていたのだ。父の庇護を受けていた生活から自立するために、東京にやって来たのだが、しかし野望が頂点に行くことはなくわずか二年半で足もとから崩れだし、追いつめられたのである。

神戸を出るとき、父に買ってもらった小岩の家も売ってしまい、病院に住居を移し、自らは住む家も持たない底なしの闇に追放されてしまっていたのである。三十代にして世捨て人という風態であった。しかし心の闇とたたかい続ける小説家という意識を決して手放さなかった。

それでいて妻の言葉は、さからうことのできない最高の規律になっており、そのひとつひとつに服従しなければならなかった。島尾は妻と一緒に病院に這入った。そこは世間から閉ざされた闇だが、しかし古代の音韻のように彼を温かくつつんでいるかのようでさえあった。

あるいは喩的にいえば、人のかたちをして、人以上に内なる感情を放出するものたちの住む森に這入り込んでしまったというおどろきに支配された。

『われ深き淵より』で島尾は暮しという暮しもなく、つまり生活くささもなく、これといった思想も観念もなく、ただ機械仕掛けの人形のように、周りを見ることに徹した。ここは生きる方途を自らの力で切り開いていく世間ではなく、その裏側の常人には近寄れない特別な暗い淵なのだ。そういうところで寝起きしながら、同じようにその淵を生きる人たちを生き生きと描いていった。

この世界は「狂人圏」というより、人間のこだわりのない明晰な世界だ。やはり島尾はすぐれた見者であり、作家であったことの証明をする。透明に凝視すれば、内側と外側が見分けがつかなくなる、といった視る姿勢のきわだった作品群をどんどん発表していったのである。

これらの作品は、自らの暮しが崩壊していくという感覚のなかから「祈りのような気持」で書きついでいったものであった。何への祈りであったか。それは「もとの暮しを取り戻したい」ということであったろう。ともかく、取り返しのつかない事態の果てまで来てしまったのである。ならば「祈り」のごとく小説を書かなければならない、妻の喜ぶ「生者の小説」にむかえばいいと考えたのではないだろうか。それはまた自分のこれまでの行為の毒を抜くものでなければならなかった。文学から毒性を抜き取ることは可能かという疑問は読み手には残り続けるのであるが。ともかく闇部分を埋めるような気持で島尾は書き続けた。

吉本隆明との関わり

あるいは何もかも失ってしまったという事態のなかにあっても、これまでどおり作家としてのリズムだけは確乎として持ち続けたかったのはたしかだ。戦争中もそうであった。「はまべのうた」も、これまで体験したこともなかった特殊な状況のなかで、いままでのリズムを取りかえすかのようにして書きついだのであった。あの当時、僻境の村の先生と子供たちを書いたように、今度はかつて先生であった人とそのまわりの閉ざされた人たちを書いたのである。そしてこの場合は、妻や息子たちを果てまで追いつめていった自分の行為をつつみ隠さず書いていくという罪障の意識を持っていた。

日はすぎ、いつまでも病院にいることはできないので、島尾は自ら病院側に申し入れて、妻の郷里に行くことにした。妻の郷里、奄美大島をこれからの生活の場にする決意をしたのである。おそらくこのような気持をかかえて、島に向かうとは考えてもいなかったはずである。

夫婦で病院を出て、親戚とともに横浜港に向かった。妻の故郷であり、ふたりがはじめて出会った島に再び戻るその日、横浜港にはわざわざ見送りにきた一団があった。そこには島尾の失意をおもんばかり、文学仲間であることを無言で訴える一団であった。奥野健男、吉本隆明、それから庄野潤三、吉行淳之介、武井昭夫、阿川弘之らである。吉行がもってきた酒を船が出るまでの時間飲み、庄野が全員の写真を撮った。別れのさかずきにも見え、別れの記念写真にもおもえた。そして時間がきて、奄美行の白龍丸に乗った。島尾はそのときのことを次のように書いている。

昭和三十年の十月に妻が退院できたので、私たちは奄美大島に移住することにきめ、病院からまっすぐ横浜港に向かった。琉球航路の船が横づけになった埠頭には、七、八人の見送り人が見られたが、その中に吉本も居た。何人かがテープを甲板に投げあげようとして失敗を繰り返していると、彼が突如噴出するようにひとりで船腹をよじのぼってきた。どんなふうにしてのぼってきたかもうはっきりとは思い出せない。たまたまそこに恰好のロープでもぶらさがっていたのか。或いは干潮時で船体が低く沈んでいたのだったか。しかしテープが届かぬほどの高さはあったはずだ。だから船が港を出てしまってからも、身軽に、とはちょっと言えそうもないはらはらするようななまなましいその光景がいつまでもしつこく私の目の底に残っていた。

（「吉本隆明との通交」）

吉本は奥野と何度か小岩の島尾の家を訪ねている。自分の弟が分裂症を治癒したという経験があるためか、島尾に対して格別に同情的であった。また、島尾のおかれている生活環境が小説を書けなくさせるのではないかということをもっとも心配したひとりであった。「店閉まいをしてほしくない」とか「今、一番興味のある作家である」とかも言っていたことが島尾の日記からもうかがうことができる。

横浜まで見送りに来て、みんなが投げても届かないテープをもって、出航まぎわの船によじのぼってきてテープを手渡し、さっと船を降りていった吉本の行動は島尾のみならず、みんなの目にもふかく焼きついたとおもう。そのとき島尾は三十八歳、吉本三十歳であった。

だが、見かたによっては、奄美はそのような傷をいやすのに最も適した風土であったはずだ。ここは、かつて血気盛んな青年時代、国命によって自らの命を捨てる覚悟でわたってきたところであった。そのときの島尾の立姿は、いさましい軍神そのものであったのだが、今は生活に疲れ、方途を失い、僻境への流謫というういくぶんか暗い意識をかかえていた。


島の一隅に私はかつて戎衣をまとって棲息した。それは当時特攻隊と呼ばれた異常な生活団体であった。それが生活と言えたかどうか、とにかく私はそのときひとつの精神的危機に臨んでいた。その頽廃から辛うじて私を救ってくれたものは、この島に生を享けたひとりの娘であった。彼女は私の妻となり、十年の歳月が流れ悪鬼に憑かれて悩む魂を抱いて再びその故郷の島山を見た。それらすべての原因は私が背負わなければならない。私の卑小さは償いにならない。私は再びこの南海の僻境の島によって再生し得るだろうか。私はともかく伏せ勝ちな眉を、もう一度上げなければならないだろう。すでに私らには子供が二人いたのだから。（同）

島尾は伏せ目勝ちにしかこの島を見ることができなかった。十年間という歳月は、人によってはこんなにも急激な回転をするに十分な時間なのだ。

戦争に敗れ、島を出た島尾は今、生活に敗れ、一度踏んだ「白くて明るい昼と青く深い夜」を持つ南の島に来たのであった。死にのぞむ頽廃を救ってくれた、たった一人の村の娘と、今度は逆の立場で、肩を寄せあって戻って来たのである。

そこはすでに、どういう意味からも、かつて感じた「遊仙窟」ではなかった。まわりのすべてが一変していた。

第八章　病妻小説へ

埴谷雄高のおもい

島尾が奄美へ移住したことに、強く反応したのが埴谷雄高であった。埴谷はその年の『知性』十二月号に「島尾敏雄を送る」というタイトルをつけて一文を寄せた。

発病した妻につきそつて一緒に精神病院へ入つてしまうという例は、非常に少ないと思われる。（中略）奥さんの病状は絶えず傍らに夫を必要とするもののようであるが、それにしても、学校をやめ、家を売り、子供達を実家へ帰して、ひたすら妻を看護するために、同じ病室へ住み込んでしまうことは、並々ならぬ決断であり、ただに愛情の深さばかりでなく、病める妻への愛情の幅を透してずつと向こう側に、人間の結ぶ関係の切ない重さに立ち向かう凝視、その悲痛な敢然たる姿勢がそれとなく示されている。

（埴谷雄高「島尾敏雄を送る」）

「子供達を実家へ帰して」ではなく、子供達を叔母の家にあずけてが正しいのであろうが、しかし埴谷の島尾に対するおもいの深さがつたわってくる。妻の入院にずっと付き添うということはなかなかできることではない。ましてや、精神病院となると、島尾以外にはこれまでありえなかったのではなかろうか。そこからすでに並の人、並の作家ではなく、稀有の人、稀有の作家だったといえるであろう。さらに埴谷は書く。

彼は、現実のなかに置かれた関係からさらに数歩つき進んで、少数な幻視者のみが見得るような透明な構造を現実の向こう側に見てしまう。その透明な構造物はまだ象徴の奥深さをもつてはいないが、宝玉のようなきらめきをはなつて私達に新しい感覚の眼を開かせる。このような特異な感覚をもつた作家は、吾国では甚だ数少い。私は、このような作家を、痛ましい生活の不幸のなかで、これまで私達が数多くもつた私小説作家の系列に歩み寄らせたくないと切に思うが、艱難汝を玉にす、とは必ずしも限らない。あまりにも生活の不幸が切実で圧迫的であれば、感覚の宝玉など無惨に圧し潰されてしまうかもしれない。私が或る種のショックと戦慄と祈念をもつて、謂わば離れ小島のロビンソン・クルーソーとなつてしまつた島尾敏雄を遠く見守つている所以である。

奥さんの病気がはかばかしくないままに、彼は奥さんをひきつれて奄美大島へ帰る。そこは奥さんの故郷であり、病状の好転を予想したいが、また、彼の作品にも感覚の花火のような生彩ある奔騰を期待したい。彼は長崎と沖縄を主題とすると、忽ち、見事に膨れあがつてきて、香気に充ちた独自の地図をつくりあげる。青い海、夜の匂い、大気の湿つぽさ、嘗て沖縄を主題とした彼の作品のなかに立ち戻つてきて、私達の夢を懐いた官能を揺すぶつてくれるであろ

う。苦悩の根が真摯に深まれば深まるほど、樹液の匂う高い枝を夜の風のなかに拡げて欲しいと思うこと切である。（同）

島尾敏雄は作家である——そのことを本人が証明してみせるかのように、病院で妻につきそいながら『文学界』十月号に「われ深きふちより」、『新日本文学』十一月号に「或る精神病者」、『知性』十二月号に「のがれ行くこころ」を発表、奄美移住してからも、その翌年には『文学界』四月号に「鉄路に近く」、同じく『文学界』十月号に「狂者のまなび」をそれぞれ執筆し発表した。あるいは二年後の一九五七（昭和三十二）年には『新日本文学』二月号から二ヵ年、『離島の幸福・離島の不幸』の柱となる「名瀬だより」を連載した。

埴谷はなによりも「艱難汝を玉にす」とも言われるが、むしろ島尾の場合は「感覚の宝玉無惨に潰す」に変ずるのではないかということを心配した。「彼は長崎と沖縄を主題とすると、忽ち、見事に膨れあがつてきて、香気に充ちた独自の地図をつくりあげる」として、これからは沖縄を主題とした作品で私達の夢を、官能を揺すぶつてくれ」と精一杯の声をあげた。そして、島尾はそれに応えたというべきであろう。

戻るが、旧約聖書の詩篇（第一三一篇）の「ああエホバよ、吾深き淵より汝を呼べり」からとられたとおもわれる病妻小説の第一作「われ深きふちより」は「私たちがまだ外来で神経科の診療室に通っていた時分、私は神経科の病棟から精神科の病棟を遠巻きにして眺めながら、暗い気持に陥ち込んで行くのを防ぐことができなかった」という文章ではじめられた。そして、次のようにつながっていく。

私の心もからだも妻の神経症にうちひしがれていた。その反応の発作の時の論理は強靱で、その論理に従う限り、妻も私も生きていることはできなかった。追いつめられると私は醜く逆上して何度も紐を取って自分の首をしめにかかった。すると妻は南島の伝説にある水陸両棲の動物の「けんもん」のように膂力が強くなって私の力を奪い私の首から紐を外した。ふっと襲いかかる魔の瞬間を外すと私には生への執着がどっとやって来た。そのあとには妻の方に危険な自殺の誘惑がやって来て私の神経はくたくたに疲れた。

私と妻とはその頃半年もの間殆ど、お互いが片時もそばを離れることができなかった。そのために勤めていた教師の職は放棄し、物を書く余裕もないので生活は眼に見えて逼迫した。

（「われ深きふちより」）

切迫した日常をさらけだすように小説は書きつがれた。地獄をさらけ出したと言ってもいい。文学とは自らをいましめるものだ。ミューズは島尾にそのように命じたのである。「痛ましい生活の不幸」といわれる状況下で、しかし島尾は「感覚の宝玉」をみがきあげていったと言えば言えないこともない。これは読者の胸を打った。

三島由紀夫のこと

そのころサルトルの「文学は飢えた子の前で何ができるか」という問いかけが文壇でも話題になっていた。そのことと似た動きからだろうか。「文学は贖罪たり得るか」という問いかけがでてきた。島尾のおかれた状況を理解しようとしていた『作家』同人の丹羽正光は同誌で島尾への公開質問状を書いた。彼の考えの底には「文学と贖罪とは結びつかない」というのがあった。しかし島尾敏雄の作品にはそのモチーフがあるのではないか、少なくとも「贖罪のかげりが潜んでいるのではないか」とおもったのである。

島尾は「贖罪」とはそもそもヨーロッパ語の翻訳だし、神であるキリストの行為との関係が強く、それと「文学が贖罪行為になるならないなどということはナンセンス」だ、といいつつも「しかし、それではなしができませんから、贖罪云々のあなたの問いかけを、おまえは何か罪をおかして、それをつぐなうつもりで小説を書いているのではないか、という問いかけだと受けとって、それに答えようと考えます」(「丹羽正光氏への返事」)と述べた。丹羽も「贖罪というキリスト用語を大上段にふりかぶったところに次元の飛躍があり、言葉のきびしさをモットオとしている氏に、ナンセンスの感を与える結果をまねいてしまった」(「島尾敏雄論」)と述懐している。島尾は、贖罪という言葉は使いたくないが、文学もまたくりかえしこころみられる罪のあがないの行為とみていいのではないか――として、次のように書いた。

私たちの生活の中で、妻が精神病院にはいらなければならなくなったのは私の責任で、文学とは関係がないように考えられます。それなのになお妻のことしか書かなかったのは、とてもほかのことを考える気持の余裕がないときに書いてしまったことと、まず妻との二人だけのあいだをかためるものでなければ、私たちの性格では生活できなかったこと、二人の世界以外のどんなことも私のあやまちをあばきたてるきっかけとなるのでおそろしかったのです。私の病院記は妻がそれを読むことによって彼女の病を剝いで行くことに、ひとつの力を与えることになったのです。それは結果としてそうなったのですが、そのことに私はおどろき、また作品の限界を感ずると共に、物を書くことをやめないで続けている力をも与えられているのです。

（「丹羽正光氏への返事」）

島尾はこの回答を『作家』（一九六〇年六月）に寄せるが、この部分を読んで丹羽は自らの「島尾敏雄論」（『作家』一九六一年四月）に「島尾敏雄氏のこの自己解説にまさる批評は、いまのところ私には見つからない。また書けそうもない」と贖罪論を閉めた。

そのころ、三島由紀夫は『島尾敏雄作品集』が全四巻として晶文社から出された一九六二（昭和三十七）年、『文学界』の十二月号で次のように書いていた。

何といっても圧巻は、世評高い「死の棘」を含む病妻記千枚（第四巻）で、読むほどに引き入れられ、その凄愴な人間記録に、ただの文学的感銘という以上の怖ろしい迫力を感じさせられた。これは正に只事ならぬ世界である……（中略）

無責任な第三者の判断では、妻の発作が家庭を破壊へみちびきかけたとたんに、妻を入院させて、良人は子供の教育に専念すべきだと考えられる。それが世間の冷たい実際的解決であろうが、こんな実際的解決をとらず叙上の方法がとられた本当の理由は何か？　それは人間愛であろうか？

（三島由紀夫「魔的なものの力」）

あるいは、寺田透は島尾の一連の病妻小説について次のように書いた。

かれが苦しくなかつたとは言わないし、かれの苦しみの訴へが悪ふざけだなどとも言わない。幻覚的にものごとを捉へ、捉へがたい映像の点滅交替を言葉で現像するのにすぐれたかれの才能が本物であるやうに、それらも本物だと僕は信ずるが、しかしその才能にかれが（安易にとは言わないが）ごく自然にたより、それをかなり気楽に活用してゐるのと同じやうに、かれはその苦しみに対して、それをひとごとのやうに一旦は否定的に見て、客観化し、普遍的な知的財としようとする労を払つてゐない、といふ風に僕には見えるのだ。

（寺田透「島尾敏雄作品集全四巻」）

三島にはより強く社会問題へ参加していくという立ち位置があり、そのような立場から発言しているようにおもえる。つきつめれば三島のその後の行為、自らの意志で市ヶ谷の陸上自衛隊東部方面駐屯地に乗り込み、自衛隊員に憲法改正の決起を促す演説をして、自決した行為にも通じる思考方法であったと言ってもいいだろう。

しかし、島尾の場合はあくまでも個人のなかで発生した問題に対応していくにはこれしかなかったのである。これは文学のもつ毒性でもあり、治癒であり、妙薬でもあるところのものだ。三島はそれを「魔的なものの力」と言った。これは、世間的に理解しがたいものかも知れないが、文学とはそういうものだという意味がふくまれていた。

寺田の場合は、事実をより客観化、より普遍化して知的財産にしようという努力に欠けているのではないかと指摘した。これもまた、文学の効用化を暗に示しているのだろうとおもわれる。ともかく島尾の小説は通常の感覚では測れないかも知れない。だが、小説家以外の何ものでもない島尾は、自ら発生させてしまった問題に小説家として真正面からむかっていったのである。三島由紀夫の疑問に対して、手塚富雄は「新文学の実証」のなかで、家庭の事情に窒息しそうだった子どもを家庭から解放したこともそんなに薄情なことではなく、ああいう場合子どもは無色な空気のなかに出ると、蘇えるものである」と言っていた。気持はよくわかるし、生活者としてそれは当然であろう。

ここで、「われ深きふちより」の冒頭部分を引用したが、実はここに島尾の内面の表情（文学に対する）ははっきりあらわれていると言えた。これを読めば一目瞭然なのである。とにかく、島尾が文学にむかう内面の表情は一般論が通用するところにはなかった。一般論ではからめとれないのである。

島尾はここで、夫婦間の信頼の欠如を懸命に埋めていく作業として、自分自身を生活上の面でぎりぎりのところまでおいつめていく。

そして、小説の表現方法も、「虚構《つくりごと》」とか「夢（無意識世界）」とか「社会性（共同体）」とかいった世界を文学の中心に持ってくることを排して、できるだけ「事実の世界」を、できるだけ「意識的方法」で、できるだけ「夫婦間に起きる事象」のこまごまとした部分を内面を含めて写生していくように記述していったのである。

「二人の世界」以外のものは、この特異な生活空間のなかでは禁忌《タブー》であった。妻の病気は、島尾自身が言っているように、文学とは関係のないところで起きたのであり、その辺は妻もよく理解していた。だが、そうは言っても、文学と生活が行き交う交点で起きたことに間違いはない。

いずれにせよ、島尾の責任のとり方の面で、彼は禁忌の部分を意識してさけていったのである。妻は妻で、夫がいかなる方法によってであれ、自分を作品の中心にもってくること、作品のなかでふたりは一体であること、そのためには夫は自分のしもべの位置に立つことで夫婦の新たな関係を了解したのであった。いかにも古代の神話のようでもあり、南島の風土そのもののようでもあった。

あるいは祭祀の原初の混沌とした世界に通じるストーリーの書き手のごとく島尾は変じていった。閉ざされて禁忌の詰まった病棟はそのような神話を書いていくのにふさわしい空間、場所になっていた。とにかく、ここからしかスタートできなかったのである。

病院記

島尾のこの時期の小説が、はてしなく自己や妻にむかっていっていること、しかも過去のあやまちを、ひとつひとつ忠実に述べていること、枠を家庭内の問題にしぼっていることを、もっと意識していいとおもう。異様といえば異様なのだ。もちろん、これは文学方法の激変ということを意味していいた。しかし素地は島尾の生き方の根にちゃんとあったことだ。だが、文学の方向は、ここにきて変わった、と見てもいいのではなかろうか。

島尾は敗戦を契機に、これからはおもいきって小説の世界で自己展開をしていくと決意して、敗戦による虚脱と悲傷を埋めていくように小説を書いていくことを決意したのである。しかし、その意識をのぼりつめていけばいくほど、次は家庭という実際上の問題が大きくのしあがってきた。家庭もひとつの戦場であるという場にたたされたのである。島尾はいわば、国がおこしてしまった戦場からも、個人がおこしてしまった日常という戦場からも悲傷という、心の痛手しか受けとらなかった。そして長い虚脱が続き、自分を徹底して敗者のほうへもっていくのである。

島尾の文学は、この敗者のリズムからつくりあげられているといっていいのではないか。生活者としても、小説家としても、彼はそこに自分をくくりつけていくのである。生活者としての意識はいくぶん希薄であったが、今そのしっぺがえしにみまわれたのであった。文字どおり、島尾の文章を受け取っていいかどうかわからないが、ともかく島尾には「ほかのことを考える気持の余裕がない」状態が続き、しかもそのようなときにあっても、小説を書くことを手放さなかった。

おもえば、島尾の属していた「現在の会」はルポを重視しているところがあった。そのため島尾は精神病棟に這入って、病棟内のことを小説としてルポしたのではないかとも考えられた。当時、島尾ら第三の新人といわれた作家を評価し、『われらにとって美は存在するか』という評論集を残した服部達は「ルポルタージュ文学論」を書き、現実こそ奇異であり深いのだということを示そうとした。だが、服部自身が現実の壁に追い詰められて自死したため、彼の批評家としての成果は一冊の評論集と安岡章太郎のモデル小説『舌出し天使』のみで閉ざされてしまった。

ルポがはやりだしていたとはいえ、しかし島尾は必然的にそこに引き込まれていかざるをえなかったのであり、決して自らルポを意識して書きついでいったのではなかった。だが文壇はこれまでの作家にはなかった独特の個性をもった小説というふうに、おどろきから島尾文学に目をひらいたのだともおもわれる。島尾にとってこれは予想だにしなかったことであった。

島尾はひたすらこれまでどおり、心を記録する信念で、小説にむかい、なかば治療費や生活費のために寸時を惜しんで病妻小説を書きついでいったのである。ある意味で、そこから文学をやり直そうとしたのであった。

一九五六（昭和三十一）年、『婦人公論』五月号に「妻への祈り」を書いた。島尾にとって「ああエホバよ、吾深き淵より汝を呼べり」という呼びかけは、また、妻への祈りという呼びかけにもひとしいものだったのである。さらに二年後、同誌の八月号には「補遺」が発表された。

しかし妻は私にとって神のこころみであった。私には神が見えず、妻だけが見えていたと言ってもいい。その限りにおいて、あの題名（注＝「妻への祈り」）は私の精神状況を示していた。つまり私は妻のこころをなぐさめることができるなら、どんな文章をも書くことができると考えられた。私はあの文章を、妻が気にいるまで何度も書き改めた。私はそのためひどく不機嫌になったこともある。しかし私が不機嫌になることは私と妻にとって、いまわしい過去が、死滅しきれないでぎくっと鎌首をもたげてくることを意味した。私が不機嫌であるという状態を妻は許すことができない。それは私たちの新生にとって背信行為に等しい。

（「妻への祈り・補遺」）

いたましい世界といわなければならない。そのいたましい世界が、家のなかではひとつひとつ具体的な形をとって展開されていった。その最たるものが表現行為へ向かうふたりの姿勢であろう。

表現行為はたしかに病を治癒する手段であるとおもわれた。島尾のこの姿勢は、妻への絶対服従を前提に、自己の境地を「無」にしてもいいという覚悟、あるいは諦念、祈りをもっている。妻は神のような位置にあって、妻の行為に間違いはないというところに自分をたたせているのである。

生活していくなかで、絶対的存在になっている妻への服従の精神的度合はたえず計量されているということでもあった。ともかく、妻は気が狂うという最大の自己犠牲をはらってまで自分につくしてきたのだ。この夫婦の特異なありかたは、そこにもっとも象徴的にあらわれているといえる。島尾文学を日本の文学の高い嶺にまで押しあげたのは、この夫婦の特異さにもあった。

とにかく二人は必死なのである。「関係」という環のなかでお互いが犠牲になりながら必死である。『婦人公論』にのった「妻への祈り」のエッセイをその部分だけ切り取って、それを読んでは顔を紅潮させて感動をつのらせていく妻。ひとつの雑誌から、これだけを切りとって、他のものから切り離し、何度も読んでいく行為は、意識の純化といっていいのだろうか。島尾の目が自分ひとりだけに向けられているというよろこびに満たされているようでもある。いずれにせよ、島尾にとってそれが妻にしてあげられる唯一の精神療法だったのである。

小説の深淵

その時期、島尾は文学姿勢をどういうふうに位置づけていたのだろうか。

それについては一九五六（昭和三十一）年に現代社から刊行された『夢の中での日常』のあと

がきにはっきり書かれているので、それを要約してみると、①この短篇群（『夢の中での日常』所収）は人間の夢の部分についての研究とも言えなくもないが、その手法ははなはだしく私小説的である、②私はこれらの短篇に自分でもっとも期待を持っていたはずだが、今度読み返してみて、その表現の窮屈な様子に驚いた。③これはまるで夏の電灯にしたいよった蛾の屍体の堆積といえよう、④私は今これらの短篇群を人ごとのようにしかみることができない。こんなことを書いたのかしらと思うことが多い。こんなふうなものをもう書こうとは思わない、⑤私は自分の表現を見つけようとして累々たる死骸を築いた――というふうになる。

これには痛ましい自省がぬいこまれているといっていい。というより、島尾がこの世界を死者の書と位置づけ「夢文学」を放棄する宣言とみてさしつかえないといっていい。

今、車谷長吉というこれまた「異」な作家がいたことが頭の中をよぎったりしている。かれもまた文学の毒性をまとい、周囲の人に迷惑をかけ、嫌われ、叩かれ、ついに私小説家を廃業すると宣言した作家であった。作品は、彼の存在がかけられていて、読者をひきつける十分な魅力があった。

島尾がここで執筆を断念するとのべている「夢小説」についてみると、これは島尾文学の魅力の一角を切り捨てることであった。

いわば『夢の中での日常』におさめられた短編群とは、いずれも双方が文学ひとすじに生きようとしていた時期、あるいは妻が病をもち、神の刑苦という形の行為を目の前でくりひろげなかった時期に書かれたものであった。

それらの作品群は、できるだけ具体の方向へ、できるだけ意識できる部分へ、できるだけ家庭内の世界へと眼をおいつめていく以前のものであったのだ。それを島尾は、今、蛾の屍体さながらのものに見える、といっているのであった。

それにしても、自分の書いたものとはおもえないとか、こんなものを書こうとはおもわないといっているのは、その当時の島尾の「現在」を示す重要な出来事であったといっていいだろう。とにかく島尾は、観念的にも実際的にもぎりぎりのところまで行ってしまっていたのである。

この「蛾の屍体の堆積」といういいかたに似た表現は、三年前の一九五三（昭和二十八）年にも島尾は書いていた。十一月二十八日「東京新聞」に発表した「飛び越えなければ！」というエッセイである。

「ある日私は自分の死臭をかいだ」といい、「単独旅行者」「夢の中での日常」「徳之島渡航記」など、ひとつの長篇と三十二の短篇の道程が「死者の書への傾斜」であるといったのだった。おそらくこの思考の位置の質は同じである。ここには観念的にのぼるだけのぼって、そのいただきで一つの転機に出会い、下降していくぎりぎりの感情の細い線が流れている。急な放物線がくっきりと見えてくる。もう、あの世界にはもどらない、というよりも、もどれないという痛恨のおもいがじわりじわり、そのころから感じられていた。

たとえば『夢の中での日常』に収められた作品を列記すると「孤島夢」「摩天楼」「石像歩き出す」「夢の中での日常」「勾配のあるラビリンス」「鎮魂記」「アスファルトと蜘蛛の子ら」「宿定め」「兆」「亀甲の裂け目」「月暈」「大鋏」「死人の訪れ」「坂道の途中で」「鬼剝げ」「むかで」「川流れ」「肚の小さいままに」である（島尾はそのなかで「孤島夢」「アスファルトと蜘蛛の子ら」の二篇は自分のものとしてさし出してもいいといっている）。

「飛び越えなければ!」のなかでは「ある日私は自分の屍臭をかいだ。それは屍臭だと思いたくはなかった。屍臭と思うことは、裏切りだというようななやましい考えにとりつかれた」とうしろめたさもうかがわせた。だが、タイトルで自分のおもいにとどめをさすかたちになった。

その理由は一体どこにあるのか。島尾は完全に「夢小説」、あるいは「紀行風の小説」を捨てたのであろうか。そのことをまず、はっきりつかまえなければならない。なぜなら、島尾の眼はさらにどの方向にむいて歩いていくのかはっきりするからである。

夢の経験だけが、そこから書くもののたねを気兼ねなく、ひろってくることができる、と長いあいだ思っていた。

だから夢をきたえることに心をくだいていて、枕もとにはいつもノートと鉛筆を置いておくような姿勢をとっていたことになろうか。(中略)夢の中での行動は、無制限に放縦であるわけには行かず、むしろ、透明だが突きやぶれない規矩の壁があるために、たびたびそれにつき当たっては内がわにまくれこんで展開しなければならないが、事件の進行や人間のかかわりあいは、いつわりが無くて、すがすがしい。そこではじめて私は一個の個性であり得たのだ。そのため私はその充足を捨てることができず、夢の中での観察を、眼覚めたあとまで持ち越すことによって、眠りのない現実の中ででも辛うじて自分を支えることができたと思える。だから、夢が眼覚めによってたち切られることは、深淵にのぞむほどの悔恨にともなわれた。

(「小説の素材」)

やはり、島尾は具体と事実に夢が引き裂かれていく体験をしてしまったのだ。すでに「夢小説」は遠くへすさっている。夢を拒否しているわけではない。眠りは一種の解放でさえあり、そこで顔を出す夢は、救いでさえある。

だから夢を記録する行為を止めるわけにはいかない。ただ記録するだけ。夢を脚色したり、夢という実の世界に虚を差し挟まないこと。それに徹した。つまり、眠りのない現実、眼をあけたままみる夢を廃するという世界にむかっていったのである。

これは見方によっては、現実(具体)の大きさに圧倒されている像だといえるであろう。あたかも電話がなると、そのコールする音の下で耳をおさえていた学生時代の島尾の像にかさなっていく。以後、島尾と夢の関係は、このようなかたちできり結んでいったのであった。

繰り返すが島尾文学の一ページに、表現者の意識で加工されない、実際的な、あるいは具体的な「夢」の記録が登場してくることになる。それは眠りのなかで体験的にあらわれてくる精神判断を見定めるような夢世界であった。眠りのない現実、いわば個性を抽出することのない現実は、耐えられないというふうに、夢と現実世界を単に対比したのではないかとさえ考えたくなるものなのだ。当然、夢は「夢の中での日常」のような、文学的に加工され洗練されて出てくるということは排除された。「夢の中での観念を、眼覚めのあとまで持ち越す」そしてそれを記録するというふうにかわっていったのである。

琉球弧への接近

このようにして島尾は、最高傑作『死の棘』への助走をおもわせるように現状のひとつひとつを書きついでいった。

夢のことで、さらにこだわると夢の世界について島尾は「事件の進行や人間とのかかわりあい」にいつわりがないため、すがすがしい気持ちを与えるといっている。それは何故なのか、というと裏がえすとそれだけ現実世界はなまなましいということなのであろう。『死の棘』は具体的に事件が進行し、家族を極限においつめていく世界であった。やはり事件はその人にふさわしいかたちで像を結んでいく。

この世界を生きるためには、島尾にとって一方を神のたかみにもっていき、一方をしもべの位置にもっていくというふうにしないとどうしようもないということを、ある種の崩壊感覚をもって感じていたわけだ。

さらにもうひとつ。島尾はその時期に、過去からとうとうと流れている原日本の歴史的なるものにさらに深く関心をしめしていく。出生の根っこを問い詰めていく風土学、あるいは民俗学に近い行路へとすすんでいくのである。というより「現実の奄美」の古層に文学の眼でもって接近していくのである。


そして、妻の心因反応の発作がしだいに波長をゆるめてくるにつれて、私は自分の周囲をおそるおそる観察しはじめ、そこに日本の中の南の部分、花かざりのかたちをした南島の群れのひとつひとつとしての奄美大島のすがたを認めることができたのだ。

それははじめ、私に目のさめるほどの豊かな存在としてうつった。豊かな、といっても、そこに巨石文化が残存し、古い建築物や彫刻がかくされており、伝統芸能がうけつがれ、古文書が数多く保存されているというようなことではない。それらの点に関していえば、そのどれも島の中では見つけだして満足することはできない。そこには簡素な生活様式と、そしてその日その日のくらしのあとで意志的にその痕跡を消してきたとさえ思えるほど、人間が自然につめあとをのこすことに、どんなかたちでも興味を示していない、すさまじいばかりの自然へののめりこみが見受けられたのだ。この島にはほとんど無人島と見まごうほどの記録の沈黙が支配していると思われた。

（「九年目の島の春」）

島尾は、深い眠りの歴史をもつ琉球弧の歴史の沈黙の部分、自然と一体化してきた人々の簡素な生活様式の謎の部分に這入りこんでいく。おそらく、現在の重層化した苦痛の海の底に島尾自身の内的世界に相似した世界が見えてきたということであろう。では、島尾の内世界に強くくいこんできた奄美（あるいは琉球・沖縄）へどのように這入りこんでいったのだろうか。

ところで私はどうしても、このいってみるならば「アマミと呼ばれる島々」のすべてを知りたい。否知るだけではなくそこの生活に加わりたいと思うのです。旅行者の印象記風にではなく、生活者の体験と感情の中に眼をすえた観察をじぶんのものにしたいと思うのです。そのためにはすべての島々に行きわたった実証的な観察を行わなければなりません。おそらくそれには長い歳月がかかるでしょう。

（中略）最近は、考古学、言語学、民俗学そしてさらに明治維新史などの分野において、この地帯の比重が急に高まってきているのです。それらのことをあれこれ考えると私は今、多くの歴史断層を現実にもっている「アマミ」の圏域に住み、他に眼を奪われることなく日々を送ることのできるのをどう感謝してよいか分からずまた種々の計画で希望にふくれ上がっているのです。

(「アマミと呼ばれる島々」)

島尾は、妻の病が癒されていくことを願って生活の場を奄美の名瀬に移したのであった。奄美移住は二度目ということになる。再びやってきた奄美は、深い歴史の断層をもって存在していることが伝わってきてさらに興味が湧いた。

奄美の歴史の深さ、そして断層は、傍系としての自分自身の内的世界にそのまま合致していると島尾は考えたはずだ。島尾は、決して奄美を単に中央の歴史とは断絶した孤島と位置づけ「逃がれ行く処」と規定していたわけではない。

この南島=琉球は中央の歴史とは断絶した相をもって立っているが、たえず中央の歴史の流れの方向性をにぎっている重要な島嶼帯でもあったという一面ももっていた。島尾は、南島=琉球を生存上の意味だけでとらえず、物事を考えていくための重要な基盤として位置づけていった。

そして「アマミと呼ばれる島々のすべてを知りたい」とか「知るだけではなくそこの生活に加わりたい」とか「アマミの圏域に住み、他に眼を奪われることなく日々を送ることのできるのをどう感謝していいか」というふうに感情をストレートに吐露している。

このように言うということは、島尾の眼が中央だけが中心ではなく、これら島々のになった歴史上の役割は大きいこと、地政学的に無視してはならない重要な鍵があることをつかまえたのである。のちに島尾は、南島を、中央を支える足裏で、そこだけが、ちゃんと土に着いている部分だという意味の発言（発想）をしたとおもうが、その発想はやはり奄美での生活に加わった時点でつかんだものであった。

また、そこで「アマミ」というかたちでいっているが、それは異和の感じの表記ではなく「奄美」という一般語ではくくれない、どうしてもはみ出していく部分が多いということを生活のリズムのなかから感じとっていたのである。

「ヤポネシア」の発見

日本という国を相対化したいという考えは早くからあった。そのためには太平洋上に帯状となってつながっている島々に名称をあたえなければならない。インドネシア、メラネシア、ミクロネシアなど太平洋の南のほうにちらばった島嶼帯の呼称と日本の呼称ヤポニアを結びつけた。「ヤポネシア」の意味づけ、あるいは意識としての日本像を描いたのである。それは、中央の固縛も受けず、それぞれの地域が地域特有の文化を持ち、しかも単一文化、単一民族といった単純な固定化をもふっきっていくというイメージがあったといっていい。

大陸にぶらさがるようにしてつらなっている島々を、太平洋に広がろうとしている島々として見るべきだとして、そこにギリシ語のネシア（諸島）でくくったのであった。オキネシアという語は、すでに沖縄諸島として存在していた。沖縄だけでなく、日本も含めて考えたいという発想で想起されたのが「ヤポネシア」である。

日本そのものや日本人が何であるのか、どこからきたのかといったことを根源のほうでさぐってみたいという考えは島尾のなかに根づいていた。それは、自分が他とかかわる場合、自分のなかには「異」なるものが巣喰っているのではないか、それは数千年、数万年も時間を遡及させると出てくる像が原因となっており、そしてその像はアイヌだという根底にぶつかって以後、強く意識されだしたものであったのだとおもうしかない。

だが、日本を相対化する考えを、像として抽き出したのは、ここ南島＝琉球に居を定めてからであった。それ以前は、ぼんやりと像としてくくられながらも、完全に日本そのものを相対化、客観化できず、国家とその指導層らによって差し出された天皇を中心とする単一民族のイデオロギーをかぶせられて戦争に突入していったのであった。

戦後、単一民族の理念の崩壊ともいえる廃墟のなかにあっても、あるいは家庭の不和がつづいていくなかにあっても、そのことは十分には問われなかった。いや、小説のことのみが全身をつつんでいて、日本人の層を問うということ自体をテーマからはずしていたのである。あるいは、あまりにも国家的、家庭的大戦争の渦中にいたため、大きなテーマには見えなかった。

戦争という反文化の層そのものが巨大な壁をつくっていて、ただ今の生死の問題にのみ関心がいき、出自や歴史や未来といった劇性を完全にシャットアウトしていたのである。

だが、再び奄美に居を移し、そこの風土や民俗、歴史といった生活の全般に触れていくと、日本や日本人の像が新たな顔を出し、それは問われるべきものなのだと意識をゆさぶったのである。

本州や九州に於いて祭やアルコールのたぐいで意識を解放させたときにあらわれてくる、日常の日本とまるで似つかわしくない放散はいったい何だろう。そしてふだんのときに備えているこつんとしたかたい顔付。その二つのもののふしぎな共存が試験官の中でまぜ合わされている状態の中に、奄美を投げ入れると、放散の底にかくされた深層の表情がかたちをあらわし、そしてひとつの考えが私の頭の中に広がりはじめる。もしかしたら、奄美には日本が持っているもうひとつの顔をさぐる手がかりがあるのではないか。頭からおさえつけて滲透するものではなく、足うらの方からはいあがってくる生活の根のようなもの。この島々のあたりは大陸からのうろこに覆われることがうすく、土と海のにおいを残していて、大陸の抑圧を受けることが浅かったのではないか。

長いあいだ背中を向けていた海の方をふり向いてみると、日本の島々が大陸から少しばかりはがれた部分であることもまちがいないが、他の反面は広大な太平洋の南のあたりにちらばった島々の群れつどいの中にあきらかに含まれていて、その中でひとつの際立ったかたちを形づくっていることも否定できない。ひとつの試みは地図帳の中の日本の位置をそれらの島々を主題にして調節してみることだ。おそらくは三つの弓なりの花かざりで組み合されたヤポネシアのすがたがはっきりあらわれてくるだろう。そのイメージは私を鼓舞する。奄美はヤポネシア解明のひとつの重要な手がかりを持っていそうだ。

（「ヤポネシアの根っこ」）

ヤポネシアという造語は、現在、民俗学の世界でも有力な意味をもって使われたりしている。沖縄はかつて民俗学研究の宝庫といわれたが、最近は旧石器時代研究の宝庫といわれている。旧石器時代の遺跡は全国で一万箇所ほどもあるが、一万年以上前の人骨が発見されたのは静岡でふたつ、沖縄では十も発見されているためである。これは沖縄の土壌が人骨化石を保存するのに適していたということでもある。中国でふたつ、マレーシアでふたつ、インドネシアでひとつという状態からすると沖縄の十はかなり多い。

ヤポネシアという島尾が名づけた名称について谷川健一は次のように言ったことがあった。

ヤポネシアというのは精妙な言葉なんですね。日本というのは我々戦中派には嫌な面があるんです。そうかといって反日本とか非日本とか一足跳びにインターナショナルなところにいって日本をみる、ナショナルなものをけなすということも嫌なんですね。自分たちが立っている場所を視点を変えてみたいということを前から考えていて、それで島尾さんのお使いになった「ヤポネシア」という言葉が非常にぴったりした言葉に思ったんです。

ある意味で非政治的な発想ですけど、いきなり政治的な視点からやっても駄目だろう。やがて政治的な視点と結びつく視点となる。そして相対的に日本をみつめるのにこういう視点がどうしても必要なんです。

（島尾敏雄との対談「飢餓をみつめる思想」）

この発言に関連させて、島尾は次のようにのべている。

奄美に住んで、これは日本と違うということを強烈に感じたし、反面、底の方でどうしても日本だという気がした。似ているというのは東北の体験からきているんでしょうがね。そうすると日本の歴史を通して見て、東北とか琉球の方はどうしても征伐されたり、視野から落とされたりしているわけです。日本人がどこからきたのか学問的にはいろいろと問題があるでしょうが結局のところずいぶん早い時期に、つまり日本の国が国としての体裁を整える前に、もう一つの言葉でいえば縄文の時代の長い間に、おおよその日本人なり日本語は出来てしまったんじゃないか。それは日本人の深層意識みたいなものともかさなっているると私は考えているんです。民謡とか民俗芸能というのは、東北や琉球弧のものがだんぜんいいんです。しかし今の一般日本人のものじゃないような気がするんです。どこか異様なものがあるんです。しかしそれはもともと日本人の意識の底の方に隠されてしまったものじゃないか。もともと太平洋の島々というような環境の根っこのところになにか文化があって、その上に大陸の方からの文化が入ってきて日本の国が出来たんじゃないかとぼんやり考えているんです。太平洋の島々ということになると、ポリネシア、ミクロネシアなどのかたちがあるわけですから、日本の島々はヤポネシアであっても差支えないんじゃないかと思ったんです。もちろんそういう視点を持つことによって、今まで切り捨てられてきた日本のいろいろの面が取りこめると思ったんです。

（同）

ともかく、島尾は自由な発想が物事の核心部に有効に接近し得るということを提起したのであった。これまで、単一民族といえば、すべてがそれに流れ、騎馬民族による日本統一という声があがればその方向に流れていくという面もいくぶんかあったが、それらの立場からは自由になって、つまり数歩さがって〈感性〉と〈想像力〉で文化の基層を大きくつかんでいこうとした。この姿勢はまた、多くの支持者を得た。もともと政治性はなかったから当然、時の政治の流れとも無関係に、自由にイメージを拡大させていった。

島尾は、自らの感性でもって「日本の文化そして日本人の生活は、大陸のそれをとりいれることによって自らをこしらえ支えてきたに違いないだろうが、日本の素性をあきらかにするために、大陸の影響の状況をいくら巧妙にそして慎重に腑分けしていっても、とどのつまりはかさぶたをはぎとったあとの無残な不毛の部分しか現れてこないような気もする」とも言った。

島尾の日本を見る眼は、南島＝琉球（奄美）を見る眼のなかで、徐々にふくらみをみせていったということは確かだろう。そして、見のがしてならないのは、南島に接近していく、あるいは南島を理解していくということは、とりもなおさず妻（という風土）への接近、妻（という風土）への理解というものと同根のものであったということである。

これは「南島＝琉球」を問題にしながら「共同体と暮し」の成り立ち、「家族や夫婦」の成り立ちに想像の羽根をつけて、おもいきりとばしていったといえるかもしれない。

芸術選奨を受賞

一九六一（昭和三十六）年には前年に、講談社から発行された『死の棘』で、第十一回芸術選奨（文部省）を島尾は受賞した。その受賞をいちはやく奄美に住む島尾に電報で知らせたのは若杉慧であった。

電報には「シノトゲガモンブシヨウゲイジユツセンシヨウジユシヨウツウチアリ」と記されていた。それを起点に、あたかも中央の空気が一気に奄美大島におくりこまれるようになった。僻境の地に次つぎと電報類がよせられ、それに呼応して島は湧き、電報、郵便の配達人は島尾宅を往復した。

阿川弘之、近藤啓太郎が「オメデトウ」、庄野潤三が「ウレシイ」、吉行淳之介が「モラッテソンナイ」、奥野健男が「タノシミニジヨウキヨウヲマツ」などの電報をよせている。これらの文面には、その送り人の性格が見えてくるような気がする。しかし、受賞を承諾するかどうかの通知がきたとき、島尾は正直うれしかったであろうが、それより驚きと不安のほうが強かった。島尾は「妻とこどもを犠牲にしてようやく書けた小説なのだ」という複雑な感情をもっていた。

島では全くはじめての出来事であり、熱気がたちのぼるようにさわがれたが、芸術選奨の知らせを受けてからの一ヵ月間、島尾は原稿を書く気にとてもなれなかったという。あるいは、その受賞式にさえ行くことができなかった。このときの心的状況について島尾は次のように書いた。

「死の棘」が「芸術選奨」にえらばれたことを知らされてから、一箇月が過ぎ去った。そのあいだ私は原稿用紙に向かう気持ちが起きてこなかった。それはいま自分でうまく説明しにくいが病的な緊張の中に落ち入りたくない、と思っていたことも確かだ。引き波が目もくらむばかりに砂浜の斜面を後退して行くような、何かしら私の気持ちのなかからペン軸をにぎる力を大急ぎで奪って行くものがあった。（中略）思い切って言えば「小説的な作為」に対する懐疑を全く払いのけてしまうわけには行かないということだ。自分の小説が人々から全く忘れ去られる日の日付けを予定し、その経過を注意深く診察しつつカルテに記録しようと試みてきた行為は、期待とおそれ、希望と絶望など二重の構造をもって私をしめ木にかけてきた。東京の生活をたたみ大島に移り住んだときに、近い過去からとき放されようと意志し、遠い過去はそれだけ遠いところで死んでしまっていると望み、私は生きたまま葬られたと思いこみたかった。

（「受賞のあとの今」）

島尾はそこで「自分の小説が人々から全く忘れ去られる日の日付を予定したりした」とか、「東京の生活をたたみ、大島に移り住んだときに近い過去からとき放されようと意志し、遠い過去はそれだけ遠いところで死んでしまっていると望み、私は生きたまま葬られたと思い込みたかった」といっている。

これは、賞をとってもよろこべぬ、ぬけがらだけになった人の感想ではないか。しかし、そのことは妻の病の治癒のためという一点にのみに神経を集中した作家の内からの叫びといっていいだろう。世間には評価されなくても、妻に評価され、そのため妻の病がなおり、以前の生活のリズムを取り戻せたらそれでいいと、文学の世界をくくっていた切実な声がかくされているのではないか。

さらに島尾は、別のところで次のように書いている。

時期を敗戦後にかぎると、今までに私は七十篇ばかりの小説を書いてきた。それは私の責任！　の気持ちで所蔵し、そのうち、という期待をひそめもっていた。そのうちにどうだ！　というつもりだろう。何篇かを短篇集にまとめる機会も何度かあったが、書いたすべての小説が収められたわけではない。とりのこされたいくつかが痩せたすがたで、いっそう肩をすぼめ、あてのない招待をなかばあきらめて待ちわびながら時にゆだねているふうであった。或るとき自分の書いてきたものなど抹殺したいと思い、ばらばらのかたちで放置されたままやがては忘却の中に埋没して行く過程のおだやかなリズムをむしろ快く感じながらも、別のときは、証拠をいつまでもあらわに目のまえにして置いて、この世を終わるまでの鞭にしたいと思わぬでもなかった。

（「次の白い頁に」）

ここでは三つのことが言われている。いや、作品に対する三段階の見方が述べられている。最初は、すべて書かれた作品は発表したい、むしろ発表の機会を失っている作品を哀れに思うということ、次は、自分の書いたものなどすべて抹殺してしまいたいということ、さらにその次はこれらすべての作品はいつまでも残して動かぬ鞭として意識しておきたいということである。おそらく、このような姿勢の変化は、家庭の問題と大きなかかわりをもって推移している。島尾の内世界はかなり揺れているのだ。

その揺れは、唯一信じきることのできるものは、実際はこの世にはひとつもないのではないか、ということと強く結びついて出てきているのだとおもう。信じることのできない意識の揺れは、家庭内の出来事、たとえば強靱で忠実とおもっていた妻が異常な発作をおこし、全く別の思考軸を立てて自分にせまってくるということもある面では言うことができるであろう。

だが、これだけではないであろう。もっと重要な意識の揺れは、自分自身に差しむけられた劣等意識の片寄りにあるはずなのだ。それは何か、というと自分自身の病ということである。

島尾は幼いころから正体不明の病のとりこになったり、胃の病におかされたりしていた。一九六〇（昭和三十五）年には十二指腸潰瘍で四箇月間もの入院生活を強いられている。そのときの痛みは自分で統御できるようなものではなかったといっている。

この自分の体内に、自分では見ることも統御することもできない異種が棲みついている。そしてそれが力を持ってあばれまわっており、しかもそれは思考や肉体、あるいは精神や気力でも克服できない体内戦争の病巣として存在している。まさにもうひとつの戦争なのだ。自分の力ではどうすることもできないものが、こんなに近くに存在しているという意識は、やはりその人の思考なら思考を揺れに揺れさせるはずである。

島尾の意識の揺れは、現実世界からの疎隔と自己体内からの疎隔という二重性としてそのときそのときに応じて顔を出していたというわけだ。

島尾は、奄美にわたった時点で「過去はそれだけ遠いところで死んで」しまったと感じ、現在は「生きたまま葬られた」とおもい込もうとした。全くそのようなことはできるはずもないと、現実に醒めている島尾自身がはっきり感じていたはずだが、そう夢想した。その醒めた意識は、このような思考を繰り返していくことによって、さらに悩みを増長させていったのである。

第九章　作家と「場所」

東欧および南島旅行

一九六一（昭和三十六）年三月、芸術選奨受賞後、島尾敏雄をとりまく雰囲気がガラッとかわった。まず、三ヵ月後に晶文社から『島尾敏雄作品集』（全四巻＝翌年完結するが五年後には一巻追加されて全五巻になる）が刊行開始された。それにエッセイの依頼が急にふえた。また、翌年には新潮社から『島へ』、未来社から『非超現実主義的な超現実主義の覚え書』が出された。生活的にもいくらかゆとりがでてきた。

これらのこともあってか、島尾は一九六三（昭和三十八）年から一九六五（昭和四十）年までの三年間よく旅行をしている。一九六三（昭和三十八）年はアメリカ合衆国国務省による招待旅行で、アメリカ本土、プエルト・リコ、ハワイ州のオアフ、モロカイ、ハワイ、カウアイの諸島、一九六四（昭和三十九）年は沖縄本島、石垣島、宮古島、一九六五（昭和四十）年は第一回日ソ文学シンポジウム参加のためモスクワ、レニングラード、エレヴァンといったソビエト連邦とポーランドへの旅行である。これまで、ミホのもとを離れることができなかった生活が一変したのである。閉鎖的であったミホの心も膨らみかけてきたのであろう。だが、油断は許されなかった。まず先に、二つの大きな外国旅行を見てみよう。この二つの旅行は、それぞれ性格が違う。島尾は性格の違う旅行を、思想の次元ではとらえないで、精神の自由をかこって、しかもどっちもうまく消化できないというふうな重い気分で旅行したのである。あたかも青年期のころの旅行をおもわせるものがあったといえよう。反面、しかし青年期のように旅行できたといっても背後には大きな不安の層を重ね持っていたということが決定的に違っていた。

東京から住居を奄美の大島に移してから、やがて十年になろうとするが、それはむしろ折々の旅立ちを自分に禁止することを意味した。くずすことに専念してきた家庭を、もう一度だけ築きなおすことが許されるように、当面つとめなければならぬと思えたからだ。私がいびつにした妻やこどもの精神をもとのものになおし近づけることのほかに私の生きる道はなかったかのようだ。そのためには、私は家を留守にして旅立ってはいけない。いつも妻子のそばを離れずにより添って気持ちを注ぎ観察するのでなければ、いったんひずみを与えたにんげんのこころにもそのすこやかさをとりもどさせることはできない。そのとき私はたぶんこの先、旅行に出ることなど望めないと考えたはずだ。

十年が経過したいま、いくつかの小さな旅行のできる状態になっているが、それをそのまま私は享受してよいかどうかに迷いがちだ。さて、禁止のあとのはじめての旅立ちの日に味わった困惑と陶酔は今なお私の記憶を去らない。長い禁煙のあとで煙草を吸ったときのように、からだじゅうに広がる快さと同時に、底にひそみ、おりあらばとびだそうとする目のくらむはき気が私をおびやかした。その後も生活の拡充のために、いくつかの小さい旅立ちを重ねてはいるけれども、いつのときも私の心を覆っていることは、家をはなれていることの不安とだれかられともない非難の目つきだ。そして私はいつも途中の旅行をくりかえしていることになるのかもしれぬ。

（「旅路はいつ終る」）

アメリカの諸都市をまわりながらも何故かすなおにペンが持てなかった。旅行しながらもつい、習性のように考えてしまうのは家族のこと、奄美のことであった。島尾はアメリカを旅行しているあいだ、日本と自分自身を意識しなかったが奄美の島々の存在は強く意識していたのだという。旅行はたしかに、言われているように困惑と陶酔の入りまじった複雑な感情を島尾の心になげかけた。アメリカとソビエトという世界を大きく二分しているかのような二つの大国を、結果としてではあるがそれぞれの組織＝機関をたよってまわったからではない。自分の態度にまったく自信がもてなかったからである。そして荷の重い過去からの視線、あるいは妻の親戚からの視線を意識したからであった。

アメリカを旅行しているとき、島尾のなかでたえずおもいうかべられていた像がふたつあった。ひとつは奄美大島の、あの「リズミカルな方言、目眉の深い人びとの、潮風に焼けた童顔、開放的な集団の八月踊り、なににもまして島民のひとなつこさ、貧しさのなかで海のほうに発散している明るさ」であった。

そのような像が目のなかにはっきりうつってくると、身体の底のほうから力が湧いてくるような気さえしたといっている。それほど強力に奄美は意識されていたということであるが、またその片方では、もうひとつの像、東北が重みをもって彼をつつんだ。

これは二つの像というより、底のほうではひとつに重なってしまうようなものなのである。島尾がある時期に、自分の祖先を追っていって、日本の国家が徐々に形成されていくにしたがって北の方向に追いやられ、遂には全滅的迫害を受けたアイヌに結びついていくということと結びついたものであろう。

島尾はそのころ、どこを旅していようが心象には、はるかかなたの東北の根、あるいは南島＝琉球の古層を手放すことはなかったのだといえようか。あるいは、別の角度から見るとこのようなことがいえるのかも知れない。島尾はどこの地を旅行していようとも、眼は「家族」の方向、生活している根っこの方向を確認していくというように、ますます極少の閉ざされた部分に行ってしまうということ。

また「しかし、さて旅に出てみると、私は少しでも早く家に帰らなければならぬ考えにとらわれ、旅先をひとりきりで歩くすがたはみにくいものとしてうつり、ひとは自分の居所と定めたところを動くべきではないと思いはじめる」というふうに考えるのである。ある面、精神をやられているイメージものぞきみることができる。自分のおかした過去の行為と妻の攻めから手痛いショックを受け過ぎたためなのであろう。

どこの機関の招待でも、どこの国の招待でもいい、島尾はただ、ひとりで旅をするというそのものを「みっともない」ものとして考えてしまうのだ。それほどにまで「極少」あるいは「私的」範囲に思考を立てていくのである。

それは反面、島尾が家族や過去の経験の幅で思考していく、あるいは自分の現在の全体を支えている足裏の部分で思索していくという、きわめて文学的な発想の基盤の根におりているためだとおもわれる面である。そして「ひとは自分の居所と定めたところを動くべきでない」というあらたな倫理の世界に、島尾のおもいは行きつく。

自分自身の過去の経験とあるいは、おのれの居所に固執するのは思想の幅の狭さを意味するのであろうか。必ずしもそうではないはずである。そここそが、すべての思想の発火点なのかも知れないのである。もちろん、島尾を思想家というわけにはいかないが、しかし島尾はそこからヤポネシアという思想をきづいていったのだとはっきりいえる。そして、島尾は自分の「現在」や「過去」とかかわる場合、社会性を導入するということをまったくせずに、完全に個人という範囲から発想し、それがかえって社会性を獲得していくという方法を開示してみせた作家だったとおもうのである。

「その場所」ということ

吉本隆明はかつて、島尾敏雄の初期作品に分け入って、島尾文学の原像をさぐっていった。そこで吉本が指摘したのは、島尾文学の底をトーンとして流れているのは関係意識、現実世界にかかわろうとするときの違和、ちぐはぐな妄想といったものであるということであった。

島尾文学の特質、原世界は島尾の立っている状況や、それとのかかわりかた、あるいは日常生活（家族）にそそぐ眼といったものを追っていくと、おおよそはつかめるのではないか。

島尾は根が自在なのだ。自在というのは、決して自由とか自由人とかいう意味ではない。そのようにしか存在できない、あるいはそれ自体として存在を了解する以外、方法がないということである。

ここでは、まずその「かかわりかた」を像として追ってみたい。

私にとって、あるいはひとりの小説家にとって、内発的な充実を感じつつ表現しうる場所は、もしかしたら、それはただの一箇所しかないのではないか。私は複合の理由によって琉球弧にひきつけられているが、そこを私の「その場所」として享受することはおそらく許されそうではない。そういう場所は自ら選ぶことで定まるものではなく、たとえば宿命とでも言いたいような別な力がはたらくのではないだろうか。私にとって具体的な「その場所」は、はっきりしておらず、それを捜し求めなければならぬ惑乱の中に居るから、それを持つ者に対しての羨望をかくすことはできない。

（「大城立裕氏芥川賞の事」）

これは、大城立裕という沖縄で初めて芥川賞を受賞した作家を念頭において書かれた一文である。大城立裕は島尾とまったく異質の小説家である。大城は「私」を書くよりは「沖縄」を書くことに意味をみつけようとした。そのため沖縄の人々を啓蒙していくという意識が強く前面にでてくる。大城自身「沖縄の私小説を書いてきた」と言っているほどである。

島尾は、ある面で自分には欠けている部分として大城の小説を見ていたふしがある。しかし、人はあたえられたひとつの場所に立って呼吸をし、思考し、行動し、生活していくものだ。それは島尾も言っているように、おそらく宿命のようについてまわっているようなものだといっていい。どんなに島尾が沖縄に生まれたとしても「沖縄の私小説」は書かなかったであろう。これはまた、資質、感性の違いだとおもう。

つまり、人にはそれぞれの特性というものがあって、「その場所」と永遠にまじわらないたぐいの思考の展開をしていく人、「場所」を自覚したとしても、そのこと自体を表現の層にあらわさない人、あるいは逆に自覚とか認識とかいうものを根底に置いていないにもかかわらず、「その場所」の空気としかいいようのないものを自然に出している人などさまざまあるということであろう。

自覚するしないにかかわらず、それぞれの場所の「現在」で人は生きているのだ。ひとはその場所の「現在」で物を見、物を考え、行動し、生活している、そしてそのようなかたちでしか存在できないのである。

島尾は「その場所」はただの一箇所しかないのではないかとか、自分にとって「具体的なその場所は」はっきりしていないと書いているが、まずはその面を島尾の動きのなかからさぐっていかなければならない。

島尾はここで「複合の理由によって琉球弧にひきつけられているが、そこを私の『その場所』として享受することは許されそうではない」といっている。島尾の場合、幼児のころからといってもいいぐらい、ひとつの「場所」に同化しようとおもいつつも同化できないという意識がつきまとっていた。たとえば幼少のころ、急に目が外側の景物を見る機能を失い、そのためますます内側にとじこもってしまったということ、またその延長線上で「そのため母は私を拒否している」という内閉的な関係妄想をひろげていった。

この幼少年期の体験と、はっきりかさなるということではないが、ひとつひとつの「場所」から自分がはじきとばされてしまっているという意識は、外側の力に対してこっちは無力であるという位置のとりかたをしていることだといってもいいだろう。島尾のこの「許されそうではない」といういいかたは、「許されるものならしんそこまで這入りこみたいのだが」という意識が底でたゆたっているのであり、一層悲しい劇性がきわだってくるのである。

すでに「その場所」は、固有の時間の流れと体質を持っていて、自分はどんなにあがいても、そこに這入りこめそうもないという堅牢の世界を前に、弱く立ちすくんでいる像そのものである。これは、決して妄想とか意識の混乱とかいったものが原基になっているのではない。だが「関係の仕方」に違和の心域をはさんでしまわざるを得ない島尾の意識の細やかさがあるとはいえるであろう。

固有の時間や固有の資質を、どうしようもなく意識してしまう、そしてそれを意識してしまったらどうすることもできなくなってしまうという内閉化していく意識をかかえているといっていいのではないか。このような関係意識の問題は、しかし島尾文学の悲劇性として突出しているのだ。

なにか不吉な事態が身に起きれば、すぐ最悪の場合を考え、気分をそちらに移し、それの来るのを待つような姿勢を身につけてしまったとも思う。あるいは性格とからみあっているかもしれないが、しかし特攻出撃をしてしまった者としないで生残った者のあいだには、まったく質の違う越えることのできない隔絶がある。そこは恐ろしい恐怖でささくれだっている。

（「八月十五日」）

ここで島尾は、命令がくればいつでも「死」にむかって出発しなければならない特攻隊生活の「その場所」に目をむけ、それが以後の自分にどのような思考方法を身につけさせたか、ということを追っている。

そしてひとつは、不吉なことが起きれば、すぐ最悪な事態を予想し、身をかまえてしまうことであり、またひとつは特攻出撃して死んでいった人たちと生きている人との間にどうしようもない隔絶の世界が展開しているということであるといっている。

たしかにいわれているように、特攻隊生活は重い意識の流れとなって、島尾の精神を内側から強く規制しているといっていいだろう。青年期に抱く自分の将来や夢、希望といったものを全壊させ、死に自己をきりむすんでいくことで「生」や己れを了解しなければならない「場所」に島尾はかつて立たされていた。

だが、どのような場所であれ、何か不吉なことが起きれば最悪の事態を想像してしまうということは、必ずしもその「体験」に根ざした思考方法だというのではないだろう。まず、何よりもこれまで述べてきた、幼児期、少年期、青年期に一貫して流れていた資質のひとつなのではないか。

その突出した点をあげると、幼児期の、急に目が見えなくなることの体験、少年期の母親の死と死への恐怖の体験、青年期の矢山哲治とのかかわり、あるいは贋学生とのもつれの体験、そして妻との関係・家族間で起きることがら（マヤの原因不明の病気など）など、いずれも島尾は知らず知らずのうちに想像を越える極限のほうに、最悪の方向にひっぱられていっているのである。

奄美の墓

島尾にとって表現のもととなる「その場所」というのは、地理空間的な「場所」のことではなく、まさに自分の足を置くその「場所」から発生する意識空間なのではないか。島尾が前に「具体的な『その場所』ははっきりしていない」と書いていた「場所」は、島尾が生活空間で体験してかこってしまった暗い意識そのものであった。だから「隔絶」はすでに決定されており、意識のふくらみにしたがって、さらにふくらんでいくのだ。

外側で起きることがらを一応、事件というかたちでいうと、その事件はどれも不幸やすさまじさの極からやってきているが、それを受けとめる本人島尾も、不幸の極を身にまとっていて、それがどうしようもない相貌のままかさなり、すさまじい世界を作ってしまう。別の角度から表現ということについて見てみよう。

二つの印象的な墓のことを書いておこう。ひとつは与論島で見た。海浜のつる草のはえた砂丘に三、四基ばかりの墓があって、埋葬中の死体の上とおぼしきあたりには、あばた状のひらたい珊瑚石灰岩のナバン石が、ふたのようにかぶせてあり、その横には首のくびれたところまで砂中にうずめられた骨瓶が、強い日のひかりにはねかえり、うそのように静かに白くさらされていた。瓶はふたでおおわれていたが、ふと私自身が白骨となって、瓶の外に出、南の太陽に髄のなかまであたためられているのかもしれないような気分になっていた。

もうひとつは沖永良部島にあり、沖縄の北山王の王子の墓だと伝えられているものだ。それは壁龕の洞窟の中に瓶におさめられてあるかたちのものだが、その壁龕の前庭の部分が二つの区域のかなり広い空地のまま仕切られ、ただ周囲を城壁のように珊瑚石灰石の石積みで高垣が築かれていた。この沖縄風の石積みにどんな魅力がひそんでいるものか、私はしばらくその場所を立ち去ることができなかった。

（「奄美の墓のかたち」）

これは奄美の島々をめぐりながら、印象に残った二つの墓について書いたものである。ひとつは与論島でみた普通一般の墓。もうひとつは沖永良部島でみた沖縄本島の北山王の王子のものといわれている墓。

もっとも沖縄本島に近く、そのため奄美の南限といえる与論島の墓では、時間でははかれないほどの隔絶と距離をもったもののように映り、しかもそこから抜け出たような自分の像にかさねていく息づかいが感じられる。沖縄本島からさらにひとつ離れた沖永良部島の墓では、闇にねむる人と現世の人とを分けている石積みの壁の魅力に魅せられる目の位置を感じさせるのである。

累々とした死骸というより、弧寂の闇のなかの死人である自分は強い光のなかに立っていると感じてしまうそれ、あるいは壁の美しさに目が行ってしまうそれは、もう島尾の原質そのものではないか。島尾はそのような隔絶と距離を意識しながら書く習性を身につけている。

島尾の思考はこのような展開のしかたをして絶えざる「現在」へ、あるいはひとつの「場所」といっていい意識空間にたどりつくのである。この自己内への回帰、結びつき、あるいは自分と自分以外のものとのかさねかたはあまりにも島尾的である。一章で書いた幼少期のことに今少しさかのぼって考えてみたい。島尾と小説をむすびつけるファクターが見えてくるかもしれない。

関東大震災のあった年の翌年、横浜尋常小学校に入学したとき、「学之友」という雑誌に魚を描いた絵と、かたかなばかりで書いた五、六行の短い文章が掲載されたことがあった。しかも魚の絵は先生がかなり手を加えていて、あるいは母が先生にうまくとりいったため掲載されたのではないかとおもい、うしろめたい気分もあったもののそれ自体はうれしかった。

また、自分の声はあまり良くないとおもいつつも、学芸会の独唱者にえらばれなかったことに納得できない不満を持った。「それはあの最初の魚の絵と、かたかなばかりで書いた五、六行の綴方がもたらした、あやしい観念のなせるしわざと言うよりほかはない」とおもった。

二年生になった年の秋、兵庫県の西灘村の小学校に移ったとき、「学之友」の新しい号が届いたがそこに、もとの学校の友だちの短いたよりが載っていた。それらのことについて島尾は後に「こころのなかで、なにかがくずれ、そしてかたまった。それはきっとこう言いなおしてもいい。私はつまらないことしか書けないのに、括弧づきでもういちど、確認させられる環境があること。そこには私がこころの底で考えていることとは越えることのできないくいちがいが存在しているようなのだ。私は文章など書けはしないのに、おまえは書けるとおしつけてくるまわりが、私からいっそう確かさを奪い去ってしまったこと」（「私の文章作法」）と書いた。

あるいは母が、新聞に投書した自分の文章が掲載されたとき、その新聞の切抜きを大事にしまっていて、ときどき出しては子どもらの前で読んで自慢していたのを「たぶん私が母からゆずり受けることができた」ものだろうとも書いていた。そして「気づいたときに私は小説を書くことを強いられ、そしてみずからもそれを拒まずに月日を流していた。でも私は文章の修業をしたわけではない。私は商人の子。」とつづけた。

やはり、小説家としての島尾の無意識には母の影が深くさしこんでいた。また、次のような文章以前の「性格」を透視する意識もでてくる。

私はほんきで小説を書くつもりになったことがあっただろうか。私は文章の仕組みがわからない。原稿用紙に向かえば、小学尋常科のころ綴方用紙に向かったときのように、一枚を埋めることにめくるめきさえ感ずる。私の頭のなかはからっぽ。どんなことばも出てきそうにもない。それをどうして文章に編みこんで行くことができよう。ただ私の性格に、あきらめの面が強いから、まずあきらめることによってどうにか筆がすべりはじめるのだ。それはいわば文章以前の行為だ。それも、つかえ、つかえ、原稿紙の上に紙やすりの粉がまきちらされでもしているかのように筆がつかえ、思考はひろがって行かない。性格の別の面の律儀さが、その苦痛の続行をどうにかしとげさせる。で、私はそこに書きちらされたことばの死骸の累々たる惨状のあいだをさまよって、読みかえさなければならぬ。

（「私の文章作法」）

何故、島尾はこのような苦しまぎれの文章を書いたのだろうかと不審がる必要はない。島尾がここで「性格」といっているもののなかに「あきらめの面が強い」というのは、おそらく思考のつなぎめの不明確な面、あるいは差異といったものからきているとおもわれる。つながらないものをつなげていく意識、その海のようにひろがる隔絶を感じとることによって、もうひとつの顔をあらたに作ってしまうということにそれは結びついている。

不吉な事態が起きれば「最悪」を想定してしまうということも、おそらくそこと結びついているのだといっていい。島尾の思考は、いつもきわどい線上で結び目を作って走っている。これは島尾自身が「表現」にむかう際、意識するにせよ、しないにせよ、そのきわどい線上にいったん自分を追いつめていることだというみかたもできるのである。

「あきらめ」は、そこにどうしようもなくくぐもってしまうという絶対的なものではなく、もうひとつの顔があらわれてくるまでのつなぎめの役割さえしているのである。島尾にとって表現は、そのような精神の屈伸を経過して持つのだといっていいだろうか。表現以前のひとつの経過であり、それ自体が表現そのものとなっているわけだ。

このような曲折、起伏する精神の流れを持って島尾文学は屹立しているのだ。作家という意識でなみなみならぬ表現形式をもって、多くの作品を書きつづけてきていながら、何故、小学尋常科のころの綴方の一枚を埋めるときにあじわっためくらめくような感じを抱いたのか、あるいは文章の仕組みがわからないといっているのかという問いに迷い、島尾の姿勢を疑問におもうのは見当違いであろう。

カフカを旅する

このような過程、流れそのものが、意識空間としての島尾文学の表現の原基であり「その場所」であるのだ。島尾は、この迷路の奥深いところに立って、謎ときの恰好で一歩一歩影をおとして歩いているのである。

明晰というよりは、よどみのほうにむかって行く、そのありようはそのあたりに原因があるのではないか。

ところで十年ほども前のことになりますが、私に偶々彼（注＝カフカ）の文学が生まれる環境を準備したプラハの町を見る機会に恵まれたことを書いておきましょう。

プラハの町に最初降り立った時、私はカフカのことを忘れていたのです。町を案内してくれた人が或る街かどに来て、ここはユダヤ人街だと説明してくれてはじめて（否ユダヤ街だったと言ったのかもしれませんが）、何か私の心の中で反射し合う信号のようなものを感じ、カフカのことを思い出したのです。

カフカはプラハの町にからみつかれていたはずだ！

そう思うと、如何にも坂道の多い立体的な町の入り組みようが、記憶の底に残っているカフカの文体と重なり合って、ひどく親密な感じで私を襲ってきました。カフカの作品を抱いてプラハの町のなかに潜入してみたい、という欲望がその瞬間猛然と湧きあがってきたほどでした。

（「カフカの癒やし」）

ある時期、島尾の文学はカフカの影響を受けているのではないかといわれたことがあった。もとより、島尾にはそのような意識も、実際上の出来事としてもなかった。だが、ある時期、カフカを意識してみるようになったということはあるとおもう。

それでも、島尾はカフカとの文学世界の相違を、あたかも時代のへだたりのごとく感じていたのではないか。「カフカの作品を抱えてプラハの町なかに潜入してみたい」といっているのは一九六七（昭和四十二）年に東欧を旅行したときのことである。その紀行としては翌年から『文藝』に「東欧への旅」として連載された。

島尾がそこで親密な感じを持ったのは、実はカフカに対してではなく、坂道の多い立体的なプラハの町に対してだった。おそらく、この町には青春の一時期をすごした長崎の町が二重うつしになっていたとおもう。

まさに「カフカはプラハの町にからみつかれていたはずだ！」といっているように、島尾にも同じようなことはいえるのである。そこで島尾は、カフカにとってプラハは表現の原基《もと》になる「その場所」であるという発想を強くかかえているが、地理空間的にいった場合、島尾にとっての「その場所」は、ある時期は長崎であり、そしてある時期は奄美であるといっていい。あるいは、東北がかさなっていたかも知れない。そして、眺望がきくかとおもえば、急に斜断され、まったく見通しがきかなくなる坂の多い町長崎と、底の深い海がすぐ近くにあり、しかもきりたった断崖と狭い敷地しか持たない奄美は、島尾文学の「その場所」のある一面であるとおもう。閉ざされていても何かと開かれている歴史の断層をしめすような場所。

島尾敏雄というと、奄美、沖縄、長崎、東北が印象としてのこるように、ユダヤ街というと、島尾には「その場所」としてカフカがおもい浮かばれた。

島尾はしかし、「私にとって具体的な『その場所』ははっきりして」いないといい、惑乱のなかにたたずむ姿を見せた。しかし、実際は本人の意識しない部分で大きな「意識空間」と「実際的空間」としてそれらの場所があったのではないかという気がするのだ。カフカの作品を抱えて潜入したいといっている町は、おそらく島尾にとって奄美、沖縄、長崎、東北にかさなっている。

余談になるが、『島尾敏雄作品集』全四巻が刊行される際、トビラに写真が必要だということで、島尾はその写真を若杉慧にたのんだ。若杉は何枚か送ったが、掲載（第三巻）されたのは印画の調子も島尾の表情も良くない、撮影者としてもっとも気に入らないものだった。そこで若杉は『VIKING』七号に載った島尾の「翻訳文で読んだカフカ」という文章を読んで納得した。島尾が書いていたのは「私がカフカについて何か言へるとしたら、その材料となるものは『審判』といふ題のついてゐるものを読んだ丈だ。その本にはカフカの写真が一葉ついてゐた。その写真を見て私は読んでみるつもりになつたのであつた。それは彼がいやな顔付をしてゐたからだ。その彼について流布されてゐる注釈は私に一切必要でない」。

たしかに島尾がえらんだ写真は、その映りかたがカフカをおもわせる顔付をし、妙な暗さがあった。

那覇での体験

島尾は、一九六六（昭和四十一）年三月から四月にかけて、長男の伸三と共に沖縄本島、伊江島を、それからひとりで八重山を旅行した。

芝居見物の老婦たちはドルとセントの単位を口にして木戸口をはいり、混血の孫娘づれなどということも珍しくはない。それは町の通りの印象とつり合っているが、なおそこで急いで消え失せるものをなげいてばかりいなくてもいいと感じさせられたのは、なぜだったか。現実には断絶、拒絶、乖離の要素を認めなければならないが、民族を等しくするもののあいだにはたらく了解が、たしかに横たわっている。多少の異和の感じは、かえって日本の画一なあらわれ方を救う変容でもあるかのように、はたらきかけてくるところがあった。もっとも、昔の気持につれもどされた、と言っても、沖縄の土地がらが持つ、亜熱帯と隆起珊瑚礁地帯の性格が、人々の発想や挙措にまでしみこんでいて、そこのところは必ずしも本土の昔に重なるわけではない。むしろ、もしかしたら本土では消えてしまったか意識の下にもぐった要素のひとつが、沖縄、そして奄美や先島のあたりに強く表現されているのだと考えた方がいいかもしれない。それはまた、南太平洋や東南アジアの方にひらけて行く契機や、やわらかな反応を示しにくい、ぶすっとした凝固の本土の顔つきを、ときほぐすはたらきを、含み持っているようにも思える。しかしまた考えの振子がもどってきて、相似の図形のように、沖縄は、本土と瓜二つの顔つきを示すことに気づく。そのときの沖縄の顔つきは、島嶼の限界をきわだたせ、本土のもつ舌足らずな成長度合などを、いっそう強いにおいであおりたて、あらわにするものとしてあらわれてくる。

（「沖縄紀行」）

島尾は、やはり沖縄に来ると本土の画一化された世界からひとつ抜け出した面を感じてしまう。それを彼はひろがりだと見て、ヤポネシアの発想へとつなげていく。そこには、断絶、拒絶、乖離、違和の変容した形があるものの、しかしそれらが自然につながってしまったらどうなるかという発想であろう。ちがったものを、ちがったままで受け入れる、むすびつけるということが、このときの旅での収穫でもあった。

今度の旅で伴った長男に、沖縄のあらましを体験させたかった。しっかりした予定をたてていたわけではないが、ただ沖縄の土と空気を吸わせておいてやりたいと思った。私の場合、どんなにのぞんだところでなることができない沖縄人に、私の長男は努力しないで加わっている。彼はからだの中にその母を通して沖縄の血を持っているのだから。彼の母はもともと琉球弧に含まれる奄美の生まれであるだけでなく、その祖先は四百年前に沖縄から遣わされた大屋子がそのまま居ついたと伝えられてきた。いくら私が沖縄にまぎれこむことに成功したと思っても、にせものであることはすぐにばれてしまうが、私の長男だと、事情はちがってくる。旅のあいだじゅう私は彼をそんなふうにながめてきた。（同）

島尾は息子に対しても違和感を持っているのだろうか。自分がどんなにその空気に懸命になじもうとおもってもできないが、自分の息子は無理な努力をしないでもできてしまうということで、どうしようもない距離を感じているのだろうか。

もしそうであるなら、それは未知な部分、自分が決して至れない部分を子どもが自然なかたちのそなわりとして持っているということでの精神的距離感とでもなろうか。長男が沖縄の血の流れを持っていることは間違いのない事実だが、しかしここでは島尾の発言のなかにたち入らなければならない。たち入ることによって、島尾と家族のかかわり方をさぐっていかなければならない。これは何かというと、島尾が述べている事実関係についてである。

島尾は四百年前、大屋子として妻の先祖は琉球からやって来たと書いているが、その先祖が大平文一郎につらなる先祖であれば、これらの事実関係は一応、保留というかたちでくくっておかなければならない。

なぜなら、ミホは大平家の養子として大和村から加計呂麻の押角部落に来た子どもであったからだ。つまり、妻ミホと大平氏（慈父）とは血のつながりはなく、家族関係はもっぱら精神的なものに依拠してきづかれていたのである。

そのような事実を知りながら、なお島尾がこういう書き方をするのは、ミホへのおもいやりからか、あるいはミホが、大平家の実娘であるというおもい込みから自由でなかったからか、それともほかに理由があるのか――ということが考えられるからである。

島尾はそのミホの観念に、可能なかぎり同調する姿勢をしめしているのにちがいはない。妻の偏執に、島尾は逆に偏執しているのだ。だが、この島尾やミホの偏執の根拠は何か。それは一応、「愛」といっておきたい。

ミホが、自分を大平家の実娘だと偏執しているのは、大平氏に対する過剰な尊崇、敬意を根拠にしているからであろう。島尾が、ミホの偏執を無防備のまま受け入れているのも、ミホに対する過剰なおもいやりを根拠にしているためだといっていい。

この「尊崇」や「思いやり」がお互いを規制し、関係をぎりぎりのところで支えている。めずらしい関係のしかたといっていいのではないか。

あるいは、これはすでに関係というものではなく、絶対意志とひとつの無我が結びついているというふうなものかもしれない。ミホが慈父へ過剰なこだわりの意識をもってむかうその姿勢に対して、島尾は絶対的に服従している。だが、ほかに理由を求めると、それらしいものはあるのである。それは、大平家とミホの本家はもともとひとつの根に重なるものであり、その両家の根が沖縄から来た大屋子につながっているというのは当然すぎるほど当然だからだ。だが根拠が明らかにされていないから、それはひとつの課題として前に進もう。

自転車事故と鬱

一九六九（昭和四十四）年、一九七〇（昭和四十五）年は、吉本隆明が指摘していた「不幸をよびこむ」かのごとき事態が、つぎつぎと島尾を襲った。

ひとつは交通事故であり、次にそれが原因となって肥大化していった鬱の病、さらには父四郎の死、妻ミホの心臓発作などだ。家族に打撃をあたえたのは交通事故だが、島尾は川沿いの道路の右側を自転車で走行しているとき、前のほうからやってきたライトバンにはねとばされて、右足を骨折、入院生活を余儀なくされた。その後、島尾はひどい鬱病に悩まされた。

妻ミホはといえば、島尾の入院中、寂しさのあまり毎晩声を出して泣き通すという生活をおくった。夫が入院したということで、しかも生命には別状ないといわれながらも、夜毎に泣いて夫を偲んだという。おそらく、死をイメージしたのだとおもう。

ミホに対する島尾の位置は、そのようにきわどいところにあった。そのとき、長男の伸三は東京に、長女マヤは鹿児島にそれぞれ勉学のために行っていて、家にはミホ一人が残されていた。

島尾が「現在」とかかわろうとするとき、そこに大きな違和、落差を感じてしまうということを見てきたが、それが家族とのかかわりでは、どう現れてくるのかということにも今一度触れなければならない。というのは、島尾が社会や他者とかかわる場合、そのとばくちでしりごみしてしまうか、あるいは積極的にそのなかに這入っていっても、むこうのほうが固く門戸を閉ざしてしまうという隔絶の動きを感じていたからだ。

島尾の入院生活は数ヵ月間つづくが、そのあいだミホは一人すまいの家で夜毎声を出して泣いていたというのは、ふたりはひとつの肉体であり、ひとつのおもいを持っているという過度のおもいこみがあったからではないかとも考えられる。あるいは、そうおもっていたが実はそうではなかったということに対する絶望、寂しさが身を覆ったからだったのかも知れない。


そのころ私は怪我をして入院していた。

自転車に乗ったまま川原に転落したのだ。

子ども二人はほどなく勉強のためにそれぞれ東京と鹿児島に行ってしまったから、家には妻ひとりが留守を守っていた。（中略）

畑さえいじっていれば思う事は何もない。そう妻は言っていたけれど、私が入院しての不在の頼りなさは格別のものがあったにちがいあるまい。殊に私の経過が思わしくなかった一時期はなおさらのことだろう。

畑が忙しく寂しがっているひまがない、などと笑っていたが、あとになって、本当は毎晩声を出して泣いていたのだともらしたことがあった。

その時分のもう一つの妻の日課は、私に食べさせる昼食のための特別弁当を作って病院にやって来て、そのまま夕方近くまで遊んで行くことであった。

妻がにこにこした笑顔で病院にはいってくると、大輪の花がぱっと咲いたような感じになったものだ。まさか夜毎に泣いていいようなどとは思いもしなかった。

（「海のうねり」）

妻ミホの、夫島尾へのむかいかたは特異である。しかし、それはミホだけが特異、異様なのではない。島尾のミホへのむかいかたも特異なのだ。

「妻への祈り・補遺」で「私の仕事は、妻とそして子ども二人のこころのなかに私が植えつけたしこりを完全にときほぐすことなのだ」といいきったその考えが、島尾を特異にしていた。

やはり、東京で起きた愛人との関係が根のほうにあるのはたしかだが、また、ふたりのかかわりのはじめの異様な雰囲気（すでに両方とも、死をかかえて愛を昇華させたということ）に加えて、慈父との関係がはさまっているようにおもえてならない。

島尾の「家族」のなかでの位置のとりかたは、自分自身を「従」の方向に移行させ、小説家としての自分を滅却させていることだった。

社会とか、他者とのかかわりの場合は、その差異の前で立ちどまり、凝視し、激しい精神の屈伸運動をおこし、さらにそれを表現していくというふうに、日々の激しい移行（凝縮度）があった。そのため、ひとつにかさなるどころか、双方の壁はますます高く、きわどくなり、その距離はだいぶへだたっていった。あるいは、そこでの感受からくる痛みは、書くことによって越えられたかのごとき様相をていしていた。

家庭ではどうであったかというと、差異に対しては、自己を滅却させ、相手の思考回路に自分のそれを合わせて、しかも書くことによって、さらに家族と自分を同一化させていくというふうな方法をとっていたとしかおもえない。

沖縄が祖国復帰する二年前、つまり米軍統治下にあった沖縄に一九七〇（昭和四十五）年旅行したとき、偶然にもひとつの事件に出会った。

戦時中、約二百名の海上挺身隊を指揮する元陸軍大尉の赤松嘉次が、慰霊祭に参列するため来沖、それを飛行場で阻止されたという事件である。赤松元大尉は、戦時中、沖縄本島に近い渡嘉敷島に駐屯していた。ところが、その島でおきた集団自決に深くかかわっていたことで、今でもその名は島民に記憶されている。


でもいったい彼は本当になんの告発も受けることもなく、渡嘉敷島に渡れて、慰霊祭に参列できると考えていたのだろうか。本心からそう思っていたのだろうか。私はどんなふうにも理解することができずに、深く暗いさけ目に落ちこんでしまうのだ。

しかしなんとしてもへんてこな恥でからだがほてり、自分への黒い嫌悪でぐじゃぐじゃになってくるのをどうにもできなかった。なにかが醜くてやりきれない。彼の立場だったら、私にどんなことができるかと思うとよけい絶望的になるし、しかしまたこの状況は醜い、と思うことからものがれられなかったのだ。

（「那覇に感ず」）


島尾は戦時中、約百八十名の海上特攻隊を指揮して奄美大島の加計呂麻島（呑之浦）に駐屯していた元海軍大尉である。

そういう、似たような体験をもっているため、来沖した赤松元大尉に自分をかさねようとする。島尾は、現実にかかわろうとするとき、つねにそのような「かさね」の意識を導入していくわけだが違和、差異をきわだたせ、ひとつの衝撃の端緒を形成するということになるのだ。

この場合はどうかというと、赤松元大尉に自分をかさね、「醜い」という感情をもってしまう。「醜い」という島尾のその場での感受は、具体的に何に対してであるのか明らかにされているわけではない。しかし、島尾はそれを深く追いつめている。ひとつ言えることは、おそらく時間の流れで自分の罪は消え去った、時効になったとおもっている赤松大尉に対してであり、それを「どうしても許さない」として島に来ることを阻止しようと頑張っている阻止団に対してであり、あるいは何よりもこれらの動きを横目で見ている自分自身に対してであろう。

だが、島尾の目は赤松大尉に対して熱くそそがれている。どのような告発も受けないで、慰霊祭に参列できるとおもってわざわざやって来たのか、という問いはいくえにも屈折して、島尾のなかで発せられている。

戦争の渦中で、自分のおかしてしまった罪を、あるいは組織（機関）の代表者として取った行為を、個人という側にもどったとき、どのような反省をぬいこんできたのか、そしてそれをどう表明するために再びその地に行くことを決意したのかが、赤松氏の場合ははっきりしない。

いまは、まがりなりにも一応、普通のいいかたをすると平和的空気のなかにあるが、過去のいたましい体験を背負ったものが、一体どのような意識で死者の霊をなぐさめようという気になったのか、現在という平和的空気に意識がのみこまれてしまったせいなのか、それとも霊の前で自分をさらけだし、自己を痛打するためであったのか判明しない。

いや、判明しないどころか、赤松元大尉は自分を終始弁護しつづけている。それらの心の動きは、やはり同情しつつも「醜い」とおもえたのかも知れない。

そこで島尾も、赤松元大尉に対して「何の告発もうけることなく、渡嘉敷島に渡れて、慰霊祭に参列できると考えていたのだろうか」と問い、「本心からそう思っていたのだろうか」とその態度をさらに疑い、「どんなふうにも理解することができ」ないと言って「深く暗いさけ目」を感じてしまった。

島尾は、赤松元大尉に自分を重ねようとして、その深く暗いさけ目に落ち込んでしまうのである。島尾が社会や他者にかかわろうとするとき、いつもそのようなさけ目におちいってしまうということは、島尾の資質なのである。だが、それが家庭との関係となると、最初から固有の色彩をおとし、空気を同一にしてしまうのだ。

島で考えること

妻、あるいは子どもらとの関係を求めようとすると、島尾は「虚我」といってもいい心域をひろげ、ひとつの色彩でぬりつぶしていく。だが、自分自身の内部を対象化したときもそうだが、何故社会や他者にむかうとき、埋めることのできない違和や虚脱におちこんでいくのだろうか。さらにその辺のことについてふれなければならない。

島のことがわからなくなった。島に来たてのころは、わからぬままにそれを知ろうとした。すると対象はすさって行って、わからないことがその領域を広げた。私はそれを追いかけ深くかかわろうとつとめたが成功せず、いたずらに歳月をかさね、十五年がまるまるたってしまった。はじめのころ、いくらかづつはわかって行くのではないかと思っていた感受も今は痕跡をうすくし、なんにも見えない、と言ってみたくなるほどだ。今までわかった気になっていたものさえ、わからぬ波にのみこまれ、その病巣の広がってきたことが感じられる。

　私はついこのあいだまでこの奄美や沖縄、先島の島々をひとつ残さずに歩いてみようと思っていた。この地帯は私に日本のイメージを広げてくれる場所として写り、それまでの私の日本をはみ出しそしてそれを広げてくれた場所だったのだから。だから実際には困難なことだとしても、その場所をすっかり見つくすために、本気で島々を歩きまわろうと思っていた。しかしそう考えることさえ遠いよそ事のような気がしはじめてきた。


（「奄美の島から」）


　奄美に来てしばらくすると島尾は、日本の歴史から捨てられたかのようにひっそりとたたずみ、自己を閉ざしているこの島のすみずみを歩きまわって、そこを表現していこうと決意したのだった。

　この考えは、妻の病がやや平常にもどろうとしている速度に沿ってたかまっていったのであった。島尾は、真剣に島の全体にむかおうとしたし、また実際、奄美の文化、歴史をひろめていく動きもした。

　何よりも「ヤポネシア」の発信は全国的に注目された。いわば、夢小説に代わる島尾的なるものを発信することができたのは、その根幹に奄美・沖縄、あるいは東北があったからである。なかでも、琉球弧が発想の足場になった。ヤポネシアは、良い意味で島尾の夢小説だったといってもいい世界である。それほどインパクトがあり、イメージをふくらませた。

　あたかも、文学表現の世界で夢的発想を基底にしたものから、実際的な出来事、事実の大きさに表現世界を転化させたとき、自分が足を置いた奄美の「実際」の大きさ、重厚さに、圧倒されたのである。

自分らの生活と深いつながりをもっている閉ざされた島の生活のこまごまとしたものを見、それを手で触れて表現していくことが「残されている自分の仕事だ」と島尾はおそらくおもったにちがいない。埴谷雄高がいみじくも言った〈沖縄を主題にすると香気に充ちた独自の地図をつくりあげる〉という世界に這入りこんでいた。あるいは自分の文学の領域が、こんなところに残っている——と島尾は意識したといってもいい。

それはまた、あの硬質の部分、やわらかい部分は奄美、沖縄の夏の日射し、冬の温暖さそのものではないかということ、その時期の、奄美に関する文章への熱のこめかたにも、それはあらわれていた。

だが、歳月がたつにしたがって、あるいは島のなかに踏み込んでいけばいくほど、島はやはり他人のような顔をして人を寄せつけようとしない。それは何か。島がだんだん日本化していく波調を強めたのか。それとも、島自体の持つ、本来の苦しくけわしい形相が単に顔を見せてしまったのか。

いずれにしても島尾は、あの当時いだいた気負いを完全に喪失してしまっていることに違いはない。島に来て十五年ぐらいにして起きたその辺のことを見なければならない。

では、ここはいったいどこだというのか。それは日本ではない日本、つまり反日本とでも言うべきなのではないか。もとより本土の中にも反日本は埋まっていて掘り起こされるのを待ち受けているはずだ。反日本がはじき出されてしまう日本ではなく、それをも含みもってなお深く広いすがたをあらわしてくるような日本が私の中で明るい像をかたちづくられようとあがく。だからこの島々の存在を感ずるたびにさわやかな風が身内を吹きぬけて行く思いをいだかされていたのに、ここのところ風通しが悪くなり、海の向こうの欠落した日本の方から錆が流れつき、いつのまにか島々にべったり付着してしまっていた。あれほど心はずんだ島めぐりの期待も色あせて、死骸のように硬化した私の心の底に沈澱してしまった。（同）

島尾はするどいことを言っているというべきだ。人は誰でも、関心のむいた方向に力いっぱいむかっていくと、その底の深い、意外な世界に出会ってとまどい、結局そこの世界と自分との距離をちぢめることもできないままに退散してしまうという経験を大なり小なり持っているはずだ。だが、島尾の場合は、それとは丁度逆の性格を持っている。

長く住みついた島と目が同化してしまって、島の特質がかえって見えなくなったということでもない。島そのものが徐々に変容していくことへの憤りが底でたゆたっているのである。だから、つきはなすような表現となって出て行く。

島尾は、日本の欠落した部分を「島の文化の古代性」が豊かに持っているということを見て、気持ちをおちつけることができた。それは文化（生活）をになう人々の底深いエネルギーといったものであり、形跡や資料が残っていないにもかかわらず、十分にその古さを感じさせる重い歴史の像であった。それは唯一、反日本の顔をのぞかせていた。

ところが、島は島そのものの持つ暗い特異性として、異文化や風土を無自覚に受け入れる、あるいは激しく憧れ同化を志向するという一面も強くもっているのである。これが島独特の暗い資質のひとつなのだ。

島尾は「欠落した日本の方から錆が流れ」てきて、「島にべったり付着して」いくのを見てしまったのである。あたかも、長い暗い歴史に光が放たれ、その光をひとときもはなすまいとむさぼりついている島の風土も同時に見たのである。もう、すでに「反日本」をかたちづくるものは何もない。

また、状況的なことをいうと、その年、沖縄は日本への復帰を来年にひかえていた。そして、復帰そのものの本質を問い、日本を相対化する思想（運動）が、極小としてではあるがかたちづくられていくという状況があったこともつけ加えていいだろう。

もちろん、それらの動きと島尾の思考や文章が直接的につながりを持つということはあるはずもなかったが、沖縄に行くと必ず会っていた友人、新川明、川満信一、岡本恵徳らはいずれも「反復帰」の動きをしていた。しかし彼らの場合、いくらか政治思想的な要素が加わっていたこともいなめない。島尾にその色はなかったが、彼らには心を開いて接した。あるいは島尾とまじわる多くの人が彼ら三人といくらか似かよっていたと言っていいかも知れない。そして、あたかも軌を一にして、状況的に沖縄は変容の道をたどっていたのである。その変容していくさまを目の前で見て、島尾は激しく言葉を吐いてしまったのだ。


物ごころついて以来、自分のからだのどこかにいつも違和感を持ってきた。むしろそれがあたりまえの状態と思いたがっているとも言える。ほんとうにからだのどこにも不快を感じない状態を享受している人がいるのか、などと疑い深くもなってくる。だからにんげんは誰しもおなじこと、どこかに悪いところを持っていながら、それぞれにそれを克服し、がまんして口に出さず、或るいはそれと馴れあって過ごしているだけ、とひとりがてんしているのだ。まったく私は子どものときも自分はどうしてこんなにからだが弱いのかというたよりない気分で覆われていた。まず神経が胃の存在から自由であったためしがない。かりに自分に胃などにちっとも気をとられない状態があったとしたらどうだろう。おお、まるで小鳥のような軽々とした快さがまるまる自分のものとなることだろう。しかし何と言っても私は胃から解放されず、この世での同伴者としてこの身にかかえこむことからのがれることはできない。だからそういうかかわりあいこそが人生！　と観念してきたと言ってもよかった。つまり人生は胃の重さと見つけたり、と言った次第なのだ。

（「病身」）

ここで島尾は病のことを書いている。彼は、自分の体内に巣くう病にのたうちまわされるという個人的な痛みの体験も日常として持っていた。

「そういうかかわりあいこそ人生！」という発想を、自然のようなかたちで身につけてしまう。これは「何故自分だけが」と宿命論に行きつくような問いを発してもいたしかたのないものである。自分の力ではどうしようもないものは「自然」というかたちで受け入れなければならない。つまり、異をたててもしかたがないのであり、これに対しては自己を無彩色に「虚我」の状態に持っていかなければならない。それが島尾の姿勢のとりかたであった。

だが、そこで見のがしてならないのは、このような体験を重層的に受け入れていくこと、その処理のしかた、身のていしかたというのは、以後の島尾の生きかたと強く結びついているはずのものだということ。

まず、不利な環境にたたされても、その場所から逃げてしまうということではなく、あとさきかまわず、その場に身を埋めてしまうということである。彼と妻＝家族との関係がそうであり、彼の戦争期のそれぞれのひとこまひとこまがそうである。まさに「これこそ人生！」といういたましい叫びを内面にくいこませているのである。

島尾の病は、胃病もそうだが、もうひとつ妙なとしかいいようのないものがあった。医学的にどういう病名がつけられるのか、はっきりしないが島尾はそれを「眼華」と名づけていた。おそらく、吉本隆明が指摘したように、この病名は芥川龍之介の小説「歯車」からとったものであるかも知れない。どのような病状をていするのかというと、最初、歯車のような、華のかたちのものがちかちかあらわれ、一定時間ものが見えなくなるというものである。この病気は、幼少のころからずっとつづいていたものである。もののかたちが一定時間、消失してしまうということは、外部との関係が一定時間切れてしまうということを意味する。島尾の意識、あるいは眼が他の世界とかかわろうとしても、その世界は途中で切れてしまい、眼は内側の世界にとじこもってしまうということだ。島尾を内側のほうに、体内のほうに追いつめていくのは、このような病と深いつながりがあり、そしてそれは外側の世界に対して強く劣等感をもたせる。

これはいったいどういうことか。私のからだはいつも何かによって違和の中に投げこまれているのに、絶えざる変身を繰り返して決定的におさえつけられることをまぬがれた。それはまったく不思議なこととしか言いようがない。私はいつも追いつめられながら突如変身が起こって解放されることを繰り返しているようなのだ。これがつまり生きているということなのか。とすると、病とは生と言いかえてもいいのではないか。　（同）

病は「生」だということとは、「生」とは病だということと等質であろう。「そういうかかわりあいこそ人生！」という意識と「生」とは病だという意識は、また等質であり、ひとつの根から発せられているとみていいだろう。

　前に次のような文章を引用したことがある。「ただ私の性格に、あきらめの面が強いから、まずあきらめることによってどうにか筆がすべりはじめたのだ。それはいわば文章以前の行為だ」と。

　これは、いったんものを書こうとするとき、その直前に、苦痛にさらされる経験をしてしまうということである。いわば、島尾にとって病は「生」の展開するあかしそのものになっているということである。

　だからかつて島尾が、自分には決定的な体験がない、これは文学表現するものにとっては大きな欠如だといった意識は一考する必要がある。

　島尾の文学の根、あるいは表現の原基としての「その場所」は、自己の内的体験、そこから発生する他とのかかわりかたの方法そのものに求められるのだといえばいいか。島尾の精神空間は、特異な層で形成されている。

　そのひとつは今見て来た病であり、また病と等質である「生」にむかおうとするときの意識や思考の屈折である。

そしてその意識は、島尾が家族とかかわるときの姿勢のひとつをなし、さらに奄美や長崎などの地理空間、社会や他者といった固有世界とかさなろうとしたときの姿勢としてあらわれてくるわけだ。

第十章　帰還と出発

奄美から東北へ

島尾敏雄にとって奄美は最初、自らの命を捨てる場所としてあらわれた。二十代の後半、奄美本島の南側の小さな島に百八十三名の隊員をひきいる第十八震洋隊の指揮官として足を踏み入れた。国を守るために命を捨てるという覚悟をもって。

そして、そこが古事記の世界のような古代性を持っていて、これまで接してきた風土とは違った色彩をもっていたこと、さらにその地に住む村の娘にこころひかれたことが、島尾と奄美を決定的なものにした。その意味から奄美は、島尾にとって決定的な結び目、「深淵」になったといっていい。

命を捨てる場所から「再び生きる場所」へ移行していくのに、戦後十数年間という時間の流れがあった。しかし、「再生の場所」であった奄美が未復員としての意識をあたえる結果になっていく。何はともあれ奄美は、飛翔のまえぶれとして存在していたことに間違いはない。

島尾には、たしかに不幸を発生させて、そのなかで小説にいたるという宿運がついてまわる。

幼いころの、いろいろな体験と病との内的つきあいもそうである。不幸な出合いをした奄美に、長い時間分け入っていったが、どうやらそこも当初イメージしていた特異な貌を変容させ、まぎれもない日本の錆びついた一角という相貌をつきつけてきた。

いや、奄美の変容という一面だけではとらえきれない内的変化が島尾のほうにも起きていたとみていいだろう。「不幸な出合い」であった奄美を完全に対象化しきったように、自身の内面や家庭の事情もおそらく対象化しきったところまで、その時期島尾は来ていたのだとおもう。

いよいよ、奄美での生活をきりあげようと考えたときに、そのきっかけをふくらますかのように数度、東北旅行をしている。これはしかし、「島」への違和から抜け出すために、意識的になされたものではなかった。まったく、自然の流れというかたちでやってきた。

集中して、三度も東北を訪ねたのは、本家の墓の横に納骨墓をこしらえるためであったし、その後訪れたのは一九七三（昭和四十八）年、学習研究社の企画で宮澤賢治が生まれ育った風土を感受するためであった。

島尾は、これまで大小合わせて数度の旅行をこころみているが、この東北旅行は違和への旅立ちではなく、むしろ「同化」への旅立ちであったことは特筆していいだろう。また、島尾はこれまでの流れをこうふりかえっている。

私にとって敗戦は圧倒的に特攻身分の約束の解除としてうつったのだった。秩序の崩壊が自由の顔つきをして近づいて来た。その時点ではなお多くの危険を乗り越えなければならなかったとしても、これからは思いきり自分の力がためされると思い、身内にうずうずする躍動が感じられた。それまで死のわくの中でだけ残余の生を如何に処理するかにつとめてきた私のまえに、無期延期となった死が色あせ、かかえきれぬほどの生が投げ出されたわけだ。何かに強いられるのではなく、自分のやり方でやって行けそうだという感受の中で、不自然なほどの希望が湧いていた。世間の習慣に合わせることが摩擦を少なくする方法だとおもい込むあきらめに似た考え方はむしろ世間への不適合の恐れにさえなっていたが、国の破れという現実がその習慣をも破壊したかもしれぬと考えることで、むしろ希望が見えてきたのだった。（中略）

地方生活の長期間の体験者にとって、現実の沸騰はいつでもあとから追っかけて来るから、歴史の断層をうしろ向きになりながら見ることが出来るわけだ。しかし未来に向かって飛び出す姿勢ではないから、飛び出す瞬間の空しさを敏感に感じとってしまうことになる。まず現在の私のおどろきは、戦後三十年近くも生きてきたということだ。その三分の二近い期間をしかも戦争中に戦闘姿勢で待機した島嶼の周辺で生活してきた。そのことはほかのどこで生活したにしたところで変わったことではないのだけれど、一度復員して神戸と東京での生活に失敗した私は、ふたたび未復員の場所にもどってそこを抜け出さない状況をこしらえてきた側面のあることにも気づかないわけにはいかない。私はまだ復員していないと、ふとそんなふうに思うこともある。するとこの三十年近い歳月の意味がわかってくるような気もするが、それもそんな気がするだけのことかもしれない。過ぎた歳月はどうしようもなく、それをひとつの歴史として見かえることには或るたのしさ若しくは快さがあるが、さて自分が歴史の中に埋没して行く過程のことを考えると、言い知れぬ空しさに襲われてくることからのがれられない。

（「うしろ向きの戦後」）

戦後は島尾にとって「希望」であった。自分の力をおもいきりためせるとおもい、自分を縛るものは何もなく、これからはおもいどおりの生き方ができると考えた。ところが戦後への出発は、最初から、深い傷を負っての歩行であったし、それを島尾は「うしろ向きで歩いてきた」と表現している。

終戦の知らせを受けて「生」を燃焼させて奄美をあとにした島尾は、しかし十年後、再び生活する場所としてそこに戻らなければならなかった。最初の奄美へおもむいたのは軍神になること、そして国家の任を受けてであった。その次は、自分や家族の生活をたてなおすためにと変わっていた。

最初は公的な立場で、その次は家庭的な立場で。「最初は」とか「その次は」とかいうかたちの色わけはできるにせよ、しかし「最初」の体験が、決定的な重さを持っていることは間違いない。「最初」があるから「その次」の体験が重なってくるのだという配列上の問題から言っているのではない。「私はまだ復員していない」という言葉のなかに、島尾は戦後の自己史を、このようにやり場のないかたちでくくっているという本人の息づかいが、みえるからである。

戦後の島尾の生活史は、戦時中の意識にそのまま重なるというようなものではない。多くの屈折と複雑な流れを持っている。しかし多くの屈折や複雑な意識の流れは、奄美という妻の故郷、あるいは戦後出発の原基に戻るということによって、島尾はふりだしに戻った。つまり戦後の自己史を自分で始末したのである。そのため、未復員という意識は最後までついてまわった。

別に、最初からそのことを意識したかどうかということではなく、島尾はともかく「不幸な出来事」を背負って「再生の地」に自己をひきもどしたのである。それが結果として、戦中の傷と戦後の傷を同時にひき寄せる結果となった。

そして島尾は「私はまだ復員していないと、ふとそんなふうに思うこともある」といって「言い知れぬ空しさに襲われてくることからのがれられない」のであった。

この意識は何か。おそらく、あくまでも「むなしい存在」、「うしろ向きに歩いた戦後」という表現主体と現実世界との違和、不適合にその意味は凝縮されているとおもわれる。歴史の流れは、堂々としているのに似つかわしいが、自分のようなものもそのなかに組み込まれているということへのむなしさというより、歴史は大変な誤りをおかしたにもかかわらず、さっさと復員してしまって、戦後三〇年近くも前進しているということへの違和が根底にあるのだともおもう。政治や政治家は生きやすい。いや、そのような意識は何であれ生きやすい。傷つかないだけ生きやすい。しかし、表現者は自分のおかしてきたことに対しては、ひとりで悩まなければならない。そのため、未復員の意識は島尾の生き方からぬぐいさることはむつかしいし、その意識は現実に何か起きたとき、その姿をあらわす。

戦闘をくりひろげ、軍神になるためにおもむいた奄美にもどってきたというのは、たしかに未復員の状態を強いられているかのごとき恰好をていしている。そして、おそらく島尾はそこで「小説家」というよりは「生活者」として自分自身をくくろうと考えたはずだ。「出発は遂に訪れず」という小説のように、命をおびやかす危険からのがれていくことを一日一日実感してきながら、胸をおどらせていたのかも知れない。

だが、「未復員」という状態と「責め」の意識に自己を縛りつけていた島尾は小説家であり、生活者であるという世界を開いていっていた。

島尾にとって、戦争と家庭生活の破綻は運命的なできごとであった。戦争という国家的な問題と、家庭という生活内の問題、いずれをとっても、島尾は中心にいながら中心からはじかれるという生き方を強いられている。そして、どのような問題も、最終的に自己内の問題であり、そのため病はどんどんふくらんでいったのである。

島尾は体内に巣喰う病のほうから外側の動きを見ていくというふうになる。「いい知れぬ空しさに襲われる」という意識は、表現の出発点ではあるにしても、島尾にとって物事の帰着するところであったということは言えそうだ。


私は、日本列島全般をまず視野に入れた上で、いわゆる日本国の外でその歴史の展開を経験した地域をしっかり見据えたいと思っている。その対象として琉球弧がまずもって取りあげられなければならないが、東北もその観点から見直してもいい地域ではなかろうか。もっとも東北の場合は、中央と地続きであるという事情によって琉球弧ほど際立った資料はつかみ出しにくいけれど、歴史を丹念にふりかえってみればそれほど見当はずれのことでもあるまい。

一方私の東北の感受は、浅い東北つまり石城の相馬のものだから、もっと奥の深い東北を感じたい願望があったし、律令体制に馴染みにくかった地域にこそ生のままの東北が残っているのではないかという思いが、たぶん私の渇きを進めてきた。だから今度の旅行に誘われたとき、まず何よりも、ああ深い東北が感受できるという喜びが先に立った。（「奥六郡の中の宮澤賢治」）

日本の王朝史からはみ出て、独自の文化と歴史を築いてきた地域、たしかな手ごたえのある文化と生活のリズムを持っている辺境が、東と南に分極していて、それぞれの顔をむけあっている。文化や思想の顔といったものは、その風土や地域、環境、社会状況といったものと切りはなせない関係をもってあらわれてくるのはたしかだ。文化や思想という言葉が近代のにおいをふりまいているとするなら、信仰や暮しといいかえてもいい。風土や地域の持つ極は、信仰や暮しの持つ極とかみあって現出するといってもいい。

祖母の語った昔話

たしかに島尾のからだのなかには、東北の奥深い血が、脈々と流れていて、それが彼の資質のひとつの側面をつくっていた。中学時代、都会に住む他の子どもたちよりは、ワンテンポ遅れた行動をとっていることなどから、自分の先祖の風土に強い関心を持った島尾は、奄美に住んで歴史の流れからはみ出していたもうひとつの故郷に近づいてゆく。

南島＝奄美は、ある偶然が島尾の眼を奪ったのであったが、自己の資質を無意識のうちにつくりあげていったのは、あくまでも東北であり、島尾はその東北の根に眼を移動させていく。それが、その時期に急に顕著になっていくのである。

私は花巻の平地を歩き、（中略）それらの風景のどこを切りとっても、宮澤賢治の童話と詩のイメージが浸みわたっていた。うらやましいほどに、彼の文学の息づかいと風景のたたずまいがひびき合い、とけ合っている。も早そのあたりの風景は宮澤賢治の文学の支えなしには考えられないほどだ。それも土着の内がわにまくれこむのではなく、地球のかなた宇宙のどこかの調子と融合する透きとおった次元において、そうなのだと思えた。

北上川流域の風景には、あるのびやかさが感じられる。やわらかさといってもいい。悠久の眠りの中の風景。人々のそもそものはじまりの生活が営まれるにふさわしい地勢のひとつの典型。（同）

ここでも島尾はプラハの町でカフカを感じ「カフカはプラハの町にからみつかれていたはずだ！」とおもったように、ここでも同じようなことを賢治にかさねている。「賢治は花巻の土地と一体化している」と言っているかのようである。

東北を見るときの島尾の眼の澄み、輝きがおもいしのばれる。もののはじまりがそこにはあって、ものの暗さは存在しない。いや、幾層にも重苦の暗さはあるが、それはもののはじまる予兆といっていいもので覆われている。そのため、多くの物語がそのままのかたちで眠っている。

賢治を感受するために、島尾は東北の地に足を運んだのであるが、賢治の「イーハトヴ」の幻想性を越えて、なまの東北というか、歴史のはじまり、きざしであるがゆえに歴史からはじきとばされた東北の根に目がむかっていく。そして「悠久の眠り」のなかにある風景を、そっと目におさめ、そっと島尾は出ていくのである。

だが、今、目の前にした風景はいずれも過去のおもいでのなかのひとコマひとコマのように重なってきていることは間違いない。そこで島尾が「はじまりの生活が営まれるにふさわしい地勢のひとつの典型」といっているのは、おそらく自らの幼いころの意識につながっているものだといっていいだろう。典型とは、常にそのようなかたちであらわれてくるものだから。奄美に生活していながら、あるいは未復員の感覚に支配されて暮しながら、島尾の渇きを癒していったのは、これら東北の地勢であった。また、そこは幼少のころ、祖母が夜な夜な話をしてきかせたあの昔ばなしの発生する場所でもあった。祖母のはなした昔ばなしを島尾は、ひとつ紹介しているので引用してみよう。

オイセマイリの道中で若い男と若い女があとになり先になりして歩いた。日が暮れればたどりつく宿場も泊まる宿屋もおなじ。しかしひとことも口をきくわけではなく、翌日はまたあとになり先になりしてオイセサマに急いだ。そしてお参りのすんだ帰りの道中も、ふたりはひとことも口をきかずに来た道をもどり、いよいよ別れるところに来たとき、娘の方がそのふしぎな歌を扇子に書いて男に贈り、男の着物の裾を三針縫って別れた。家に帰りついた男は娘のことが忘れられず、歌と着物の裾に封じられた謎をやっとのことでといて、ワカサの国はミハリ町のマングツヤのオハギという娘を尋ねあて、夫婦になって仲良く暮したという。

（「昔ばなしの世界」）

娘が扇子に書いた歌というのは「恋しくば　たずね来てみよ　十八の国　十五夜お月にぼたもち」というものであった。

昔ばなしというのは、それぞれ内容や意味の世界で多くの流れを持っているはずである。そのなかでも、きわだっているのは教訓的意味合いを物語の底にそっと流しこんで共有するという無言の背景を敷いているようにおもわれる。

島尾も、幼少のころ聞いた昔ばなしを、現在にいたるまで記憶にとどめていて、ときどき自分らに重ねてみるのだという。島尾は、その後、ふたりの長い夫婦生活はどうだったのだろう、それは足で歩く長い旅といってもいいのではないかなどとおもったのであった。そして「もしかしたら私の小説はそれを下敷きにしているのではないか」とさえいっている。もちろん、この物語自体を特別にさしているのではなく、祖母の語った昔ばなし全般ということである。

以前島尾は、小説を書く「その場所がはっきりしていないため、それを捜し求めるという惑乱のなかにいるのだ」といったことがある。そしてここでは「私の小説はそれを下敷きにしているのではないか」とさえいった。


私は彼をてっきりソーマの若者と思っているから、ワカサとソーマから出てきたふたりの出会った所はどこらあたりだったのか、なかなか辻つまの合わない気持ちがしながらも、ひとことも口をきかずにあとさきになって歩いた道中の姿があざやかに刻印されたのだった。

それは男女の出会いの理想のかたちのようにも思われ、しかし夫婦になったあとは退屈になって喧嘩はしなかっただろうかなどと思ってもみたが、足で歩く長い長い旅と無言の道連れという主題が、ふと或る治癒の力のような具合に私の心の中によみがえってきていて、折りにふれて私の気持ちを検索してくるのである。（同）

無言の歩行。祖母が伝えた昔ばなしの全体から受ける最初の感じは、そのことであった。そして、無言の歩行のなかにあっても女は男へ対して、言葉では直接いいあらわせない愛慕の情を抱いていた。この物語が豊かに古代性をつつみ込んでいるのは、女の愛慕のうちあけかたであり、またその愛慕のふくらみかたであるといっていいだろう。

無言の歩行。女は無言であっても愛慕の情でおそらく燃えている。そして一旦、おまいりという目的をなしとげると、そのおもいを打ちあけるのだが、しかしそれを直接言うのではなく、ひかえめなかたちで、あるいは呪的歌謡をなげかけるという古代をふりまくかたちで表現していくのである。

そのため、男女のなかには、道中の重い時間の流れが風のようにながれていく。男は、あとになってそれに気づき、女の里に行き、ふたりは結ばれる。島尾が注目したのは、「ひとことも口をきかずにあとさきになって歩いた道中の姿」であった。人間は結局は、こんな生きかたをしているのではないか。漂泊と恋。抑制された生と解放を願う歌。あるいは心のゆらぎを呪的に表現するしかない深くて暗いおもい。

そこに「男女の出会いの理想」をさえ見ている。あるいは、足で歩く以外ない長い長い旅と、無言の道連れという主題が、ふと治癒の力になっているともいっている。ようするに男女の関係の原像をそこに見ている。

この昔ばなしの前半はオイセマイリに主題はおかれ、目的をはたしたあとの後半は男女の恋に主題が移っていく。また、物語で主要人物である娘は、強くそのことを自覚する人間として登場しているとおもわれる。娘が自覚していること、そして娘のほうから「解いてみてください」と謎かけのような歌で恋慕の情がうちあけられるということは、この物語に「古代の自然」が生きつづけているからだとみていいだろう。そして、全体のトーンは「意識の抑制」といってもいい世界だ。

オイセマイリというのが、物語の主要部分で、オイセマイリを達成することによって恋も成就するという、意識をさらに高みの信仰の世界につなげて、人々の意識を規制するトーンとして出されているとおもわないわけにはいかない。

島尾は、この昔ばなしから、夫婦になってあと、退屈しなかっただろうか、そのため喧嘩はしなかっただろうかとか、あるいは足を地につけて歩きつづける無言の道連れという重い現実意識を呼び込んでいく。

それは、まぎれもなく虚構のふたりに実在感を与えようとする意識の働きをともなっているはずだが、それと同時に「自分にとってあやうい現実」を虚構のふたりにあてはめていくということを無意識にしているのだとおもうのである。

無言の道づれのなかには、すでに関係といえるようなものはなく、ただひとつの方向にむかって流れるという像が強く残る。だが、まったく関係がないというのではない。おそらくふたりは、オイセマイリというのを中心においたつながりを持っている。そのため、三つのうちどちらか一方でも欠けたら、その流れもかわっていくというありかたをしている。ようするに、三つの流れは、補塡し合ってものがたりの筋を成立させているのである。

奄美を出る

一九七五（昭和五十）年四月、いよいよ島尾は、奄美を出ることになる。十七年余勤務していた県立図書館奄美分館長を一日付けで辞任して十三日、鹿児島の指宿市に移り住んだ。そこでは鹿児島純心女子短期大学の教授（文学）となり、学園図書館の館長を兼務した。

奄美には二十年住んだが、それが長かったのか短かったのかはわからない。今度そこを出て鹿児島県の指宿の町はずれに転居したのは、もとのさがに従ったまでのことだと思う。いつのころだったか、島の生活を脱け出したいと考えはじめたのは、均衡をとりもどしたいという深層の辺の意識からかもしれなかった。その考えは次第に太ってきて、島での生活が息苦しくなるところまで追いこまれてきた。しかし土着志向のない私が容易に住めるところなどどこにもあるわけではなかった。私の両親とその先祖は東北の入口のあたりだから、いっそのことそこに住んでみようかと考えたこともあった。また静岡や福岡、神戸、沖縄などと揺れ動いたが、いずれも結実しなかった。離島に住む事実は現実的な行動を制約し、近い所をしか探すことができなかった。

（「二月田での思い」）

島の生活から抜け出す、という意識は徐々に日本化していく島への違和が、その根底にあることはまちがいないが、同時に「未復員」の状態から出て「復員」するという低音部の響きが包蔵されていたこともまた、事実だとおもわれる。奄美の変容と島尾自身の意識の変容、あるいは家族間の事情の変容といった、さまざまなものがそのなかには含まれている。

暗い坑道を、あたかも自己の身の処し方のきわどいところから、検証をくりかえすごとき眼をもって「島の実在」にぶつかっていった島尾は、「未復員」というありかたにからめとられてしまっていたのだった。あるいは、家族の生活をたてなおす行為は、十分なしとげられ、家族の主要な位置を占める子どもたちは、すでに島を巣立っているということも大きな理由を占めていたであろう。

島尾はここで、移り住む場所について静岡、福岡、神戸、沖縄などをあげている。しかし、結局そのどちらも実現していない。島尾は揺れ動いていた。それは、これまでの移住が「生活」の必然にうながされてのものであったこととは、思考の次元が異なっていたからである。このようにしか動けないというふうに、あたかもひとつの宿命に沿って動くかのような移住の形態をこれまではとっていた。

奄美への移住もそうであった。しかし、現在立っている場所へ、息苦しいほどの違和を基層にした理由のもとで、次移り住む場所を詮索しようとするとき、島尾はさまざまな思考におどらされてしまう。おどらされるというよりは、そのひとつひとつの場所に目が行って心の揺れを感じてしまう。

それは、胃病とか家庭の事情とかいったものとは切れたところであたかもこれから出かける旅への道程を夢みるような、心地よさと不安の揺れを経験しているといってもいいのではないか。

島に「土着」する人たちにとって島尾は、「近代」の顔をして立っているという一面もあったはずだ。思考の組みたてかたや、発想、表現への歩みそのものに土着とおぼしいにおいもあるものの、やはり生活の現場に立つ島尾は近代あるいは漂泊の相貌をしていたといっていいのではないか。

「近代」というより、あるいは「土着を覆う風」とでもいったほうが、すっきりするかも知れない。風は、流れ続けなければならない。

「島での生活が息苦しくなるところまで追いこまれてきた。しかし土着志向のない私が容易に住めるところなどどこにもあるわけではなかった」という感受は自在な風をイメージさせる。先になったり後になったりして歩き、しかも一言も口をきかないオイセマイリの男女の昔ばなしの像も浮かんでくる。ということは、アマミマイリを終えて、新たなスタートラインにようやくたったということなのだろうか。さらに引用を続けてみよう。

もうずっと昔のことになるが、まだ幼かった私が、東北相馬の母方の祖母からきかされたひとつの話が思い出されてくる。常磐線の蒸気機関車に乗り組んでいた一人の若い機関手が、勾配がきつくなって機関車があえぎだすような場所でふと外に向ける視線の先に、いつも目に写る一本の百合の花があった。一度あの百合のそばに行ってみたい、と彼は思いつめ、休みの番の日に仲間を誘ってその場所に行き、いつも機関車の上から眺める百合の花を探しあてた。ああ、この花だ、と彼が手折ろうとつと伸ばした手の甲に、花の根方にひそんでいた蝮が飛びついたのだ。思わず引っこめた青年の手に、食いついた蝮がだらんと縄のように垂れさがったという。いずれ仲間に介添えされて病院に運ばれたのだが、手当てがおくれて毒がまわり、その青年は死んでしまった。

（「刹那の景色」）

この話は、人がふだん感じているある種の観念世界をよく、照らしだしたものだといえよう。そのため、民話風の内容を含んだ筋だといっていいだろう。常磐線の機関手と現代風にいわれているその男は、別に機関手でなくてもいい。いつも同じ道を通る馬引きの主でもいいし、行商でも隣村の若い農夫でもいい。祖母が、この話にある意味性を持たせたとすれば、それは心優しい男の悲劇ということではなく、野の花は折るべきではない、あるいは常軌を逸してはならない、好奇心につられてはならないという教訓風なものがまじっているといっていいだろう。

だが、祖母がこのような意味づけをこの話に盛ったとしても、それを受取って、再現した島尾の話の部分からそう受取るかどうかは、また別問題である。

それは何か。簡単に言えば、主人公機関手の位置である。通りすぎる、あるいは通過するだけの位置から見る外側の世界は、強い憧れのまとになるが、いったん位置を、いつも見ている外側の世界にずらしていくと、手痛い負性、「悲劇」の場面に転じていくということだ。美しいとおもうことは、あくまでも内面の問題だが、それから一歩すすんで、実際の行為に及ぶと、手痛い結果を招き寄せてしまうということ。内面のおもいと現実のへだたり、差異をいっているというふうになる。

島尾が、ここで祖母がかたった話として引用しているのは、車窓から瞬間、視野に入ってくる風景と、その風景に同化したい意識の働きをのぞきみるためであった。実際に、そのような場所が目の前にあるのだが、どうも祖母の話がおもいだされ、ためらいが先に出てしまうとなれば、祖母の話は十分、教訓を発揮していることになる。そして、島尾はそれを検証している。しかしそれだけではないかも知れない。

同化志向という面をとると、島尾は自分以外のものと自分を重ねよう重ねようとしながら、暗い裂け目におちこんでいくという心的経験をなんども体験してきている。これは、祖母の話が根にからみついていて、意識面や行為をことごとく規制しているかのごとくではないか。

そこでおもいだされるのは、奄美との関係であろう。島尾は最初、奄美をひとつの桃源郷と位置づけていた。そのため、島の深いところまで降りていきたい、島々を自分の足で実際に歩いてみたいとおもっていた。それはあたかも、自分の文学の根に行きつくという気負いのようなものさえ感じられた。しかし、島は貝のように深く自分を閉ざし、島尾の意識に「違和」として現出したのである。あるいは奄美は、すでに桃源郷というより、未復員のまま自分を規制し、閉じこめてしまう辺境というかたちで現実化したのである。

祖母の話のように「行ってみたい場所」と決めていた世界でも、これはあくまでも観念が優先した世界であり、それが観念を越えて、実際にその世界に走っていくと、まったく別の世界を展開しているということを、島尾は経験しているのである。

流浪には流浪の現実世界があるわけだが、その世界と土着の現実世界との間には大きなへだたり、違和が横たわっている。それは島尾が「山百合はやはり野に捨て置いた方がよいのかもしれず、私の車窓からの景色は刹那の一瞥にまかせていた方がいいのかもしれない」というところに、重層化した意識のねじれを見るのである。自然はそれぞれの位置で、自由をかこって流れているほうがいいのである。

島尾は、無理して奄美に土着する必要はない。「車窓からの一瞥」とはいかなかったが、そのため島尾は多くのものを、良い意味でも悪い意味でも南島＝奄美から体感した。島尾は以前、島の尾という自分の姓にある宿命的な感じさえ持つと書いたことがあるが、島の尾を出るにあたって、「島の生活を脱け出したいと考えはじめたのは、均衡をとりもどしたいという深層の辺の意識からかも知れない」と書いたのであった。

この均衡をとりもどしたい、という意識はおそらく、戦後三十年近くも生きてきて、しかもその三分の二近い期間を奄美ですごしてきたということから、観念のバランスをとりたいという発想があったのである。しかし、奄美での生活が「未復員」のごとき不幸をかこっていたものであるにせよ、この場所で日本文学の最高峰といってもいい小説『死の棘』が書かれた事実は動かせない。つきつめて言えば、奄美での二十年間が今日の小説家島尾敏雄を誕生させたのである。

再び漂泊へ

島尾敏雄は、一九七八（昭和五十三）年に「湯船の歌」というエッセイを発表している。自宅の庭先から二十メートルほど離れたところに温泉があり、その温泉で身も心も休めている部分を描出したものだ。まさに「ああ、別天地」という気分が溢れ出てくる解放感の濃い状態を正面から描いたエッセイである。

そのため、気鬱も文学も這入りこめない気楽さと至福のときを体感させている。水を得た魚という通り一辺の言葉がとびだしてくるような状態とさえいっていい。

「清水港」とか「目んない千鳥」とかの歌謡曲をこぶしをきかしてうたっている島尾敏雄はイメージしにくいが、しかし彼はそこでこの歌をフシをのばしたり、バイブレーションをきかせたりしてうたって過ごしたのである。たしか『日の移ろい』で、長い気鬱が溶けかけて、旅先の宿の湯船で歌をうたいだす場面があった。それをおもいだした。

日頃の業務や、図書館の前の修理工場からきこえてくるラジオの音や、それになによりも観念の重圧と気鬱病に耐えていた島尾が、なにかのきっかけで旅に出、そこで病が溶解していくのを、湯船ではっきり感得したというものだったとおもう。

暗く長い気鬱のトンネルを懸命に走ってきて、やっと抜け道に出て、溢れる光に全身つつまれているというイメージである。では、この「湯船の歌」で表現されている世界はどう考えるべきだろう。

おそらくそれは、長いあいだ未復員の意識をかかえて、最初の「死に地、奄美」で生活をしなければならなくなった、それからの解放感が光のようにドッと溢れ出てきたというふうに見ていいのではないか。『日の移ろい』での湯船での歌も病が遊離していくということからくる、愉楽を内包した気分がなさせたものであった。

透き通った、しかも裏声がどこまでも伸びていく、物寂しい独特な民謡を持つ奄美で、演歌をこぶしをきかせてうたうという像は似つかわしくない。だが、奄美を出るとそのイメージは違ってくる。そこでは、おそらく奄美の民謡を物寂しくうたっても、演歌をこぶしをきかしてうたってもサマになるのである。

本来、土着とはそれ自体の特有の世界を持っていて、他の世界との融和を拒否する堅い色彩を持っている。一方、流浪は一般性からかなりへだたっているため、逆にどこでも生きられる。あるいは観念として、流浪は土着を希求してもおかしくないが、土着が流浪を希求することはおかしい、あるいは危険でさえあるという相に結びつくものだといっていいのかも知れない。

奄美を出て鹿児島指宿に移住したときの島尾の気分の解放感をおもわないわけにはいかない。それは、このような解放的な気分を、おそらく奄美での生活環境のなかでは、体験しようがなかったということになる。

だが、島尾はそこでの生活もわずかの期間におしとどめ、神奈川県茅ヶ崎に移っていく。


さて一挙に湘南の茅ヶ崎に移ってみると、いよいよ自分の土着性の欠如があぶり出されてくるのを覚える。目に見耳に聞くすべての物事が旅先で写るそれと似ていて、その中でのからだのはずみに気づくと、長いあいだの呪縛がほどかれてしまった気分にもなってきた。何と言っても地方では画一によって押さえつけられる窮屈さから逃げられなかったから。それに生まれて此のかたの居所の転移のあとを考え合わせると、わが身の漂泊の傾きは如何ともしようがない。どこに移り行くかは定まらず、それは自分のすがたと思うほかはない。

そして新しいこの土地の空気に合わせようと活動しはじめたからだのうずきを、あらためて新鮮に感ずることが、予期したことながら珍重な体験に思えるのだ。そしてそれは甚だ快い刺激である。


（「南の糸」）


土着も結局は、強い画一の驕りを強いる。南島＝奄美は、未復員という呪縛を内面的には強いたが、また別の極からは画一の重圧を強いた。

そのような意識をふっきるため一九七五（昭和五十）年四月、鹿児島県指宿に移り住んだのだが、一九七七（昭和五十二）年九月には、また神奈川県茅ヶ崎に移住している。つまり鹿児島には、わずか二年ぐらいしかとどまらなかったわけだ。

ここで島尾は「わが身の漂泊の傾きは如何ともしようがない。どこに移り行くかは定まらず、それは自分のすがたと思うほかない」といっている。この意識は、立ち向かうよりは流れを受け入れてそれに従うしかない、これまでもそのような身の処し方をしてきたという変形した捨て身の意識があるといえよう。自分の対立項をさだめて、それとの関係をきわめていくという生き方ではなく、そのままの自然を受け入れる以外、手だての方法がないという世界を、島尾は生き方の根に持っている。

そのため、意識は極限のほうで傷を負っていく。「たたかう前に破れる」のである。このような内面には社会や第三者は浮き上がってこない。社会や第三者はすでに不可抗力の世界としてきわだっているため、最初から島尾の意識外にあるのである。『死の棘』の十章「日を繋けて」で第三者の女の側に主人公「私」がつかないで、妻の側に立ったのはおそらくその意識が作品に底流していたためであろう。

しかし、それはそれとして、この漂泊の傾きは島尾の根に強くからみついているのだ。おそらく、それは出生以前の世界から通じているものといってもよさそうな世界である。それでも土着の欠如と漂泊の傾きといっただけで、島尾を語れるわけではない。むしろ、その逆の世界も島尾は文学の根のほうに持っているのである。島尾ほど、土着の香りを満面にあふれさせている作家もめずらしいとおもえる。

漂泊の文学

今、作品を解説をする余裕はないが、『死の棘』の十章「日は繋けて」の部分で、妻につく場面の意識は、土着志向というわくでくくっていいのではないかとおもう。あるいは、家を建て直そうという意識は土着的色合いの濃い世界だといっていいかとおもう。漂泊ということを文学のほうからさぐっていくと、初期のいわゆる「夢文学」あるいは「放浪的小説」の世界に濃く表現されているといっていいだろう。

この世界と病妻小説との相克は、島尾敏雄という作家の内世界で大きな意味を持って分岐しているとみられる。島尾は土着の香りを強く持っているといったが、それは島尾が「根」をたえず意識して追っている小説家だからである。

今ここで感情の傾きとして感じられるのは、妻＝土着、愛人＝漂泊という図だ。漂泊・流浪を夢小説にたとえると、それを屍臭が漂うとみなした時期があった。よって、これを拒否して妻に徹底して服していく生き方をした。

ここから再び漂泊・流浪の感情に傾くとすると、島尾の無意識がキャッチしたものは夢小説へいどむということであったのではないかともおもわれる。

それは自分の立っている場所に、いやおうなく目が行ってしまう、あるいは物ごとの根源にりて発想していくそのありかたが、そう見させているのかも知れない。「違和感」とは、現実につこうつこうという意識が、結局は、そこに理解しえない、重なることのできないみぞを見つけてしまう意識のことだ。あるいは、どこまで行っても納得し得る位置に立てない意識のことである。おそらく島尾は、根にむかっていくその分だけ違和を体感していたのかも知れない。その意識は、土着と漂泊の微妙なたちの局面をあらわしていく。

だが、また気鬱という病があらたな局面をさしだしてきたことも重視しなければならない。

それと気づかずに気鬱の中に居た過去では、気鬱など私には訪れてきてはくれまい、などと思っていた。気鬱の中に或いは私は文学の培養基のようなことを思いみていたのかもしれない。しかし事故のあとで気鬱の症状が自分の上にあらわになってきてみると、それははなはだ不毛の状態であることを思い知らされた。それと気づく、ことは不幸である。私には既に文学などどうでもよくなってしまったのだ。私の当面の関心事は、気鬱から脱出することでしかなくなった。気鬱を気鬱と感じないで、ふだんの時の流れをいきいきと体感すること、を私は渇望したのだ。それが手に得られるならば、文学を売ってもいい、と私は思った。だから私のそれからの文学的営為は、ふだんの時の流れを買うために、それを手放しても悔いないことになった。私は自分が病人であることを自覚しはじめたのだから、その病を癒すためには、文学的営為をその処方のために使うこともためらわない。

（「文学的近況」）

島尾は性癖として、不幸を呼び寄せる意識を持っているといわれた。あるいは漂泊感覚とでもいっていいような、あやうい事態のなかに自己を立たせる願望を、心のどこかに強く持っている。そして、その呼び込みは、あたかもその意志が通じたかのような恰好でやってきた。これとは違うが、これと似たような経験は誰でも持っているとおもう。

島尾のそれは変わった様相で、観念も身体も縛っていく。島尾は以前に、自分には悲劇がない、悲劇の体験のないものは小説を書く資格はないという意味のことを言ったことがあったが、それに実際対応するかたちで、漂泊をつづけ妻に心因性の病が起き、生活がガタガタになっていくということが起きた。

そして今度は、気鬱をのぞみ、それを文学の培養基にしようとすると、実際に気鬱はやってきてその世界でのたうちまわる結果になる。

この状態を見て、祖母が昔ばなしをした機関手の悲劇性の話をおもいうかべる。それはまた、島尾の一連の行動、観念世界と実際の世界とのギャップに痛打されている像に結びつくと言ったほうがいい。

この場合の気鬱は、文学の培養基として車窓から一瞥された花のごときものだった。培養基は培養基として漂泊の窓から眺めているだけでは、何でもなかったのだが、実際に土着の志向を持ち、それを実現すると、大変な世界の展開が待ちうけているといったあんばいなのである。小説家になるという過酷なイメージが重なっていく。

漂泊と土着のないまぜの意識は、島尾をその二極からせめさいなむ。島尾文学の底に、どうしようもなく流れている「不幸性」は、おそらくそのような二極の意識空間に自己がつながっているからではないか。

短い雑文を（と言っても私は自分の文学的営為の中でそれらをほかのものと区別はできないのだが）除いて、私は例の事故のあとは、私の気鬱の症状をそれ以前とそれ以後ではその様相を分つことになった東欧の旅の旅日記をつづることと、気鬱を自覚してからの日々の移ろいの日記（注＝『日の移ろい』）を書きとめることが、私の文学的営為となった。

この二つは、いくらか前後して、やがて平行しながら、かなり長いあいだ、よろよろよろけつつ二つながらに書きついできた。（中略）

旅行記も日記も、そうした過去の呼びもどしには恰好の手がかりとなるようであった。私は多分本能的にその効果をかぎつけて、旅行記と日記の書きつぎに時の流れをゆだねたにちがいない。かくて私は自分の文学的営為の活力が次第に衰えてきたことを感じないわけにはいかないが、それは当然の報いと言わなければなるまい。ふだんをふたたび取り返すことができるなら、文学はとにかく売ってもいいと考えたのだったから。（同）

島尾は、文学にむかう意識と、病とたたかう意識にさいなまれている。文学の根が、そもそも病そのもののなかにあるという逆説を言うべきだろうか。

文学を売ってもいい、といっているが、島尾文学の奥深いところに巣くっている病の意識は、確実には問われていない。島尾を呪縛している意識、つまり漂泊と土着も底を掘っていくと（かつてエッセイ「病身」でいった）「病とは生と言いかえてもいいのではないか」といった意識の岩盤にぶつかってしまうのではなかろうか。

病とは生のことだ、という言葉は、また病とは文学のことだといいかえてもいい意識空間である。だが、これは詭弁にしか映らない。実際の病は理屈ではおさまらない、ひどい世界だからだ。

島尾は妻の病を癒すために、棄ててもいいとおもった小説を書きだした。そして今、ふって湧いたような自分の気鬱の病を癒すために文学を売ってもいいとおもいつつ、『夢のかげを求めて』や『日の移ろい』『続 日の移ろい』を書いてきたといっている。「夢文学」と「病妻文学」それに「紀行・日記文学」といったものは、それぞれの相貌をもって島尾のそれぞれの時期の心の揺れと歩調を合わせて現れているかのようだ。ということは、やはり島尾文学は自身の内奥をきりもみするような極限の病を根拠にしているといっても言い過ぎではないとおもう。重層化した相乗的かねあいを病と文学がになっているというあり方を、引いては打ち寄せる波の永続的な動きのように見えたりするのである。

再び夢小説へ

島尾は、奄美を出る時期を前後して、あるいは鹿児島指宿に移住した二年間、神奈川に移っての二年間、小説を書いていない。このへんのことを次の文章が示しているのであろうか。

いつしか気鬱は屛息していたのだ。すると徐々に小説を書きたい気持ちが起こってきたが、筆を執る決心はつかなかった。足の傷が癒えてもしばらくは歩けぬのと似た状態だったろうか。私は無理に歩こうと試みた。しかしもともと貧しい想像力は涸れた井戸と変わらず、私小説の手法のままに律動にこだわった癖が直ってもいない。過去を咀嚼することによって辛うじて小説のかたちをかたちづくるを得たかに見えた私のイメージ源であるその過去も痩せ果ててしまい、失眠の夜の眠り誘いにしか使えない。展望のきかぬこの黄昏の砂漠の中で、さてどうしたものか。

（「黄昏の砂漠」）

この文章のなかから、一体何を読み取るべきだろう。「想像力は涸れた井戸」と変わらなくなったとか、「イメージ源である過去も痩せ果てて」しまっているとかいっていることを、そのまま信じることはできそうもない。

おそらく、この文章は創作意欲の前ぶれと見たほうがいいのではないか。なぜなら、この年一九八〇（昭和五十五）年に「踝の腫れ」（『新潮』一月号）、「亡命人」（『群像』一月号）、「痣」（『文藝春秋』二月号）、「石造りの街で」（『海』七月号）を書いている。しかも、五月には晶文社から『島尾敏雄全集』（全十七巻）の刊行がスタートし、八月に沖積舎から『月下の渦潮』が刊行された。

再度、ここで繰り返すと前にも島尾は「私の頭のなかはからっぽ。どんなことばも出てきそうにもない。それをどうして文章に編みこんで行くことができよう。ただ私の性格に、あきらめの面が強いから、まずあきらめることによってどうにか筆がすべりはじめるのだ。それはいわば文章以外の行為だ」といっていた。

誰も「創作の泉」を身体の内部《なか》に持っているわけではない。どんなに多作している小説家でも、その内奥は、つっかえ、つっかえしているはずだ。そのつかえの状態とか、あるいは想像力の問題とかいうものと真に出会うためには、小説家は絶対に表現の姿勢をとりつづけなければならない。島尾は自らの想像力を涸れた井戸にたとえ、あるいは痩せたイメージ源のことをいっているが、実はそれは「文学以前の行為」の一種である自己滅却の方法なのだといってもいいのかも知れない。

島尾は自分自身を濃い存在として表面に出さないにもかかわらず、その実どうしようもない実在感を読者に与えるようなありかたをしている典型的な私小説家である。自己を滅却しても、その存在と言葉は濃く残ってしまうのである。

少年のころ、宗教の世界にのめり込んでいって、自分は神の子だといいはり、母親と対決していったあの意識は、自己滅却の地点で存在感を主張している像だといっていいだろう。しかし、この場合は幼いおもいこみしかおもてに出てこないが、このにがい体験は以後の島尾の世界に様々な色合いとおもいを身につけさせたのではないか。その意味で、重要な体験のひとつといっていいだろう。

ともかく、この時期、気鬱の病はひいていった。おそらく、そのせいだとおもうが島尾は多くの作品を書いた。それをみると、まず一九七九（昭和五十四）年には「誘導振」（『新潮』一月号）、「擦過傷」（『新潮』六月号）、「過程」（『海』七月号）、「水郷へ」（『文学界』十一月号）といった一連の作品を書き、この流れは翌年にもつづけられた。

夜は就床のあとすぐに入眠できることを願っているが、なかなかそうはいかない。では寝つくまでに輾転反側して苦しむのかというとそんなではない。たとえば障子の外が白々と明ける頃まで寝つかれないこともあるが苦痛ではなく、そういう時はただじっとしていて余り考えごとはしない。いや本当にしないのではないが、しようとはしないと言い直そうか。しかしそれもいつもそうではなく、むしろ進んで考えようと試みることはある。考えるというよりも数えると言った方がいいかも知れないが。過去の経験の事象を数えるわけだ。そうして過去を寝床の上に引きもどす。とにかく寝床の上に自然に横たわっていようと心掛ける。眠れなければ眠れないで差し支えはない。ちょっとあせりが残るのではあるが、ところが近頃その寝入りばなに変な音が耳につき出した。音と言っていいかどうか、頭の中の動悸のようなものだ。ずきんずきんと脈打って感じられる。たぶん脈拍の響きだと思い片方の手の指先で反対の手首をおさえて脈を数えようとするが大抵は末梢血管がすぐにはつかめない。

（「夢見と行歩」）

過去の経験の事象を数える。過去の事象を考えるではなく数えると書いている。ここでも、悲劇をたぐり寄せる寝床の上の男の脈打つ表情をおもいうかべることができよう。なぜ、そんなに過去に執着するのだろう。しかし、このような問いかけは島尾にかぎって無意味である。現在はすぐ過去になる。現在の加熱は早く過去にすさっていかなければならないのだ。ただ、そこでは、過去を透視する男の深夜の姿勢の意志力を見ればいいのである。

過去はそれ自体で、暗いイメージをもって屹立している。過去の体験は、それ自体でふくらみもちぢまりもせず、固い牢につながれた像として、意識の隅のほうに立っている。いわば、実際の生活の場では、無用で無意味な影のようなものでしかないが、島尾はいちいちそこにこだわり、それを数える。

過去は小説のイメージの源泉である、という小説の方法化が達成された作品を読者は多く見てきている。島尾が、たえざる現在を正面にすえて、表現の方法を取るのはおそらく日記という世界においてであろう。たえざる現在は、また「たえざる過去」「たえざる病」につながる道程だといっていいだろう。

過去は「現在」とは対極の側にすさっていて、すでにひとつの観念でさえある。それ自体としては、大きくも小さくもないが、現在を生きる思考が、さまざまな意味やイメージを附加していくことで生きてくる世界である。つまり、過去は見方によっては凄まじい実効力を持つが、また一方では全く何の効力も持たない影といってもいいようなものなのだ。しかし、島尾の過去を数えていくと、そのどれも一、二、三という単位ではからめとれないすさまじさの極を持っている。

いずれにせよ、失眠の状態で過去を数えている島尾はこわい。幼いころ「死の恐れ」につきまとわれ、ねむれない状態のなかで、自分に暗示をかけていた像に重なるこわさだ。「ボクハマダコドモダカラ、死ヌコトハカンガエナクテイイ」とはもはや言えない。

過去の小説のイメージ源にむかって、失眠の渇きは一体癒されるのだろうか。悲劇が日常の寝床にまで及ぶというのは、あるいは小説家たろうとした人の宿運なのだろう。

最後はやはり生活のもうひとつの部分に目を移しておこう。つまり、祖母が語った昔ばなしのオイセマイリを彷彿させる日常の場面に、筆をすすめて稿をとじよう。これは近くの歩道を、妻と散歩する日課について書いた部分である。

私の横には大抵連れだった妻が歩いて居て、突き当たりの折り返し点までは間断無しの話しかけに煩わされるから、時には口を封じてあと先に一列になって歩くこともあるとしても、私の言い分に従って口を閉じた時の容姿には寂蓼がただよっている。歩行に合わせたうしろ姿の肩の揺れを追ったり、前になった私が振り向く度に、歩幅を早めて、黙ってついてくる妻の生真面目な表情が目にはいると、むしろおかし味を覚えて疲労困憊の強行軍中の戦友に寄せる思いの湧き上がってくるのが常である。もう三十五年ほどもこのように肩をならべ又はあとになり先になりしてこの世を妻と連れだって歩いてきた。　（同）

島尾は行軍中の戦友のことがおもいうかぶと書いているが、さらに奥深いところでは祖母から聞いたオイセマイリのことがはさまっているとおもう。「ひとことも口をきかずあとさきになって」オイセマイリに行く男女の姿である。以後の島尾の心のなかに祖母の語り口のニュアンスは鮮明に残り、それが「男女の出会いの理想のかたち」というふうに映っていた。また、一方では結婚後は退屈のあまり喧嘩などはしなかっただろうかという考えも同時に持っていた。

　ここで「寂蓼のただよう容姿で」ついてくる妻ミホの過去のいちいちのイメージをどうしてもふっ切ることはできない。島尾の幼少と現在にはかなりいりみだされた（重層化した時間の流れ）時間の流れがあるが、それはミホにしたところで同様である。しかし、それでいて、幼少から現在までの時間のなかで二人が重なる部分はある。家の事情で神戸を生活の場にした島尾と、これも家の事情で奄美の南端の小島に養子として来たミホの漂泊を決定づける相である。二人は、まぎれもなくこの「場所」を生き方の根にしている。

　オイセマイリでは、伊勢神宮に行くという共通の行為の果てに、男が女の村にまで行き、結ばれるが、島尾とミホは戦争という国家意志が一方的に男を島の果てに追い込むということで結ばれる。さらにおもいうかべるのは、オイセマイリをした昔ばなしの男女は、その心中にいい知れぬ病を持っており、それを癒すための旅立ちだったのではないかということである。それからすると、病の治療の方法として、長い時間「文学」にむかって歩いてきたふたりは、やはりオイセマイリの男女に重なるとおもうのである。

　この文章で「時には口を封じてあと先に一列になって歩くこともあるとしても、私の言い分に従って口を閉じた時の彼女の容姿には寂寥がただよっている」と書いているが、どうしてもこれはオイセマイリの男女の像ではないかとおもうのである。おそらくオイセに行く女の顔も「寂寥がただよって」いたはずだ。そうおもえてならない。

終章　島尾敏雄の晩年

『死の棘』のこと

ここまで「作家になるということはどういうことであるのか」、人は「何を代償にして作家になるのか」ということをテーマに島尾敏雄の世界を追ってきた。小説家はいかにして誕生するか――をさぐりたかったのである。

序章で、島尾は母トシの影響を濃く受けたであろうとも書いた。だが、ここにきて母方の祖母キクの影響も見のがせないとおもった。祖母から聞いた昔話はいつまでも島尾の耳の底に残っていて、ある面で島尾に大きな影響をあたえていたのだ。

それから、妻のミホ。キク、トシ、ミホ、彼女らが文学史にのこる作家をつくりあげてきたのではないかとおもったりしている。

さて、島尾敏雄といえば何はおいても『死の棘』の作者ということになる。ということは、『死の棘』を書くことによって島尾敏雄は日本を代表する作家になったと言ってもいいかも知れない。島尾自身、『死の棘』で三つの大きな賞をいただいたと言ったが、その『死の棘』が最終的に完結するまでに、いくつかの『死の棘』があった。
まず、芸術選奨を受賞した『死の棘』は一九六〇（昭和三十五）年十月、講談社から出たもので、これはこの年までに書いてきた病妻小説を収録したものであった。内容は次のとおりである。

家の中　一九五九（昭和三十四）年　文学界十一月号
離脱　一九六〇（昭和三十五）年　群像四月号
死の棘　一九六〇（昭和三十五）年　群像九月号
治療　一九五六（昭和三十一）年　群像一月号
ねむりなき睡眠　一九五六（昭和三十一）年　群像十月号
家の外で　一九五九（昭和三十四）年　新日本文学十二月号
（二三二頁・四六判　箱、オビ付　駒井哲郎＝装幀）

その次は一九六二（昭和三十七年）八月、晶文社から出された『島尾敏雄作品集四巻』で内容は次のとおり。

われ深きふちより　一九五五（昭和三十）年　文学界十月号
狂者のまなび　一九五六（昭和三十一）年　文学界十月号
或る精神病者　一九五五（昭和三十）年　新日本文学十一月号
重い肩車　一九五六（昭和三十一）年　文学界四月号

治療　一九五六（昭和三十一）年　群像一月号
のがれ行くこころ　一九五五（昭和三十）年　知性十二月号
転送　一九五六（昭和三十一）年　綜合八月号
ねむりなき睡眠　一九五六（昭和三十一）年　群像十月号
一時期　一九五六（昭和三十一）年　新日本文学一月号
家の中　一九五九（昭和三十四）年　文学界十一月号
離脱　一九六〇（昭和三十五）年　群像四月号
死の棘　一九六〇（昭和三十五）年　群像九月号
崖のふち　一九六〇（昭和三十五）年　文学界十二月号
鉄路に近く　一九五六（昭和三十一）年　文学界四月号
日は日に　一九六一（昭和三十六）年　新潮三月号
（三〇七頁・四六判　箱、オビ付　今宮雄二＝装幀）

角川文庫本として一九六三（昭和三十八）年十一月に出た『死の棘』の内容は次のとおり。

われ深きふちより　一九五五（昭和三十）年　文学界十月号
治療　一九五六（昭和三十一）年　群像一月号
のがれ行くこころ　一九五五（昭和三十）年　知性十二月号
家の中　一九五九（昭和三十四）年　文学界十一月号

離脱　一九六〇（昭和三十五）年　群像四月号
死の棘　一九六〇（昭和三十五）年　群像九月号
崖のふち　一九六〇（昭和三十五）年　文学界十二月号
日は日に　一九六一（昭和三十六）年　新潮三月号
（二九六頁・A六判　オビ付）

一九七七（昭和五十二）年九月に新潮社から出た『死の棘』の内容は次のとおりで、これが完全版となった。内容は次のとおり。

離脱　一九六〇（昭和三十五）年　群像四月号
死の棘　一九六〇（昭和三十五）年　群像九月号
崖のふち　一九六〇（昭和三十五）年　文学界十二月号
日は日に　一九六一（昭和三十六）年　新潮三月号
流棄　一九六三（昭和三十六）年　小説中央公論四月号
日々の例　一九六三（昭和三十六）年　新潮五月号
日のちぢまり　一九六四（昭和三十九）年　文学界二月号
子と共に　一九六四（昭和三十九）年　世界九月号
過ぎ越し　一九六五（昭和四十）年　新潮五月号
日を繋けて　一九六七（昭和四十二）年　新潮六月号

引っ越し　一九七二（昭和四十七）年　新潮四月号
入院まで　一九七六（昭和五十一）年　新潮十月号
（三四七頁・四六判　箱、オビ付　司　修＝装幀）

晶文社の『島尾敏雄作品集』四巻は、その時点で収録可能な病妻ものを集大成したもので、特別に『死の棘』として編集したものではなかった。

ひとつ気になったのは、講談社から出た最初の『死の棘』には収録されていた「家の外で」がこれ以降の『死の棘』からはずされていることだった。病妻ものに違いはないが、島尾はこの作品を「夢の中での日常」につながる夢小説と位置づけたのだとおもわれる。「家の中」の対になるものとして「家の外で」は書かれたが、内容はあきらかに夢小説である。

「家の中」は「そのころ私のこころは家の外にあった」で始められ、「昼間は大方眠っていた。眼がさめると外に出かけて行き、もし帰宅するとしたら夜中の一時とか二時とかに終電車でもどってきたが、そのまま泊ってくることも多かった」とつづく。夜中、おそくまでうろつくことを父親、幼いころからの友人、そして女をからませて描いていく。

「そのころ私のこころは家の外にあった」で始まる「家の中」を『死の棘』の一章にもってきても良かったが、島尾は「私たちはその晩からかやをつるのをやめた」という「離脱」をもってきた。これはみごとな判断だったといわざるを得ない。

のちに島尾が『死の棘』で三つの大きな賞を得たといったが、それは一九六一（昭和三十六）年三月の芸術選奨、一九七八（昭和五十三）年二月の読売文学賞、同年七月の日本文学大賞のことを指している。

最終的に『死の棘』は十六年という長い歳月をかけて断続的に書きつがれてきたのであった。掲載誌も、『新潮』が多いとしてもいろいろである。島尾は書き下ろしで『贋学生』を書いたころ、長編小説は自分に向かないと断念していた。

そして、島尾が発見した長編小説の書き方は、短編を繋ぎ合わせていくという方法であった。締め切りに縛られることもなく、これまでどおり自分のリズムで書きつづけていける。そうおもったものの、十章の「日を繋けて」というもっとも目を引く、作品のクライマックスを書いたあと筆がぴたっと止まってしまった。残りの二章を書くのに九年もついやしてしまっている。

それは一九六九(昭和四十四)年二月の自転車事故と鬱病との関係があることはあきらかだ。鬱病が自転車事故をまねいたとも言われているから、鬱病は以前からあり、おそらく「日を繋けて」を書いて以後に症状はおきたとみることもできる。いずれにしても『死の棘』の完成は病のためにかなり延びたのであった。

後に書かれる『魚雷艇学生』も『震洋発進』も『死の棘』の方法、つまり短編を繋ぎ合わせていくという方法で書かれたが、これらの場合は掲載誌はひとつに指定された。ただ『震洋発進』の場合、あと一篇書き加える予定であったが、その前に病で亡くなられ未完になった。

晩年の仕事

島尾敏雄はかつて晩年を意識したことがあったが、今度はほんとうの晩年がやってきた。一九七九年から一九八五年がそれにあたるが、その期間の文学的活動をみていくと、ある重要なことに気づく。つまり、そのころ島尾敏雄はこれまでの作家活動の中で、やり残したことに意識的に向かっていたのではないかということだ。

島尾敏雄は、自らの文学世界を自らの〈生〉の証しとして書きついできた稀有な作家である。島尾敏雄という小説家はすべて自分自身の文学作品のなかに蔵されていると言っても言いすぎではない。幼少期からおそらくごく最近までの〈生活〉を彼は小説世界で、ある枠づけをしてきたような気がする。

それでは晩年、島尾敏雄が執着した世界は何だったかということを問わなければならない。まず戦時中の事柄を、もう一度振り返ってみることであった。あるいは一九七七年から約半年間書き続け、すでに発表された『続 日の移ろい』の世界をまとめあげていくということであった。島尾敏雄はいわばその期間、戦時中の意識を掘り、あるいは奄美大島での生活の最終をしめくくる仕事に向かっていったのである。

島尾は作家生活の全体をしめくくるべく、総仕上げのような仕事に全力を傾けていたとおもうのだが、それはこの時期の数年前、つまり五十歳代の時期、それほど文学的表現活動をしていなかったということにもよっている。奄美を出てあとの三年間で、小説は二篇しかものしていない。あるいは『死の棘』の達成もあり、呼吸を整えていたといえないこともない。いずれにして（『死の棘』の最終章「入院まで」の発表は一九七六年十月）五十一歳から六十一歳までの十年間をみると五篇の小説しかものしていない。病のせいもあろうが、しかし『死の棘』でふたつの大きな賞をあたえられた一九七八（昭和五十三）年の翌年から活発に小説を書きはじめる。

年齢からすると六十二歳から六十八歳までの七年間で十七篇ほどの小説を発表しているのであ

る。これはやはり、島尾敏雄の意識に何らかのうながしがあったとみないわけにはいかない。島尾がその時期に書いた小説は、手法としては『日の移ろい』につらなる日常のこまごまとした出来事、あるいは日毎の意識世界を忠実になぞっていくという形でなされたのであった。

まず、『魚雷艇学生』、『震洋発進』、それから『夢屑』に収録された作品の発表時期をみると次のようになる。

（『魚雷艇学生』一八四頁・四六判　箱、オビ付　糸園和三郎＝装画　一五八五年新潮社刊）
誘導振　一九七九（昭和五十四）年　新潮一月号　六十二歳
擦過傷　一九七九（昭和五十四）年　新潮六月号　六十二歳
踵の腫れ　一九八〇（昭和五十五）年　新潮一月号　六十三歳
湾内の入江で　一九八二（昭和五十七）年　新潮三月号　六十五歳
奔湍の中の淀み　一九八三（昭和五十八）年　新潮三月号　六十六歳
変様　一九八五（昭和六十）年　新潮一月号　六十八歳
基地へ　一九八五（昭和六十）年　新潮六月号　六十八歳

（『震洋発進』一七九頁・四六判　箱、オビ付　司　修＝装幀　一九八七年潮出版社刊）
震洋の横穴　一九八二（昭和五十七）年　八月　別冊潮　六十五歳
震洋発進　一九八三（昭和五十八）年　八月　別冊潮　六十六歳
震洋隊幻想　一九八四（昭和五十七）年八月　別冊潮　六十七歳

『石垣島事件』補遺　一九八五（昭和六十）年　八月　別冊潮　六十八歳
（『夢屑』一九九頁・四六判　箱、オビ付　辻村益朗＝装幀　一九八五年講談社刊）
夢屑　一九七六（昭和五十一）年　群像十月号　五十九歳
過程　一九七九（昭和五十四）年　海七月号　六十二歳
痣　一九八〇（昭和五十五）年　文藝春秋二月号　六十三歳
幼女　一九七三（昭和四十八）年　週刊朝日三月二十三日号　五十六歳
マホを辿って　一九八一（昭和五十六）年　海十月号　六十四歳
水郷へ　一九七九（昭和五十四）年　文学界十一月　六十二歳
石造りの街で　一九八〇（昭和五十五）年　海七月号　六十三歳
亡命人　一九八〇（昭和五十五）年　群像一月号　六十三歳

島尾敏雄という作家をみる場合、どうしても『死の棘』とかの病妻ものと『出発は遂に訪れず』などの戦時中もの、あるいは『夢の中での日常』など一連の夢小説が浮かびあがってくる。もちろん、そのほかにも幼少期ものや旅行風の小説、ヤポネシアに代表される民俗関係など多面にわたった〈像〉がないわけではない。しかしやはり島尾敏雄の小説世界を可能な限り絞り込んでいくと、先にあげた三つの相貌がその容積を占めてくる。となると、どうしても六十歳代になって島尾敏雄は、やり残した世界を、現在の時点からさらに掘りおこしていく作業に這入ったのだとおもわないわけにはいかないのだ。あるいは、自らの小説世界の原基を象《かたど》る世界にはいっていったといってもいい。この原基を象る三つの世界とは『続　日の移ろい』（＝死の棘）、『魚雷艇学生』（＝出発は遂に訪れず）、「夢屑」（＝夢の中での日常）に表象されていると言ってもいい。

それは自らの身体の弱まり、別の言い方をすれば老いの意識から、急にその対象が作家島尾にやってきたのだと言っていいのではないか。

『魚雷艇学生』、『震洋発進』に収録されたひとつひとつの小説が発表されたとき、ぼくは「はまべのうた」あるいは「島の果て」につながる戦時中の世界、島尾敏雄を島尾敏雄たらしめている戦時中のできごとのその起点に戻っていったのだとおもった。そしてそれはのちになってふたつの長編小説という形で結実させた。

『魚雷艇学生』に収められたいくつかの短編についてはエッセイでおおまかにではあるが語られていた。ところが、海軍兵科予備学生のころから、第十八震洋隊指揮官となって奄美大島の加計呂麻島に行くまでの流れを、ひとつの起伏を持った線として統一的に描いていったのはこれがはじめてである。長い時間、この世界は島尾敏雄の胸中深きところに眠っていたのであろう。

この小説は一九四三（昭和十八）年九月二十日、島尾敏雄が海軍兵科予備学生として呉海兵団に這入るところから、一九四四（昭和十九）年十一月二十一日奄美の大島海峡にたどりつくまでの約一年間余の体験をもとに、その意識の層を綿密に追って書いたものだ。手法としては『日の移ろい』につらなる日常の動きを追うかたちでなされていると言ったのはそのためである。

書かれた期間の流れをみていくと、営門をくぐってすぐ旅順海軍予備学生教育部に入隊し、そこで約四ヵ月間、短艇、陸戦と呼ばれる課業を行い、翌年二月から四月までの三ヵ月間、横須賀田浦にあった海軍水雷学校に戻り、いわゆる水校生活を送る。同年四月末に第一期魚雷艇学生

（二一〇名）として長崎県大村湾沿いの川棚町にあった川棚臨時魚雷艇訓練所に移り、そこで七月十日まで過す。島尾はそこで五月二十一日に海軍少尉に任命され、第一期魚雷艇学生から突如、海軍水雷学校特殊学生になる。

同年七月四日、海軍水雷学校に這入り、八月十六日まで過す。同年八月十八日川棚の臨時魚雷訓練所に着任し、九月十五日まで第二次講習を受ける。同年十月十五日「補大島防備隊付」、つまり大島加計呂麻島防備の第十八震洋隊指揮官になるのである。同年十一月十一日、佐世保港を出港、鹿児島市沖にしばらく投錨し、十一月二十一日加計呂麻島の呑之浦に着く。

いかにも島尾敏雄らしく、日にちがくわしく記され、またその時その時点での動きが実にこまめに描き込まれている。島尾は、現在と当時とをあたかも〈誘導振〉運動のように自然態の呼吸で動いているかのごとくである。これはたしかにエッセイ群で〈点〉として書かれていたものが〈線〉に転じている小説世界だ。あるいは過去の体験の実像を、かたちあったものとして描写した小説世界であると言っていい。

そのため文体は張りつめ、一種の緊張感を漂わせている。文章も改行を極力避けているため、読者には読みづらいが文体が緊張しながらつながっていて、構成する世界や像に重力感が加わるというふうなのだ。全篇にみなぎった重力感の中に、作者がところどころでふっと息を抜く箇所が這入ったりするから、それが全体をやわらげ読み手をなごます。

『魚雷艇学生』のこと

『魚雷艇学生』は章の一篇ずつが、それぞれ独立している。それぞれの章がひとつの事件とか事象、重大な行為、いわばこの章におけるテーマを絞って描いているということである。

それでは『魚雷艇学生』を全体として統一させているひとつの線とは何か。この作品は、たしかに訓練校でのできごとを中心に、そこでの事件や意識の向き方を描いている。だが、作品の底辺に流れている線は〈意識の変容〉というものである。すぐ以前には学業だけに専念し、いわば社会にではなく、自らの内側に向かっていく形で学生生活を送っていた。そこでは唯一、社会への通路のごとき相貌をした贋学生に寄りつめられ、一種の恐怖観念にみまわれていた島尾の像がある。だが、『魚雷艇学生』の中には、そのようなひよわな心性の皮膜に覆われた島尾の像はない。いや、全くないわけではない。ひとかわむけば、その心性はあらわになるが、しかし極力その心性はここで覆いかくされている。

ひよわな心性を持っていた島尾が、いわば海軍兵科予備学校に行くことで、ひとつひとつ意識をかえていくのだ。あるいは、意識をかえないではいられない方向へどんどん変わっていくのである。同人誌を作ったり、小説を書いたりしていた内向的な青年が規律とか訓練とか品行を正すとかいった、肉体をハードにきたえ込んでいく軍事組織の中枢に放り込まれ、しかもひとつの隊の指揮官としての気概を植え込まれていく。いや、その軍人的気概を持たないとやっていけないところに無意識が追い込まれていくのである。

島尾敏雄の像を全体として見た場合、水校時代の体験はおそらくもっとも短かった体験であった。だが、社会という枠内におけるもっとも厳しい、最初の体験であったろう。これまでの学生気分や日常的な考えをある程度、あるいは対人関係の世界では全面的に殺さなければやっていけないかたちでそれらの体験はやってきたはずだ。

『死の棘』体験が、いわば家族関係という内側へ内側へとはいり込んでいくかたちの意識の地獄を意味するなら、『魚雷艇学生』体験は社会に向かうかたちで訪れた意識の地獄を意味したと言っていいのかも知れない。その以前には『贋学生』体験というもうひとつの地獄があり、このように島尾敏雄は意識が見る地獄と真正面から対峙していたことになる。

だからといって島尾敏雄はそのこと自体を決して地獄だ、地獄だというふうには書かない。特に『魚雷艇学生』ではそうである。というより、むしろ逆の意識を持っている。この意識は一体どこから来ているのか。通読しておもうに、この意識は主人公が現実世界でおきていく事柄を正面からひき受けなければならないと純粋なまでにおもいこんでいるところからきているのだろう。少年の意識そのものと言っていいほどにも純粋にそうおもいこんでいる。

「島の果て」が島尾敏難の文学的出発の地点をしめす重要な作品とするなら、その島の果てである加計呂麻島に着いたところで終る『魚雷艇学生』の閉じ方、円周のとりかたは見事だと言わなければならない。見事な円周といえば、死後に発表された「(復員) 国破れて」という作品にも触れなければならない。これは完全原稿として発表されたものではなく、未完のものをミホが清書し、発表したものである。そのため標題も「復員」「国破れて」の二つが書き込まれていたため、どちらかひとつを一方的に決めることに躊躇したミホは、原稿用紙に書かれた両方をそのままにして提示したのであった。

どちらに方位をとるべきか、迷いに迷っていくということ、あるいは決定を留保して両方を書きつらねていくということは、いかにも島尾的世界のようにもおもえてくる。だが、今これについてはとやかく言えないが、しかし最後に差し出されたこの作品は、島尾敏雄がどの方向に向きをとろうとしていたのかを暗示していたのではないかとおもえてならない。
内容は、一九四五（昭和二十）年九月一日、大島防備隊のあった瀬橋から三隻の徴用漁船に乗って基地をはなれ、帰還を描いたものだ。十箇月余の特攻出撃のためにすごした基地の島をあとにするわけだが、最後の部分で島尾は次のように書いた。

ああ、戦いに負けたのだ、という実感が骨身に染みて感じられた。恐らく綿密に写真が写し取られたに違いない。脱れようのない黒い手で覆われた気持になった。着水せんばかりの低空で飛んできた飛行機がそうしないで戻って行ったのが差し当たっての救いではあった。てっきり停船を命じられると予想していたのだが。もしそのような事態になったら、どんな対処ができたろう、などと肝を冷やしたのであった。

（「（復員）国破れて」）

これは、船に乗って大島海峡を通りぬけ、外洋に出ると、米軍の飛行機が南の方から現れ、超低空でゆっくり近づいて来たときのことを書いている。この作品は「震洋もの」の小説につらなるものではない。どちらかというと『魚雷艇学生』につながるものを持っているが、しかし『魚雷艇学生』は作者の意識の中で、時期設定、テーマ設定がすでになされてひとつの形をなし、完結をみていた。となるとこの作品で、島尾はどの方向に向かおうとしていたのだろうか。
おもうに島尾はこの作品で、「戦時中もの」の作品世界の完結を意識していたのではないか。作品の表題を「復員」にするか、「国破れて」にするかによって、その方向が決定づけられたような気もしないでもない。「復員」という表題がイメージさせる前向きの姿勢と「国破れて」の表題がイメージさせるうしろ向きの姿勢に島尾敏雄の意識は挟撃されている。そして再び戻って奄美で暮らし、そこでの生活を未復員と意識したようにこれからは復員しとげるという考えが基底にあったのかも知れない。いずれにせよ、「戦時中もの」の小説を抜けて、島尾敏雄は新たな文学の地平に目を据えていたような気がしてならない。

そして死

生前、ミホは「島尾は夢小説を大きく展開させたいと語っていた」ということを述べていたことがある。やはり島尾敏雄は大きな円周を生きていたのだ。戦後、奄美で二十年間暮し、その期間を「未復員」と意識していたこととそれは重なる。

さらに妄想をひろげる恰好になるが、十一月十一日戦地加計呂麻島に向かって佐世保港を出港した島尾はそのまま〈死〉へ向かって旅立つはずであったように、四十二年後の十一月十日鹿児島県宇宿の自宅から〈死〉に向かって本当に旅立ってしまった。

このような感じ方はよくないかも知れないが、しかし何故かこれ以上はないみごとな閉じ方をしたとおもわないわけにはいかないのである。いったんは見放したはずの夢小説「夢屑」を六十歳近くになった一九七六（昭和五十一）年に書き、なおも「大きく展開させたい」と言われたことが島尾文学の円周におもえてくる。

島尾は「夢屑」を書いてちょうど十年後の一九八三（昭和五十八）年十一月十二日午後十時三十九分、出血性脳梗塞で死去した。六十九歳であった。そのときのことを当時主治医であった福田正臣（元鹿児島大学医学部助教授）が語ったことがあった。

死去十年後の一九九六（平成八）年十一月十二日、名瀬市で島尾の十一回忌と新築された住居の落成式をかねた集いがあった。十一回忌は午後五時半から県立図書館奄美分館の島尾敏雄文学碑の前で催されたが、この催しを『脈』五十四号に掲載しようと録音していた。そのなかから福田医師が述べたのを引用したい。

昭和五十年に島尾先生ご夫妻が名瀬から鹿児島の指宿に引越してこられてから先生の主治医をおおせつかり、亡くなられるまでの十一年間先生に接することができました。島尾先生は非常にお元気な方でしたが心臓弁膜症という病気をおもちでした。心臓弁膜症にも種類がありまして、専門的な言葉ですけど僧帽弁狭窄症というものでした。それでも先生は自覚症状もなくお元気で、青年期、壮年期を過ごされずいぶんとご活躍されました。

この病気はややもすると不整脈をおこすことがあります。心房細動という不整脈で、これがおこると心臓の血液の流れが不規則になって乱れますので、血液がかたまる恐れがあります。血液のかたまりが心臓の壁にくっついている分には何ということもないのですが、それが力んだり、激しい運動をしたり、心臓を激しく動かしたりすると血液が外に押し出されて、そのかたまりが足のほうに流れたり胸のほうに流れたりしてしまいます。先生の場合は運悪くそれが脳に行く血管の中を流れていった。この心房細動という不整脈がおこりますと私たち医者は血液をかたまりにくくする治療をしますが、先生の場合、脳の動脈にかたまりが流れ脳塞栓症を発生させたのです。

十年前の十一月十日お昼ごろ、奥さまから電話があり、市立病院に入院してもらいました。

最初は意識もあったのですが、だんだん脳塞栓症に加えて出血までし、急速に病状が悪化しました。すでに脳の手術には適さないとわかっていましたが、奥さまが最大限の努力をして出来る限りの治療をして貰いたいという切実なご希望がありましたので、主治医の私も奇跡を信じたいと思い、脳外科の先生に頼んで手術をしました。それでもやはり元に戻りませんで、十一月十二日にお亡くなりになられたわけであります。

（「島尾敏雄十一回忌で」『脈』五十四号）

長い引用になったが、ぼく自身が二年前、同様の病名で入院し、カテーテルをとおし不整脈を焼くという手術したため、つい長くなった。もちろん、福田医師のその説明を聞いているとき、そのようなことになるとは予想だにしていなかった。しかしそれはそれとして医師の経緯の説明は丁寧なものだった

参考文献一覧

島尾敏雄『島尾敏雄全集』晶文社　一九八〇年〜一九八三年
島尾敏雄『島尾敏雄非小説集成』全六巻　冬樹社　一九七三年
島尾敏雄『島尾敏雄作品集』全五巻　晶文社　一九六一年〜一九六七年
島尾敏雄『夢屑』講談社　一九八五年
島尾敏雄『魚雷艇学生』新潮社　一九八五年
島尾敏雄『震洋発進』潮出版社　一九八七年
島尾敏雄『島尾敏雄日記』新潮社　二〇一〇年
島尾敏雄『死の棘日記』新潮社　二〇〇五年
島尾敏雄『島尾敏雄による島尾敏雄』青銅社　一九八一年
島尾敏雄『続　日の移ろい』中央公論社　一九八六年
島尾敏雄対談集『平和の中の主戦場』冬樹社　一九七九年
島尾敏雄『忘却の底から』晶文社　一九八三年
島尾敏雄対談集『ヤポネシア考』葦書房　一九七七年
饗庭孝男編『島尾敏雄研究』冬樹社　一九七六年
島尾ミホ・志村有弘編『島尾敏雄事典』勉誠出版　二〇〇〇年
奄美・島尾敏雄研究会編『追想　島尾敏雄』南方新社　二〇〇五年

志村有弘編『島尾敏雄『死の棘』作品論集』クレス出版　二〇〇二年
島尾敏雄の会編『島尾敏雄』鼎書房　二〇〇〇年
種村季弘編　日本幻想文学集成㉔『島尾敏雄』国書刊行会　一九九三年
高阪薫・西尾宣明編　島尾敏雄研究『南島へ南島から』和泉書院　二〇〇五年
新日本文学会編『作家との午後』毎日新聞社　一九八〇年
『新潮日本文学アルバム　島尾敏雄』新潮社　一九九五年
加藤宏・武山梅乗編『戦後・小説・沖縄』鼎書房　二〇一〇年
島尾伸三・志村有弘編『検証　島尾敏雄の世界』勉誠出版　二〇一〇年

『吉本隆明全著作集』全十五巻　勁草書房　一九六八〜七五年
『車谷長吉全集』一〜三巻　新書館　二〇一〇年
『富士正晴作品集』一〜五巻　岩波書店　一九八八年
『矢山哲治全集』未来社　一九八七年

森川達也『島尾敏雄論』審美社　一九六五年
松岡俊吉『島尾敏雄の原質』讃文社　一九七三年
岡田　啓『島尾敏雄』国文社　一九七三年
岩谷征捷『島尾敏雄』鳥影社　二〇一二年
岩谷征捷『島尾敏雄論』近代文藝社　一九八二年
岩谷征捷『島尾敏雄私記』近代文藝社　一九九二年
遠丸立編『島尾敏雄』作家の自伝六〇（遠丸立解説）日本図書センター　一九九七年
岡田　啓『島尾敏雄——還相の文学』国文社　一九九〇年

對馬勝淑『島尾敏雄論』海風社　一九九〇年
岡本恵徳『「ヤポネシア論」の輪郭——島尾敏雄のまなざし』沖縄タイムス社　一九九〇年
久井稔子『島尾敏雄・ミホの世界』高城書房出版　一九九四年
堀部茂樹『島尾敏雄論』白地社　一九九二年
藤井令一『島尾敏雄と奄美』まろうど社　二〇〇一年
田中眞人『島尾敏雄論　皆既日食の憂愁』プラージュ社　二〇一〇年

島尾ミホ『祭り裏』中央公論社　一九八七年
島尾ミホ『海辺の生と死』中公文庫　二〇一三年
島尾伸三『月の家族』晶文社　一九七四年
島尾伸三『小高へ——父　島尾敏雄への旅』河出書房新社　二〇〇八年
島尾伸三『ケンムンの島』角川書店　二〇〇〇年
島尾伸三『東京~奄美　損なわれた時を求めて』河出書房新社　二〇〇四年

埴谷雄高人物随想集『酒と戦後派』講談社文芸文庫　二〇一五年
岡本恵徳『現代沖縄の文学と思想』沖縄タイムス社　一九八一年
近藤洋太『矢山哲治』小沢書店　一九八九年
杉山武子『矢山哲治と「こをろ」の時代』績文堂　二〇一〇年
田中艸太郎『「こをろ」の時代』葦書房　一九八九年
真鍋呉夫『二十歳の周囲』沖積舎　一九八六年
伊達得夫『詩人たち—ユリイカ抄—』平凡社ライブラリー　二〇〇五年

長谷川郁夫『われ発見せり――書肆ユリイカ・伊達得夫』書肆山田　一九九二年
宮田毬栄『追憶の作家たち』文春新書　二〇〇四年
松島　淨『沖縄の文学を読む』脈発行所　二〇一三年
岩谷征捷『父と兄の時間』鳥影社　二〇〇六年
松原一枝『お前よ 美しくあれと 声がする』集英社　一九七〇年
小笠原賢二『黒衣の文学』雁書館　一九八二年
進藤純孝『文壇私記』集英社　一九七七年
安原　顕『なぜ「作家」なのか』講談社　一九八五年
大川公一『竹林の隠者――富士正晴の生涯』影書房　一九九九年
松本秀雄『日本人は何処から来たか』ＮＨＫブックス　一九九二年
前田速夫『異界歴界』晶文社　二〇〇三年
池田利道『23区格差』中公新書　二〇一五年
山崎真治『島に生きた旧石器人　沖縄の洞穴遺跡と人骨化石』新泉社　二〇一五年
土肥直美「旧石器人研究最前線」琉球新報　二〇一六年二月十七日
宮城まり子『淳之介さんのこと』文藝春秋　二〇〇一年
大塚英子『「暗室」の中で』河出書房新社　一九九五年
高山勝美『特別な他人』中央公論　一九九六年
吉行文枝『淳之介の背中』港の人　二〇〇四年
安岡章太郎『舌出し天使』中公文庫　一九七四年
『国文学・解釈と教材の研究』学燈社　一九七三年
『群像』一月号「追悼　島尾敏雄」講談社　一九八七年

『新潮』一月号「追悼　島尾敏雄」新潮社　一九八七年
『文学界』一月号「追悼　島尾敏雄」文藝春秋　一九八七年
『すばる』一月号「追悼　島尾敏雄」集英社　一九八七年
『カイエ』臨時増刊号「総特集・島尾敏雄」冬樹社　一九七八年
『新潮』新潮社　二〇〇九年一月号
『現点』二号「特集　島尾敏雄」現点の会　一九八三年
『新沖縄文学』七十一号『特集　島尾敏雄と沖縄』一九八七年
『脈』八十四号「中尾務の島尾敏雄・富士正晴」特集　脈発行所　二〇一五年
『脈』三十号「島尾敏雄の文学」特集　脈発行所　一九八七年
『脈』四十三号「特集　島尾敏雄」脈発行所　一九九一年
『Ｍｙａｋｕ』五号「ネット対談」特集　脈発行所　二〇一〇年
『Ｍｙａｋｕ』十五号「島尾敏雄と写真」特集　脈発行所　二〇一三年
『Ｍｙａｋｕ』十八号「作家・大城立裕を追う」特集　脈発行所　二〇一三年
『新潮』梯久美子「島尾ミホ伝」新潮社　二〇一二年十一月号〜
『群系』三十一号「島尾敏雄論《病院記》の一側面」石井洋詩　二〇一三年
『群系』三十五号「島尾敏雄『死の棘』考」石井洋詩　二〇一五年
『ユリイカ』八月号「特集　島尾敏雄」青土社　一九九八年
『ＵＲ』（李昇潤編集）三号「特集　島尾敏雄」東邦書房　一九七三年
『飢餓陣営』四十三号「島尾敏雄と島尾ミホ」編集工房飢餓陣営　二〇一六年

あとがき

島尾敏雄について論じた著書は多い。それぞれ熱心な読者がアタックしていて、かなり詳しく島尾敏雄論が書きつがれてきた。誰しもそうだとおもうが、書き終わっても、常に書き足りないというしこりのようなものがついてまわる。

吉本隆明の著書にのめりこんでいた学生時代（とっていっても登校だけする学生だったのだが）、吉本が島尾敏雄を評価していて、しかも島尾敏雄はよく沖縄に来られるとのことをまわりから聞いていた。それで小説を読みだしたのであった。その数ヵ月前まで僕は島尾敏雄を知らなかった。一年近くアルバイトをして貯めた金で夏休みということもあり東京に行った。広島を経由しての長期旅行で、そのとき、大物作家の自宅を訪ねたりもした。今では考えられないほどの冒険心があったのである。パスポートをこしらえ、鹿児島まで船で行き、汽車で広島まで行く途中、乗り合わせた牧師さんと小説の話が出て、奄美に住んでいる島尾敏雄の小説はどうかと聞かれた。ぼくは知らなかったのでこたえようがなかった。あろうことか、作家らしくない名前だなとおもったほどであった。

東京で友人の下宿先に転がり込んで、キェルケゴール、吉本隆明を読んでいくなかで、そこで平凡な名前だとおもっていた作家が評価されていたのである。沖縄に帰ると東京で入手して先に送っていた晶文社刊の『島尾敏雄作品集』の中の短編を毎朝一篇ずつ読んでから登校することを自分に義務づけた。

読んでいくと何かしら肌に合うというか、文体に詩のような新鮮な香気が感じられた。周りの人より一周遅れで島尾を読み、所属していた新聞部の新聞に少しずつ書き、文芸誌『発想』七号（一九七二年三月）で「島尾敏雄論の試み」として一挙掲載した。島尾敏雄との出会いはそのようなもので、以後たずさわることになる雑誌『脈』、『Myaku』に島尾敏雄という名が出ない号はないと言われるほど執心していった。何冊かの島尾敏雄に関する本もまとめた。それでいて、書き足りなさを感じていたのである。

評伝シリーズで声をかけられたとき、僕は病とたたかっている最中であった。だが、相手が畏敬する『生涯一編集者』（言視舎　二〇一三年）の著者からであり、小躍りして病どころではなくなり、二つ返事で応じた。それでいながら、あるいはまだまだ書き足りないと思惟しながらも、なかなか頭がプラス方向に回転してくれず、前にすすめなかった。

その著者は若かりし頃から「人はあらゆるものになれたはずだが、彼は彼以外のものになれなかったという事実」にぶつかり、「あらゆるものになれたはずだが、俺は俺にしかなれなかった」とそこに書いていた。彼は、いや小川哲生は「ぼくはなぜ編集者になったか」という足場をかちっとかためて立っていた。作家になるとはどういうことか、ぼくはあらためて島尾敏雄に向き直さなければならないとおもったのだった。

逡巡しながら、他の人が書いてきたものを見回してみたが、「人はなぜ作家になるか」という視点で島尾敏雄を論じたものは、安原顯の『なぜ「作家」なのか』（講談社　一九八五年）以外見あたらないような気がした。しかも、安原顯のこの著書は、島尾敏雄を含む四十三名を取り上げていて、枚数の制限もあって島尾の場合、わずかな部分にしかスポットをあてていなかった。それでも十分に本質的な部分に触れているのだが、何かしらもの足りなさを感じていたのである。

だが、これらのインタビューは、東販のＰＲ誌『新刊ニュース』に七年間（一九七八～一九八四年）連載された八十四人中、四十三人をえり分けて収録したものであった。原稿の枚数制限は致し方ないことと言わなければならない。五十枚ほどにはなるものを十枚～十二枚にしなければならないのがもっとも厳しい作業であったと本人も書いている。

このインタビューの特長は、『なぜ「作家」なのか』というタイトルが示すように、どれも作家の幼少時からの意識の流れを追っているところにあった。そこで島尾は、母親の恋愛事情、父親との関係、文学への接近について直接語っていた。それでいて物足りなさを感じた。もっと深いところがあるはずなのだ。

安原顯自身、次のように述べていた。

ある人が「作家」になるとは一体どういうことなのだろう、いや、そもそもなぜ「作家」なのかと、かねてより不思議に思っていたし、読者の皆さんもおそらくそのことには興味をもたれる筈だということで、少し大袈裟にいえばそれが聞き出せたらこのインタヴューは成功だなという感じで始めたのです。そして八十四人の「作家」たちにお目にかかってさまざまな角度から探り出そうと最大限の努力はしたのですが、見られる通り、その点については謎はますます深まるばかりで、結局のところは何一つ分らずじまいで終わってしまいました。

（『なぜ「作家」なのか』）

ぼくの逡巡はさらに続き、自分がこれまでに書いてきた島尾敏雄に関するエッセイを見回してみて、同様に食い足りなさを感じていた『島尾敏雄の原像』（脈発行所　一九九一年刊）を全面改稿するしかないというふうに思い至った。

島尾敏雄ほど「作家になるとはどういうことか」、人は「なぜ、作家になるか」と問いかけるのにふさわしい作家はいないのではないか。父親から彼に嘱望されたのは商売を継いでもらいたいことであった。あるいは大学の先生になって欲しいということであった。島尾自身、教員の職を求めたし、現に教師にもなり、あるいは司書の資格を得て、図書館の館長として長年つとめた。それでいて、彼は小説を書くことをやめなかった。作家でありつづけた。彼はなぜ、生涯その道からはずれていかなかったのか。そのこたえを見つけたいとおもい、この一冊にいどんだ。

しかし、そうやすやすと事が運んだわけではない。テーマにそって書きとめてきたものを洗い直すというか、見直す必要にせまられたのである。

逡巡が余りにも長く続いたので、「やってはいます」というメッセージを暗に示すかのようにして少しずつ書いたものを送ると、手早く編集されたデータと厳しい感想文が寄せられてきた。他の編集作業も進めているだろうに、その対応の手早さに、ぼくはまずおどろいた。真剣に読み、真剣に向かっているという姿勢が弾丸のように響いてきた。この本は、そのような小川哲生の熱意と手助けで成ったようなものである。ここに深く感謝を申し述べたい。

それから文中、すべての名称に敬称を省いたがこれは文章のリズムを保ちたいという意味からであるのでその点はお許し願いたい。蛇足になるが、キェルケゴールは日記のなかで、「私の使命を理解すること。神が私に何をすべきものと欲し給うかを知ること」と書いた。島尾はおそらく、そのように、自然の流れに抗うことなく歩まれたのだとしかおもえない。その歩みが書かれているなら安原顯の言を借りるわけではないが、成功である。

比嘉加津夫

二〇一六年四月

[著者紹介]

比嘉加津夫（ひが・かつお）

1944（昭和19）年12月12日沖縄県久志村字久志（現在の名護市字久志）に生まれる。沖縄大学文学部英文学科中退。在学中『発想』を創刊、1号から7号までの編集にたずさわる。『脈』を個人誌として創刊（1972年）、24号から同人誌に移行。書評季刊誌『Myaku』を創刊（2010年）、18号まで出し『脈』を季刊誌として合併させる。詩画集『流され王』（画・永山信春　ひるぎ社　1985年）、『島尾敏雄』（脈発行所　1987年）、『喩の水源』（脈発行所　1986年）、『逆光の画家田中一村』（脈発行所 1989年）、『比嘉加津夫文庫』（20巻）その中で『島尾敏雄の原世界（13）』『島尾敏雄ノート（14）』『書簡　島尾敏雄（15）』、『島尾敏雄を読む』（ボーダーインク 2012年）。雑誌での島尾敏雄特集は『発想』7号「島尾敏雄論の試み」（1972年）、『脈』30号「島尾敏雄の文学」（1987年）、『脈』43号「島尾敏雄」（1991年）、『Myaku』15号「島尾敏雄と写真」（2013年）、『脈』84号「中尾務の『島尾敏雄　富士正晴』」（2015年）。

編集協力………小川哲生、田中はるか
DTP制作………勝澤節子

〈言視舎　評伝選〉

島尾敏雄

発行日❖2016年6月30日　初版第1刷

著者
比嘉加津夫
発行者
杉山尚次
発行所
株式会社言視舎
東京都千代田区富士見2-2-2 〒102-0071
電話 03-3234-5997　FAX 03-3234-5957
http://www.s-pn.jp/
装丁
菊地信義
印刷・製本
中央精版印刷㈱

© Kastuo Higa, 2016, Printed in Japan
ISBN978-4-86565-055-6 C0395

言視舎　評伝選
渡辺京二
978-4-86565-048-8
人類史のスパンで世界史を見据える歴史思想家の全貌。渡辺京二が一貫して手放さなかったものは、歴史の必然性という概念に抵抗してきたことだ。その初期から現在に至る全著作を読み解き、その秘密に迫る本邦初の評伝。
三浦小太郎著
四六判上製　定価3000円＋税

言視舎　評伝選
森崎和江
978-4-86565-040-2
朝鮮、炭坑、性とエロス。女であることと生きることの意味を求めて！母国を探し、日本の女として生き直したいと願った詩人・森崎和江。生活に根ざした自前のことばで語りつづけたその軌跡を、共感をこめて描く書き下ろし評伝。
内田聖子著
四六判上製　定価3000円＋税

言視舎　評伝選
竹内敏晴
978-4-86565-024-7
「からだ」と「ことば」の復権を求めて――「生きること」を「からだ」で追い求めたレッスンする哲学者の生涯の全貌に迫る。
今野哲男著
四六判上製　定価2900円＋税

言視舎 評伝選
山本七平
978-4-86565-051-8
日本の「常識」に衝撃を与えたベストセラー『日本人とユダヤ人』の作者と、戦中の「異常体験」にもとづく日本陸軍四部作をものし、戦後論壇に独自の地位を築いた作者は、なぜ峻別されなければならないのか。外来思想崇拝の構造を明らかにし、「日本教」や「空気」といった鍵概念を提示していまなお「日本と日本人」を問い続ける「山本日本学」の深層に迫る。
鷲田小彌太著
四六判上製　定価3000円＋税

言視舎　評伝選
鶴見俊輔
978-4-86565-052-5
これまでの鶴見像を転換させる評伝。鶴見思想の何を継承するのか？出自の貴種性を鍵に戦前・戦中・戦後・現代を生きる新たな鶴見像と、「日常性の発見」とプラグマティズムを核にした鶴見思想の内実に迫る評伝決定版。
村瀬学著
四六判上製　定価2800円＋税